Diogenes Taschenbuch 23747

Friedrich Dönhoff

Savoy Blues

*Ein Fall für
Sebastian Fink*

Roman

Diogenes

Umschlagfoto:
Copyright © H. & D. Zielske/Bilderberg

Das erzählte Geschehen ist frei erfunden.
Jede Ähnlichkeit mit real existierenden Personen,
lebenden wie toten, ist rein zufällig.

Originalausgabe

Alle Rechte vorbehalten
Copyright © 2008
Diogenes Verlag AG Zürich
www.diogenes.ch
10/14/52/7
ISBN 978 3 257 23747 4

I

Als er zum Himmel blickte, traf ihn ein Tropfen mitten ins Auge. Über der Stadt hing das Sommergewitter, und wenn er nicht pitschnass ankommen wollte, würde er sich beeilen müssen. Er klemmte die schwarze Tasche mit den Utensilien fest unter den Arm und lief los. Zwei, drei Straßen musste er bis zu seinem Ziel durchqueren, und er schien Glück zu haben, denn unterwegs begegnete er keinem einzigen Menschen. Es donnerte einmal gewaltig, der Wind schüttelte die Bäume in der Lindenallee. Gerade war er unter dem Vordach von Haus Nummer 78 angekommen, als hinter ihm der Regen in die Baumkronen rauschte. Er wartete eine Weile, bis er wieder zu Atem gekommen war, zupfte seine weiße Pflegerjacke zurecht und schaute auf die Klingelschilder. Karl Perkenson wohnte im zweiten Stock, das hatte er in Erfahrung gebracht, der Knopf befand sich im unteren Viertel der Leiste. Nachdem er sich kurz umgesehen hatte, klingelte er. Er bemerkte das Zittern in seinen Fingern, und das lag sicherlich nicht an irgendeiner äußeren Kälte. Im Gegenteil, vom Laufen war ihm warm, und die kalten Regenspritzer, die in sein Gesicht geweht waren, hatte er als wohltuend empfunden. Aber so nervös wie heute war er lange nicht mehr gewesen, vermutlich kam es ihm auch deshalb so vor, als wartete er schon ewig auf Einlass.

Perkenson war offensichtlich nicht mehr so gut auf den Beinen. Als der Summer dann endlich ertönte, schob er die Haustür mit Schwung auf. Aus dem Treppenhaus schlug ihm ein modriger Geruch entgegen. Dunkel war es hier. Und schmal. Das ist ein Treppenhaus, in dem man sich sofort unwohl fühlt, dachte er und wunderte sich zugleich, dass er solchen Gedanken Platz einräumte, wo seine ganze Konzentration doch der bevorstehenden Aufgabe gelten sollte. In den letzten Tagen war er sich vorgekommen wie ein Skispringer hoch oben auf der Startrampe. Hatte der sich einmal in Bewegung gesetzt, konnte er nicht wieder zurück. Es gab nur noch den Weg nach vorn, den Blick in die Weite und das Risiko, ob man unten lebend ankäme. Lange hatte er überlegt, ob er seinen feingesponnenen Plan wirklich durchziehen sollte, ob er das könnte, hatte sich nächtelang gewälzt, hatte gezögert, überlegt und wieder gezögert. Bis zu dem Moment, irgendwann tief in einer Nacht, in dem er sich zum Handeln entschieden hatte und sich schwor, nicht mehr umzukehren. Der Skispringer hatte sich abgestoßen, das Tempo erhöhte sich, er raste auf der Rampe bergab und musste alle Kraft und Konzentration aufbringen, um sich auf den Beinen zu halten. Und dann war er in der Luft, über ihm nur der Himmel, unter ihm nichts.

Als er die Stufen im schmalen Treppenhaus erklomm, spürte er seine weichen Knie. Kurz bevor er den zweiten Stock erreicht hatte, sah er dort oben in der Türöffnung einen Fuß in einem braunen, grobgestrickten Strumpf.

»Sozialstation«, sagte er zu Karl Perkenson.

Der Mann, der ihm gegenüberstand, war größer, als er ihn sich vorgestellt hatte, vielleicht eins fünfundachtzig, also ein wenig größer noch als er selbst. Die ungekämmten grauen Haare waren ein merkwürdiger Kontrast zum gebügelten Hemd. Seine Augen wirkten müde.

»So früh?«, fragte Perkenson. Die Stimme klang blechern, aber nicht schwach.

»Ich bin die Aushilfe, wir mussten umdisponieren.«

Der alte Mann zuckte leicht die Schultern, murmelte was von »ist mir egal« und ließ ihn in die Wohnung. Er schien keinen Verdacht zu schöpfen.

Das Erste, was ihm beim Eintreten in Perkensons Wohnung auffiel, war die Dunkelheit. Im Treppenhaus dunkel, hier dunkel – er hasste Dunkelheit. Hatte Perkenson die Vorhänge zugezogen, oder war es draußen inzwischen so grau, dass man drinnen das Licht anschalten musste? Donnergroll erklang dumpf und unüberhörbar. Perkenson ging darauf nicht ein. Konnte gut sein, dass er schlecht hörte, schließlich war er über achtzig Jahre alt. »Komm, wir gehen in die Küche«, meinte der Alte und bewegte sich mit schweren Schritten, unter denen die Holzdielen knarrten, durch den engen Flur. Während er Karl Perkenson folgte, bemerkte er den Geruch von ungelüfteten Klamotten, der schwer in der Luft hing. In der kleinen, sauber aufgeräumten Küche ließ Perkenson sich seufzend am Holztisch nieder. Fahles Licht fiel durch das Fenster, das im Gewitterwind vibrierte. Draußen prasselten Regentropfen auf das Fensterbrett.

»Meine Tochter ist eben erst gegangen«, meinte Perkenson. »Ihr Mann hat sie abgeholt.« Und in seltsam vertraulichem Ton: »Ich mag den Mann nicht. Hab den nie gemocht.«

»Besuch kann anstrengend sein«, antwortete er. Ihm war

nichts anderes eingefallen, er wollte nur das Gespräch in Gang halten, Stille hätte ihn noch nervöser werden lassen. Vorsichtig zog er die präparierten Utensilien aus der Tasche. »Die Spritze wird Ihnen gut tun«, sagte er. Für einen Moment hatte er überlegt, sie in die Luft zu halten, dem alten Mann zu zeigen, Arglosigkeit zu demonstrieren, aber irgendetwas hatte ihn zurückgehalten.

»Welche Spritze meinst du?«, fragte Perkenson plötzlich. Er stutzte. »Na, die Vitamine...«

»Die was?«

Von einem Moment zum anderen schien sein Mund ausgetrocknet, und er hatte Mühe, das Wort herauszubringen: »VI-TA-MI-NE.«

Die Unsicherheit in seiner Stimme war nicht zu überhören gewesen. Hatte er sich womöglich geirrt? In der Akte Perkenson hatte er gelesen, dass einmal am Tag ein Pfleger beim pensionierten Postboten vorbeischauen müsse und eine Vitaminspritze zu geben sei. Perkenson sah ihn wieder stumm an, und er empfand ein leichtes Schwindelgefühl. Auf einmal hellten sich Perkensons Gesichtszüge auf, seine Augen bekamen einen freundlichen Ausdruck: »Ist in Ordnung. Ich bin kein Freund von Spritzen, hatte gehofft, du wüsstest vielleicht nicht Bescheid, dass ich Vitamine bekomme. Muss es heute denn sein?«

Er nickte. Spritzen zu setzen mochte er zwar überhaupt nicht, er hatte geradezu eine Aversion dagegen und hatte die auch nach jahrelanger Erfahrung nie ablegen können, aber heute Nachmittag musste es sein. Widerwillig und umständlich krempelte der alte Mann seinen Ärmel hoch und streckte den nackten Arm aus.

Als er die Nadel ansetzte, wurde ihm für einen Moment wieder schwindelig. Dann presste er sie unter die Haut. Er musste einmal heftig schlucken, um die aufkommende Übelkeit zu verdrängen.

Noch während er den Kolben drückte, nahm er plötzlich wahr, dass Perkenson ihn musterte. »Das dauert sonst aber nicht so lange…«, meinte der.

Er antwortete darauf nicht, schaute konzentriert auf die Flüssigkeit, die langsam, aber unaufhörlich aus der Spritze verschwand. Als der Zylinder endlich leer war, zog er die Nadel erleichtert aus dem Arm, platzierte die Utensilien sorgfältig in die Tasche und setzte sich Perkenson gegenüber. Dessen Gesichtszüge hatten sich entspannt, er lehnte sich in seinem Stuhl zurück.

Eine Weile saßen sie einfach nur stumm da.

Er beobachtete Perkenson genau, und ihm kam das Bild eines Jägers in den Sinn, der auf einen Löwen im hohen, trockenen Gras geschossen hat. Bevor er sein Opfer nicht von nahem begutachtet hat, kann der Jäger jedoch nicht mit Sicherheit wissen, ob das Tier tot ist. Er muss nachsehen und begibt sich dabei in Lebensgefahr.

Mit unbewegter Miene sah Perkenson aus dem Fenster in den aufgewühlten Himmel. Sein Blick folgte einem Vogel, der mühsam gegen den Wind anruderte. »Eine Möwe«, murmelte er. Dann wanderte sein Blick wieder zurück in die Küche, verharrte einen Moment auf dem vergilbten Kühlschrank, glitt über die leergeräumte Anrichte, auf der getrocknete Spuren eines Lappens sichtbar waren, und richtete sich schließlich auf ihn.

Wieder kam ihm der Jäger in den Sinn, der nach dem

Schuss in der feierlichen Stille mit vorsichtigen Schritten durch das hohe Gras schleicht, auf der Suche nach dem Löwen. Die Stille kann trügerisch sein und der Jäger im nächsten Moment von dem verletzten, aber noch mächtigen Tier angefallen und zerrissen werden.

Die Stille in der Küche wurde gerade drückend und unangenehm, als Perkensons knöchrige Finger auf den Tisch zu klopfen begannen. Es dauerte eine Weile, bis ein Rhythmus erkennbar wurde.

»Na, was ist das?«, fragte der alte Mann.

Er antwortete mit einem schwachen Schulterzucken. Der Rhythmus kam ihm irgendwie bekannt vor, mehr nicht.

»Das ist Swing«, sagte Perkenson und lächelte. Dann begann er mit brüchiger Stimme und etwas schief eine Melodie zu summen, die sich durch die Stille schlängelte.

Während er zuhörte, spürte er Schweiß auf der Stirn. Er fühlte sich zunehmend unwohl, die Situation drohte außer Kontrolle zu geraten. Er musste bald aus der Wohnung verschwinden, er durfte hier nicht gesehen werden, aber solange Perkenson noch so gut drauf war, war das nicht möglich. Er ging in Gedanken die letzten Minuten durch; war ihm irgendein Fehler unterlaufen?

Perkensons Darbietung endete mit einer Textzeile, die er mit einer tiefen und überraschend festen Stimme auf Englisch vortrug: »...*it don't mean a thing, if it ain't got that swing!*«

Er sah den alten Mann irritiert an, dessen Finger weiterhin auf den Tisch klopften. Aber etwas hatte sich verändert. Der Rhythmus war durcheinandergeraten. Die Finger klopften unkoordiniert herum, sie wurden langsamer.

Schließlich zuckten sie nur noch schwach. Die Hand lag matt auf dem Tisch. Als Perkenson langsam in seinen Stuhl zurücksackte, rutschte seine Hand schwer über das Holz.

»Sie werden jetzt sterben«, sagte er zu Karl Perkenson. Die Leichtigkeit, mit der ihm diese Worte über die Lippen gekommen waren, überraschte ihn selbst.

»Was?...« Perkenson sah ihn verständnislos an.

Dann weiteten sich auf einmal seine Augen. Er schien begriffen zu haben, dass es ernst war. Hatte der Alte diesen Besucher vielleicht doch erwartet?

»Sie haben eine Überdosis Insulin im Blut«, erklärte er mit einer Beiläufigkeit, als hätte das keinerlei Folgen. Perkensons Lippen bewegten sich, aber die Wörter kamen ohne Ton heraus, die Wirkung des Insulins hatte offenbar eingesetzt. Perkenson schloss die Augen, presste sie geradewegs zu, und als er sie wieder öffnete, schien es, als habe er alles begriffen. »Wer sind Sie?«, fragte er. Jedes Wort hatte ihm sichtbar Mühe bereitet, und er konnte sie nur noch krächzend hervorbringen.

»Wissen Sie das nicht?«

Sicher hätte Perkenson nicht so schnell eingelenkt, wenn ihm nicht bewusst gewesen wäre, dass seine Zeit ablief. »Ich habe geahnt, dass du kommen würdest. Die beiden haben mich verraten«, krächzte er. »Nicht wahr?!« Er stützte sich auf dem Tisch ab, versuchte aufzustehen, kam aber nicht auf die Beine. Seine Augen rollten, Tränen liefen über das Gesicht und verloren sich in tiefen Falten. Perkenson versuchte noch etwas zu sagen, doch die Worte gingen in einem Gurgeln unter. Dann fiel er krachend vom Stuhl und blieb reglos auf dem schwarzen Linoleumboden liegen.

Noch atmete er. Ein paar Minuten könnte es dauern, bis der Tod eintreten würde. Vorher wollte er die Wohnung nicht verlassen. Es war kurios, jetzt, da der erste Teil seines Plans glatt aufzugehen schien, fühlte er plötzlich, wie sich die Angst in seinen Körper schlich wie eine giftige Schlange, unsichtbar, still und schnell. Und da war auch schon der Husten wieder. Dieser nervöse Husten, der immer dann einsetzte, wenn er sich stark aufregte. Seine Hand glitt in die Hosentasche und zog eine kleine Packung Hustenbonbons hervor. Er lutschte gleich zwei Stück, und die beruhigende Wirkung trat schnell ein.

Minuten später atmete Perkenson immer noch, schwach, aber gleichmäßig. Es kam ihm vor, als säße er schon Stunden neben dem Sterbenden. Hätte er ein paar Einheiten mehr spritzen sollen? Beim nächsten Mal würde er die Dosis erhöhen.

Plötzlich fuhr er erschrocken zusammen; aus dem Treppenhaus waren Geräusche zu hören. Stufen knarrten. Irgendjemand kam herauf. Schnell schlich er zur Wohnungstür und horchte. Schritte näherten sich. Es raschelte. Etwas Hartes stieß gegen den Türrahmen, und er zuckte innerlich zusammen, als hätte ihn ein Peitschenhieb getroffen. Auf der anderen Seite der Wohnungstür verharrte eine Person. Er konnte ihren Atem hören. War das Perkensons Tochter? War sie noch mal zurückgekehrt? Er bewegte sich vorsichtig zur Seite, so dass er hinter der Tür stehen würde, wenn sie aufging. In seinen Ohren rauschte das Blut, während er auf das Geräusch des Schlüssels im Schloss wartete. Warum hatte er kein Messer aus der Küche mitgenommen? Sollte er schnell rüberlaufen? Nein, es war zu spät. Besser hinter der

Tür warten, die Tochter würde er auch so überwältigen können. Wenn es wirklich die Frau war... Wieder Schritte. Es klang, als stiegen sie die Treppe in das obere Stockwerk hinauf. Er lehnte sich erschöpft an die Wand und wartete. Als er sich etwas beruhigt hatte, schlich er zurück in die Küche. Der Körper des alten Mannes war wie erstarrt. Perkenson atmete nicht mehr. Jetzt erst fiel ihm auf, dass er zuvor noch nie einen Toten gesehen hatte, und er bemerkte das starke Pochen seines eigenen Herzens. Dann ertönten wieder Schritte aus dem Treppenhaus – diesmal gingen sie hinunter. Kurz darauf war es still. Mit dem weißen Stoff seiner Jacke wischte er sich den Schweiß von der Stirn. Wenig später verließ er leise die Wohnung.

Der Regen hatte aufgehört, die Luft war feucht, der Asphalt glänzte noch nass. Mit schnellen Schritten ging er die Straße hoch. Als er ihr Ende erreicht hatte, fuhr ein kaltes Gefühl in ihn, und er zog die Schultern abrupt hoch: Jemand schien ihn zu beobachten. Er spürte es deutlich. Ob das doch nur von der Aufregung herrührte und der Angst oder ob seine Intuition richtig war, hätte er später nicht mehr sagen können.

2

Als er auf dem für ihn reservierten Platz geparkt hatte, warf Sebastian Fink einen Blick auf seine Armbanduhr. 8 Uhr 35. Noch fünfundzwanzig Minuten bis zum Termin bei der Polizeipräsidentin. Er war von zu Hause überpünktlich losgefahren, hatte diverse Staus mit eingeplant, die aber nicht vorhanden gewesen waren, und nun war er viel zu früh. Er betrachtete sich im Autospiegel. Er war sorgfältig rasiert, seine blonden Haare erst vor ein paar Tagen frisch geschnitten. Die hellbraunen Augen wirkten wach, Augenringe waren kaum zu sehen. Er konnte zufrieden sein. Vorsichtig entstieg er seinem Fiat Uno. Das blauweißgestreifte Hemd und die graue Stoffhose sollten möglichst den ganzen Tag so frisch gebügelt aussehen wie jetzt. Er zog das dunkle Jackett und die Krawatte zurecht, musterte die blankpolierten Schuhe. Für einen Polizeibeamten im Dienst alles etwas fein und unpraktisch. Aber als Zeichen des Respekts vor dem neuen Amt würde es von den Kollegen wohl richtig verstanden werden. Ab morgen würde er in seinem persönlichen Stil erscheinen: sportlich und unauffällig.

Um die Zeit bis zum Begrüßungstermin zu überbrücken, spazierte er über das Gelände des Präsidiums, vorbei an sauber gemähten Rasenflächen und dezenten Blumenbeeten, und sah sich das sternförmige Gebäude an. Fünf Stockwerke, viel Stahl und Glas. Er fragte sich, hinter welchem der vielen Hundert verspiegelten Fenster sich sein Büro wohl befände. Die Nummer an seiner Tür kannte er schon: 410.

Am Rande des Geländes stand eine Holzbank unter zwei hohen Pappeln. Er setzte sich. Über ihm fuhr ein sanfter Wind in die Bäume. Sebastian gestand sich ein, dass er ziemlich nervös war. Er fragte sich, welches wohl sein erster Fall werden würde. Er sog die warme Sommerluft tief ein. Na, jedenfalls war es ein schöner Tag für einen Neubeginn. Als er noch einmal auf die Uhr sah, war es kurz vor neun – sein erster Arbeitstag hatte begonnen.

Dr. Eva Weiß: Ende fünfzig, hat schmale, rot bemalte Lippen, kleine Augen, hohe Stirn, ein puppenhaftes Gesicht. Sie wirkt etwas heruntergehungert. Ein Mensch mit höchster Disziplin. So war Sebastian die Chefin beschrieben worden. Als er in das geräumige Büro der Polizeipräsidentin eintrat, saß sie gebeugt über dem Schreibtisch aus Glas und notierte etwas. Auffallend war der feingezogene Scheitel, der das silberblonde Haar in der Mitte perfekt teilte. Mit einem spitzen Zeigefinger hielt sie die Ecke einer Mappe fest.

»Sie dürfen gerne etwas näher treten«, sagte sie. Ihre Stimme hatte einen resoluten Ton.

Als er vor ihrem Schreibtisch stand, sah Eva Weiß abwechselnd vom Foto in der Mappe zu ihm und wieder zurück. »Von wann ist das Bild?«, fragte sie, ohne erst zu grüßen.

Es erstaunte Sebastian, dass die Frau bemerkt hatte, dass

das Bild schon von 2005 und nicht ganz aktuell war. »Zwei Jahre alt. Ich dachte, das würde reichen; seitdem habe ich mich wohl nicht verändert«, antwortete er.

Ihre kleinen Augen musterten ihn mit intensivem Blick. »Ich glaube schon, dass Sie sich verändert haben. Auf dem Foto wirken Sie ein wenig verbissen. Den Mann auf dem Bild würde ich so beschreiben: Ihn treibt irgendetwas, er will etwas erreichen, unbedingt. Diese Eigenschaft hat ihm vermutlich auch die steile Karriere verschafft. Mit Ihren vierunddreißig Jahren sind Sie unser jüngster Hauptkommissar…« Sie nickte anerkennend.

Sebastian zeigte keine Regung. In seiner Brust spürte er zugleich Stolz und Versagensangst, und beides wollte er seiner neuen Chefin gegenüber keinesfalls offenbaren.

Frau Weiß schaute noch einmal auf das Foto: »Aber sagen Sie… warum eigentlich der traurige Blick?«

Sebastian hob kurz die Schultern: »Trauriger Blick? Das weiß ich nicht«, log er. In Wahrheit war er in seinem Leben schon manches Mal darauf angesprochen worden, und er ahnte auch warum.

Die Polizeipräsidentin sah ihn abwartend an.

»Nun gut«, meinte sie dann. »Jedenfalls wirken Sie in natura etwas entspannter, was ja gut ist.«

»Ich hatte mir vorgenommen, diesen Job nicht ganz so verbissen anzugehen wie meine letzten…«

»Am ersten Tag, im ersten Gespräch mit der Vorgesetzten ist das ein ungewöhnlicher Kommentar, Herr Fink, finden Sie nicht?«

»Ich habe festgestellt, dass es für die Arbeit bei der Polizei langfristig besser ist. So war das gemeint…«

»Das habe ich mir schon gedacht. In Ihrem Fall könnte das die richtige Einstellung sein. Eine schnelle Karriere ist schön. Aber sie sollte nicht die Gesundheit belasten. Nun, es wird sich in Ihrem Fall zeigen.«

Die Polizeipräsidentin stand auf, strich sich einmal über das Jackett ihres Hosenanzugs und kam um den Schreibtisch herum. Trotz ihrer hochhackigen Schuhe wirkte sie im Stehen deutlich kleiner, als Sebastian sie sitzend eingeschätzt hatte. Eine Sitzriesin.

»Es freut mich, dass Sie für uns arbeiten, Herr Fink. Ich begrüße Sie hiermit offiziell bei der Hamburger Polizei.« Frau Weiß zeigte ein mädchenhaftes Lächeln, mit dem sie tatsächlich was von einer Puppe hatte. Als Sebastian in ihre Hand einschlug, schaukelte eine silberne Kette an ihrem dünnen Handgelenk.

»Ich freue mich sehr auf die Arbeit«, sagte Sebastian. Er meinte es aufrichtig.

»Und ich wünsche Ihnen Erfolg«, antwortete Eva Weiß. »Den werden Sie brauchen.« Mit dem letzten Satz war das mädchenhafte Lächeln wieder verschwunden, und Frau Weiß hatte eine undurchschaubare Miene aufgesetzt. »Dann schauen Sie sich jetzt mal Ihr Büro an, wir sehen uns später in der Besprechung.« Die Polizeipräsidentin nickte noch einmal und setzte sich wieder an ihren Schreibtisch.

Kurz darauf stand Sebastian Fink allein im eher kargen und länglich geschnittenen Raum 410. Obwohl durch das Fenster genug Tageslicht hereinfiel, war das Neonlicht eingeschaltet. Entlang der Wand befanden sich leere Regale, auf dem Fensterbrett eine hellgrüne Zimmerpflanze, die aus

Plastik zu sein schien. Sebastian berührte ihre Blätter und stellte überrascht fest, dass die Pflanze doch echt war. In der Mitte des Raumes stand ein alter Schreibtisch aus hellem Buchenfurnier, davor ein abgewetzter Bürostuhl. Sebastian lockerte seine Krawatte, hängte das Jackett über die Stuhllehne und setzte sich. Eine Weile lang saß er reglos da. Die Stille, die in dem Raum herrschte, war auffällig. Nichts davon zu merken, dass im selben Gebäude Hunderte Menschen arbeiteten. Nur das leise Rauschen der hohen Pappeln vor dem Gebäude drang mit kühler Luft durch das gekippte Fenster.

Dies ist also das Büro, in dem ich die nächste Zeit, vielleicht Jahre arbeiten werde, dachte Sebastian. Ein verantwortlicher Posten bei der Polizei – das war sein Ziel gewesen. Sebastians Gedanken hangelten sich an den vergangenen Monaten und Jahren zurück, an dem Weg, der ihn hierhergeführt hatte. Und plötzlich zog sich sein Magen schmerzhaft zusammen. Unweigerlich waren sie wieder da, die Erinnerungen an einen Tag im August vor inzwischen siebenundzwanzig Jahren. Seine Eltern, seine Schwester und er lebten in Tellenhorst, einem kleinen Dorf nahe Lübeck. Ein Leben auf dem Lande. Die wogenden Weizenfelder und saftig grünen Sommerwiesen, der Tellenhorster Wald, durch den er oft streifte und wo er sich Verstecke baute, waren ihm vertraut wie sein Kinderzimmer. Unbeschwerte Jahre waren es gewesen. Bis zu jenem sommerlichen Spätnachmittag 1980. Sebastian war damals sieben Jahre alt, als er sich im Wald versteckte, stundenlang, und damit eine Katastrophe auslöste, die das Leben seiner Eltern und seins verdüsterte und deren Folgen sein Leben bis heute bestimmten. Das war wohl die Zeit, in der sich sein überbordender Ehrgeiz zu entwickeln begann. Alles perfekt machen. Nur nicht den Eltern zur Last fallen. Im Gegenteil, sie erfreuen. Durch gute Noten in der Schule, durch gutes Benehmen zu Hause. Auch der Gemeinschaft einen Dienst erweisen. Sich um andere Menschen kümmern. Für Gerechtigkeit eintreten. Für die Opfer einsetzen. Täter einer gerechten Strafe zuführen. Sebastian hatte die Polizeiausbildung schnell und mit Auszeichnung absolviert. Im Dienst hatte er gut gearbeitet. Aber er war bislang nicht verantwortlich gewesen, musste Anweisungen nur geflissentlich ausführen. Und nun? Nun würde sich zeigen, ob er wirklich etwas Größeres zu leisten imstande war. Er fuhr sich mit der Hand durch die Haare – seit früher Kindheit hatte er die Angewohnheit, dies bei Nervosität zu tun, und konnte es immer noch nicht lassen.

Sebastian stutzte. Er glaubte, jemand sei im Nachbarbüro aus Versehen mit dem Stuhl an die Wand gerollt. Das zweite Klopfen aber kam dann doch deutlich von der Tür. Er öffnete und stand einem älteren, aber kräftigen Mann mit wachen Augen gegenüber. »Sie sind der Neue?«, fragte der mit einer rauchigen Stimme.

Sebastian nickte: »Fink. Guten Tag.«

»Lenz. Darf ich reinkommen?«

»Herr Lenz! Natürlich. Kommen Sie.«

Sebastian schüttelte dem Mann die Hand. »Ich freue mich, Sie kennenzulernen. Ich hatte gar nicht erwartet, Sie hier zu treffen…« Den letzten Satz hatte Sebastian schon bereut, als er ihn begonnen hatte.

»Man hat Sie offenbar falsch informiert«, erwiderte Lenz mit einem Augenzwinkern. »Das kommt in diesem Haus leider vor, obgleich es hier nun gerade nicht passieren sollte. Man würde es jedenfalls nicht erwarten, was?«

»Nein«, stimmte Sebastian zu.

Lenz stemmte seine kräftigen Arme auf das Fensterbrett und sah hinaus. »Ich habe noch fünf Tage bis zur Pension. Aber keinen Fall mehr zu bearbeiten. Darum hatte ich gebeten, um mich hier langsam verabschieden zu können, vierzig Jahre Dienst sind eine lange Zeit.«

Lenz sah schweigend aus dem Fenster. Vielleicht rauschten ihm in diesem Moment Szenen seiner langen beruflichen Karriere vor dem inneren Auge vorbei.

»Tja, tja...«, machte er mit einem leisen Seufzen. Dann drehte er sich um und sah Sebastian musternd an. »Ich freue mich, meinen Nachfolger kennenlernen zu dürfen. Ich habe damit kein Problem. Das ist der Lauf der Dinge: Alles hat seinen Anfang und sein Ende, beides ist gleich gut oder schlecht, je nachdem, wie man es sieht.«

Mit dem letzten Wort begann im Raum plötzlich das Licht zu flimmern. Die beiden Männer sahen hinauf zur Decke, wo das Neonlicht flackerte.

»Das hört gleich von allein wieder auf«, meinte Lenz. »Das passiert manchmal, man gewöhnt sich dran. Aber ich wollte Ihnen noch etwas sagen, Herr Fink.« Lenz' Stimme war unvermittelt in einen ernsten Ton umgeschlagen, und Sebastian irritierte das Flimmern auf dessen von vielen Falten durchzogenem Gesicht. »Sie werden heute Ihren ersten Fall bekommen. Man hatte zunächst mich gebeten, ihn zu übernehmen, weil in der Dienststelle die Einschätzung herrscht, es handele sich um eine einfache Sache, die ich in den verbleibenden Tagen lösen könnte.« Die Milde in Lenz'

Augen war einer scharfen Präsenz gewichen. »Es geht um einen alten Mann, der in seiner Wohnung in der Lindenallee tot aufgefunden wurde. Seine Tochter glaubt an einen Unfall – der Krankenpfleger, der täglich vorbeischaut, habe aus Versehen Insulin gespritzt. Die Leiche wird gerade obduziert. Der Gerichtsmediziner Professor Szepek wird sich nachher bei Ihnen melden. Ich habe es abgelehnt, diesen Fall anzunehmen, und will Ihnen ehrlich sagen, warum.« Lenz sah Sebastian eindringlich an. »In den vielen Jahren in diesem Job entwickelt man ein Gespür für die großen Geschichten. Ich will Sie nicht unnötig beunruhigen, aber ich habe das Gefühl, dass hier eine komplizierte Sache auf Sie zurollen könnte. Wenn das stimmt, würden meine letzten fünf Arbeitstage wahrscheinlich nicht reichen, um den Fall zu lösen. Aber ich biete Ihnen an, dass Sie mich jederzeit aufsuchen können, ich stehe Ihnen mit meinem Rat gerne zur Verfügung.«

Nachdem er Sebastian die Hand gereicht und seinen Abschied mit einem Nicken bekräftigt hatte, verließ der Mann das Zimmer, ohne sich noch einmal umzusehen. Sebastian starrte eine Weile auf die geschlossene Tür. Er hoffte, dass der Kollege sich irrte. Er hatte nichts gegen einen komplizierten Fall. Im Gegenteil. Aber es musste nicht gleich der erste sein.

Kurz vor elf Uhr tönten aus der grauen Telefonanlage zum ersten Mal Klingellaute. Es war Professor Szepek von der Gerichtsmedizin. Mit schneidiger Stimme beglückwünschte er Sebastian zu der neuen Stelle und kam dann schnell zur Sache. »Ich wollte Sie darüber informieren, dass die zweite

Untersuchung das Ergebnis der ersten bestätigt: Im Blut von Karl Perkenson wurden fünfzig Einheiten Insulin festgestellt. Das ist ja wohl eine Überdosis.«

»Ist es?« Sebastian kannte sich mit Insulin nicht aus.

»Aber hallo! Für einen Diabetiker wäre das schon zu viel. Aber Perkenson war ja keiner, für ihn war diese Dosis tödlich.«

»Herr Szepek, ich danke für die Information«, sagte Sebastian. »Von nun an werden wir wohl öfter voneinander hören.«

Nachdem sie sich noch einen guten Tag gewünscht hatten, zog Sebastian seinen Notizblock aus der Tasche. Die Ermittlungen konnten losgehen.

Die wahrscheinlichste Variante eines Tathergangs war natürlich ein Unfall. Der Pfleger hatte das Falsche gespritzt und wollte das kaschieren. Sebastian würde sich den Tatort ansehen, mit dem Pfleger sprechen und auch mit der Tochter des Toten, die den Pfleger verdächtigte. Wenn dem Pfleger ein Versehen unterlaufen sein sollte, würde Sebastian ihn zu einem Geständnis bewegen, damit wäre die Sache schon erledigt. Dagegen sprach nur die Vermutung von Herrn Lenz. Nun gut. Es würde sich schnell herausstellen, ob er mit seinem Gespür für die großen Geschichten richtig lag.

Sebastian atmete einmal tief durch. Er zog seine Krawatte aus, öffnete den obersten Knopf seines Hemdes und krempelte die Ärmel hoch. Dann ließ er sich von der Zentrale mit Brigitte Mehldorn, der Tochter des Toten, verbinden. Sie wollte sich gerade auf den Weg in die Lindenallee machen, und die beiden verabredeten sich dort. So könnte sich Sebastian gleich einen ersten Eindruck verschaffen, und vielleicht würden bis dahin auch schon erste Erkenntnisse der Spurensicherung vorliegen.

Er wollte gerade zur Tür hinaus, als sie von außen aufgerissen wurde: »Überfall!«, rief ein Mann in schwarzer Lederkluft und einem Motorradhelm auf dem Kopf.

Für einen Moment stand Sebastian unter Schock. Dann zog der Mann seinen Helm aus.

»Du Schwein«, sagte Sebastian – erst jetzt hatte er seinen Kollegen Jens Santer von der Polizeischule in Bremen wiedererkannt.

»Ist ja raspelkurz wie früher«, sagte Sebastian und fuhr Jens mit der Hand über die Haare. »Und, wie geht's dir hier so?«

»Ist ganz okay in diesem Laden, bin seit drei Monaten hier, und mir geht's gut. Aber…« Jens musterte Sebastian demonstrativ von unten nach oben: »Oho! Sehr fein hat sich der Herr gemacht«, meinte er. »Von Bremen kenne ich dich eigentlich nur in Jeans und Polohemd.«

»Ab morgen bin ich wieder der Alte.«

Sebastian hatte zuvor schon erfahren, dass es sich bei einem seiner Teammitarbeiter um Jens handelte, mit dem er sich vor einigen Jahren während der Ausbildung angefreundet hatte. Er war froh darüber, wenigstens einen Menschen an seinem neuen Arbeitsplatz zu kennen.

»Halt! Deine Jacke kannst du anbehalten, wir müssen gleich los«, sagte Sebastian.

Jens machte ein überraschtes Gesicht.

»Ich hätte dich ohnehin gleich angerufen; wir müssen zu einem Tatort in der Lindenallee. Ich erzähl dir unterwegs, worum es geht«, sagte Sebastian und nickte Richtung Tür.

Kurz darauf standen sie in Karl Perkensons Wohnung. Türgriffe und einzelne andere Stellen waren mit schwarzem Puder bestäubt. Die Spurensucher waren also schon tätig geworden. In der Küche arbeitete der Leiter der Gruppe, Paul Pinkwart, ein hagerer Mann mit trockener, etwas unrasierter Haut und tiefsitzenden, kleinen Augen. Das noch dichte, aber stark angegraute Haar war mit Pomade säuberlich nach hinten gekämmt. Sein Name erinnerte Sebastian an eine Comicfigur und stand in starkem Kontrast zum Aussehen und zur strengen Stimme des Mannes: »Wir haben noch nichts gefunden, Sie sind ja ziemlich schnell hier erschienen«, sagte der erfahrene Ermittler mürrisch. Sebastian hatte von Jens schon gehört, dass Pinkwart ein launischer Mensch war und sich ungern das Arbeitstempo von anderen vorgeben ließ.

»Ist okay. Ich wollte mir mal die Wohnung ansehen«, antwortete Sebastian. »Haben Sie DNA-Taugliches gefunden?«

»DNA-tauglich ist hier vieles«, meinte Pinkwart. »Fragt sich nur, ob es uns weiterbringt.«

»Wie lange brauchen Sie für die Laboruntersuchungen?«

Pinkwart sah ihn genervt an. »Am Nachmittag ruf ich Sie an. Dann haben wir erste Ergebnisse.«

Unangenehmer Typ, dachte Sebastian. Vielleicht war der so patzig, weil Sebastian als deutlich jüngerer in einer höheren Position war? Oder weil sich im Team unter Lenz eine Hackordnung eingespielt hatte, die einige Beteiligte nicht ohne weiteres aufgeben wollten? Es half nichts, Sebastian würde sich schnell an die Zusammenarbeit mit dem Spezialisten gewöhnen müssen.

Jens und er sahen sich in der Dreizimmerwohnung des

pensionierten Postboten um. Es roch nach altem Zigarettenrauch. Und muffig. Es war nicht gut gelüftet worden, vermutlich schon seit Jahren nicht. Im Schlafzimmer war das Bett ordentlich gemacht. Auf dem Nachttisch stand ein Aschenbecher voller Kippen. Im Wohnzimmer, auf dem zerschlissenen Sofa, lag das Fernsehprogramm, die Seiten mit dem Datum von Perkensons Tod waren aufgeschlagen. An der Wand hingen drei Fotos. In einem kleinen Holzrahmen war das Doppelporträt eines Paars zu sehen. »Vermutlich Perkensons Eltern«, sagte Sebastian zu Jens, denn die Aufnahme schien uralt zu sein. Daneben hing das Foto einer Frau mit einem blonden Mädchen. Seine vor einigen Jahren verstorbene Ehefrau und die Tochter? Das dritte Foto zeigte einen lachenden jungen Perkenson in einer Uniform mit einer Gitarre oder einem Bass. Anscheinend hatte er in irgendeinem Orchester gespielt.

»Postorchester?«, fragte Jens.

Sebastian wusste nicht, ob es so was überhaupt gab.

Auf den ersten Blick fiel den beiden an der Wohnung des alten Mannes nichts Besonderes auf. Und trotzdem hatte Sebastian das Gefühl, dass irgendetwas, das er hätte bemerken müssen, nicht ins Bild passte. Wenn er tatsächlich etwas übersehen haben sollte, würde er noch darauf kommen, das wusste er. Manche Dinge brauchten ihre Zeit.

Sebastian stand gerade in der offenen Wohnungstür, als aus dem dunklen und engen Treppenhaus lautes Keuchen zu vernehmen war. Kurz darauf erschien eine etwa fünfzigjährige Frau in einem riesigen braunen Mantel aus dünnem Stoff, mit Hilfe dessen sie offenbar ihren übergewichtigen Körper zu verbergen versuchte.

»Ich möchte in die Wohnung!«, verlangte sie in forschem Ton. Sebastian reichte ihr die Hand: »Sebastian Fink. Sie sind Frau Mehldorn?«

Die Frau nickte erschöpft.

»Solange die Spurensicherung arbeitet, können Sie nicht in die Wohnung. Aber wir können uns in mein Auto setzen, ich habe ein paar Fragen.«

Nachdem sie missmutig den Kopf hin und her gewiegt hatte, drehte Frau Mehldorn sich um und stieg schimpfend wieder die Treppe hinab.

Das ist also der erste Mensch, den ich als Kriminalhauptkommissar vernehmen werde, dachte Sebastian. Die werde ich wahrscheinlich nie vergessen… Sebastian hatte von vielen Kollegen gehört, dass jedes Mal, wenn man eine neue Arbeitsstelle antritt, es die erste zu vernehmende Person sei, die einem für immer im Gedächtnis haftenbliebe.

»Ich bin froh, dass endlich etwas passiert«, begann Brigitte Mehldorn. Sie saß zusammengesunken auf dem Beifahrersitz, ihre Hände tappten nervös auf der weinroten Handtasche auf ihrem Schoß. »Ich kann es nicht fassen, dass mein Vater so plötzlich gestorben ist. Der Pfleger, dieser Idiot – entschuldigen Sie bitte –, der ist für den Tod verantwortlich.« Sie kramte ein Päckchen Zigaretten aus ihrer Tasche und zündete eine an.

»Könnten Sie bitte das Fenster öffnen?«, forderte Sebastian.

Widerwillig öffnete die Frau das Fenster einen Spalt. Den Rauch aber blies sie ins Auto.

Die werde ich wirklich nie vergessen, dachte Sebastian. Dass sie mir den Rauch nicht gleich direkt ins Gesicht bläst... Frau Mehldorn noch einmal auf das Fenster hinzuweisen kam ihm in dieser für die Frau schwierigen Situation unsinnig vor.

»Wieso sind Sie sich so sicher, dass der Pfleger etwas damit zu tun hat?«, fragte er.

»Weil er ihm das Falsche gespritzt hat. Die sind total überlastet auf der Station, das habe ich schon öfter bemerkt.«

»Woher wissen Sie eigentlich, dass Ihrem Vater das Falsche gespritzt worden ist?«

»Na, das konnte man ja leicht annehmen...«

»Warum?«

»Der Pfleger, Herr Sonowski, hatte mich doch angerufen, nachdem er meinen Vater – wie er sagte – tot auf dem Küchenboden gefunden hatte. Um kurz nach 19 Uhr ist das gewesen. Der Pfleger kommt immer um diese Zeit. Ich bin gleich losgefahren, der Notarzt war noch da, und während wir alle in der Küche standen, fand ich die Gummikappe der Spritze. Der Pfleger hat sofort gesagt, dass es seine ist. Und dann stellte sich heraus, dass es nicht die Kappe einer Vitaminspritze war, wie sie mein Vater oft bekam, sondern die einer Insulinspritze. Da habe ich gleich vermutet, dass der Pfleger meinem Vater das Falsche gespritzt hat. Deshalb hab ich dann die Polizei verständigt.« Brigitte Mehldorn legte eine längere Pause ein, in der sie heftig an der Zigarette zog.

Sebastians Blick fiel auf ihre dicken Finger, in die mehrere Ringe einschnitten.

»Ich habe eben erfahren, dass im Blut Ihres Vaters tatsächlich eine hohe Menge Insulin gefunden wurde«, sagte er.

»Ich sag's doch. Mein Vater brauchte kein Insulin.« Frau

Mehldorn nickte bestätigend, und Sebastian bemerkte, dass sie den roten Lippenstift deutlich über den Rand ihrer Lippen hinaus gezogen hatte. »Ich meine, er hat es natürlich nicht absichtlich getan. Aber er… er hat einfach nicht aufgepasst!«

Frau Mehldorns Theorie war plausibel. Vermutlich war das schon die Lösung. Der Pfleger hatte angegeben, er habe Karl Perkenson tot aufgefunden. Sollte die Gerichtsmedizin die Todeszeit auf ca. 19 Uhr festlegen, wäre die Sache klar.

Aber was, wenn die Gerichtsmedizin überraschend einen früheren Zeitpunkt feststellte und der Pfleger ein Alibi vorweisen könnte? Obwohl beides unwahrscheinlich war, ertappte sich Sebastian dabei, dass sein Kopf schon eine andere Variante durchspielte. Es gab eine hohe Dunkelziffer bei einer an sich schon häufigen Art von Verbrechen: den Verbrechen innerhalb der Familie. Alte Menschen wurden von ihren Angehörigen umgebracht. Entweder erledigten diese das gleich selbst, oder sie beauftragten jemanden. Meistens ging es ums Geld, manchmal geschah es aber auch aus Hilflosigkeit, wenn dem alten Verwandten die nötige Pflege nicht mehr angebracht werden konnte. Aber Perkenson? Er war gut versorgt. Hatte er Geld? Von der Pension eines Postboten und der Einrichtung der Wohnung zu schließen, hatte er nicht viel. Gab es einen anderen Grund, ihn zu beseitigen?

Sebastian wandte sich der Tochter zu: »Frau Mehldorn, Sie haben Ihren Vater besucht, kurz bevor…«

»Ja!«, unterbrach sie. »Ich war von 14 Uhr bis 16 Uhr bei ihm, da ging es ihm gut. Deshalb habe ich auch keine Ruhe gegeben. Sonst würden wir jetzt nicht hier sitzen.« Sie zog noch mal intensiv an der Zigarette und fuhr laut fort: »Der würde einfach weiter frei rumlaufen und noch ein paar andere aus Versehen totspritzen, bis es mal irgendwer merkt. Wer weiß denn, ob es das erste Mal war?«

»Frau Mehldorn, ich habe Verständnis für Ihre Gefühle, aber auch für Herrn Sonowski gilt erst einmal die Unschuldsvermutung, bis man ihm eine Schuld nachweisen kann.«

»Was heißt denn das?« Brigitte Mehldorn schien dieser Gedanke nicht zu gefallen. Sie kurbelte das Fenster ein Stück weiter runter und warf ihre Zigarette hinaus.

»Das heißt, dass wir herausfinden müssen, ob nicht jemand anderes Ihrem Vater das Insulin gespritzt haben könnte.«

Frau Mehldorn sah Sebastian entgeistert an. »Wer sollte das gewesen sein? Und wann? Ich war ja kurz vorher bei ihm, da war alles in Ordnung. Mein Mann hat mich abgeholt, der kann das bezeugen.«

Ihr Ehemann. Es würde leicht herauszufinden sein, ob dem Ehepaar durch den Tod von Karl Perkenson irgendein nennenswerter Vorteil entstünde.

Frau Mehldorn suchte derweil in ihren Erinnerungen: »Nein, alles war wie immer. Ich habe mich von meinem Vater verabschiedet und gesagt: Bis zum nächsten Wochenende, und dann…« Brigitte Mehldorn hielt die Luft an. Sie suchte hektisch in ihrer Handtasche, zog ein Taschentuch hervor und brach in Tränen aus. »Mein Vater und ich waren uns sehr nah…«, schluchzte sie.

Nachdem sie sich wieder gefangen hatte, fragte Sebastian: »Kann ich Sie irgendwohin fahren?« Ein wenig hatte es ihn verunsichert, diese scheinbar herrische Person plötzlich so aufgelöst zu erleben.

Frau Mehldorn schüttelte den Kopf »Nein, danke. Das ist nicht nötig. Ich bin selbst mit dem Auto hier.«

»Manchmal fällt einem später etwas ein, was zunächst unwichtig erscheint. Sie können mich jederzeit anrufen«, sagte Sebastian und reichte ihr seine Karte. »Ich werde mich meinerseits demnächst bei Ihnen melden. Sie bleiben in der Stadt?«

»Ja, ja. Hab ja dann wohl einiges zu organisieren hier.«

Sie steckte die Karte in ihre Handtasche. »Wann darf ich in die Wohnung?«, fragte sie.

»Ich werde Sie verständigen«, antwortete Sebastian.

Nachdem sie ausgestiegen waren, stand Brigitte Mehldorn eine Weile starr vor dem Haus und sah hinauf zu den Fenstern ihres Vaters, wo ein Kollege der Spurensicherung gerade das Fensterbrett untersuchte. Sebastian empfand Mitgefühl, als er sah, wie verloren die Frau in diesem Moment wirkte.

Während Jens sich noch in der Wohnung und im Haus von Perkenson umsehen wollte, stand für Sebastian die Vernehmung des Pflegers Norbert Sonowski an. Er war schon ins Präsidium bestellt.

Auf dem Rückweg ins Büro wurde Sebastian in seinem Auto geblitzt. Ärgerlich schlug er mit der Hand aufs Lenkrad. In den letzten Monaten, nachdem klargeworden war, dass er als Kriminalkommissar in Hamburg arbeiten würde, hatte er versucht, die Geschwindigkeitsbegrenzungen einzuhalten. Ihm war die Vorstellung unangenehm gewesen, dass die Kollegen von der Verkehrspolizei ihn schon von den Fotos kennen würden, wenn er seinen Dienst antrat. Es war ihm tatsächlich gelungen, in den Monaten vor Arbeitsbeginn kein einziges Mal geblitzt zu werden. Dass ausgerechnet sein erster Fall mit einem solchen Schnappschuss beginnen musste...

Auf seinem Schreibtisch lag die Mappe mit Informationen über den Pfleger Norbert Sonowski. Sebastian sah sich das Foto an: ein bulliges Gesicht mit gutmütigen, grünen Augen. Der Mann wirkte älter als seine zweiunddreißig Jahre. Das lag wohl an den wenigen Haaren, die seinen Kopf umkränzten. In den Unterlagen war nichts Auffälliges zu erkennen, jedenfalls nicht auf den ersten Blick. Auch im polizeilichen Führungszeugnis gab es keinen Eintrag. Nur von der Verkehrspolizei lag ein Blitzerbild vor.

Sebastian war gespannt, was der Mann zu sagen hatte. Vorher wollte er aber noch schnell etwas erledigen. Er schloss die Mappe und tippte die Nummer der Verkehrsabteilung. Er informierte die Frau am anderen Ende der Leitung, dass er vor einer Stunde geblitzt worden sei, und bot an, die Strafe sofort zu zahlen, sie bräuchten das Bild gar nicht erst zu entwickeln. »Ist schon in Ordnung«, sagte eine rauchige Frauenstimme. »Diesmal kommen Sie ungeschoren davon, Sie sind ja noch neu hier, wenn mich nicht alles täuscht.«

»Das ist richtig«, antwortete Sebastian überrascht. Woher wusste die Frau das?

»Sagen Sie mal«, meinte die Stimme, »sind Sie nicht der jüngste Hauptkommissar hier?«

Bevor Sebastian darauf etwas erwidern konnte, sprach die Stimme weiter: »Es gab eine Rundmail. Sie werden auch solche zu sehen bekommen. Wenn uns jemand aus den höheren Positionen verlässt oder jemand dazukommt, wird das bekanntgegeben. Ist seit ein paar Monaten so. Hat die Polizeipräsidentin eingeführt. Aber nun kommt das Beste...« Sie fuhr im Flüsterton fort: »Ich bin hier die Älteste. Darauf sollten wir bei Gelegenheit zusammen einen Kaffee in der Cafeteria trinken.«

»...also, das können wir gern mal machen«, antwortete Sebastian. Auf die Schnelle war ihm keine andere Antwort eingefallen. Und warum hätte er den Vorschlag auch ablehnen sollen?

»Börnemann heiße ich. Zimmer 214. Wir hören voneinander. Sollte Ihr Blitzerfoto doch auf meinem Tisch landen, lasse ich es verschwinden. Versprochen.«

Zumindest dafür hätte es sich schon gelohnt, dachte Sebastian und eilte los zum Gespräch mit dem Pfleger Norbert Sonowski.

Im hell erleuchteten Verhörraum im ersten Stock surrte das Licht. Auf der anderen Seite des länglichen weißen Tisches saß der Krankenpfleger, sein spärliches Haar war zerzaust, sein Blick leer.

»Seit wann kannten Sie Karl Perkenson?«, begann Sebastian die Befragung, nachdem er den Mann begrüßt hatte.

»Was heißt kennen? Ich wurde das erste Mal vor ein paar Monaten bei ihm eingesetzt...« Die Stimme von Norbert Sonowski war klar und fest. Ein wenig nasal klang sie. Jetzt fiel Sebastian auch die große Nase des Mannes auf.

»Ich war immer nur kurz bei dem Patienten. Ab und zu hab ich Blutdruck gemessen. Wir haben ein bisschen geschnackt, und dann hab ich ihm manchmal die Spritze gegeben. Mehr nicht.«

»Worüber haben Perkenson und Sie gesprochen?«

»Nichts Weltbewegendes. Worüber man halt so redet: Wetter, Mittagessen – was weiß ich.«

Während Sonowski sprach, wickelte er seine silberne Halskette um den Zeigefinger.

»Ist Ihnen etwas Ungewöhnliches an Karl Perkenson aufgefallen in den letzten Tagen vor seinem Tod?«, fragte Sebastian.

»Nee. War alles wie immer.«

»Und wie erklären Sie sich, dass der Gummiverschluss einer Insulinspritze in Perkensons Küche lag, obgleich bei ihm nur Vitaminspritzen verwendet wurden?«

Der Pfleger zuckte die Achseln. »Kann sein, dass mir die rausgefallen ist. Ich hab viele Patienten, und nicht wenige von denen bekommen Insulin.«

Sonowski schnaubte einmal, als wäre ihm irgendetwas Ärgerliches durch den Kopf geschossen. »Ich habe die Frau Mehldorn ja erst darauf aufmerksam gemacht, dass der Gummiverschluss, den sie gefunden hatte, von einer Insulinspritze ist! Sie hätte es gar nicht gemerkt und die Kappe weggeworfen«, schimpfte er. »Obwohl die Mehldorn unter Schock stand, hat sie unter dem Tisch die Gummikappe entdeckt – komisch, nicht?«

Eigentlich war das nicht komisch. Menschen machten unter Schock eigenartige Dinge. Trotzdem unterstrich Sebastian die Notiz.

Sonowskis Blick hatte sich inzwischen auf den Tisch gesenkt, seine Finger wanderten wieder zum Hals, fanden die Kette und drehten sie, während er schwieg.

»Herr Sonowski«, sagte Sebastian in einem Ton, der deutlich machte, dass das Gespräch eine neue Wendung nehmen würde. Er legte die Ellbogen auf den Tisch und beugte sich etwas vor: »Ich weiß, dass Sie in Ihrem Beruf sehr viel leisten, dass Sie vielen Patienten helfen…«

»Wenn Sie darauf hinauswollen…«, versuchte der Pfleger zu unterbrechen, doch Sebastian sprach einfach weiter: »Wenn Ihnen ein Versehen passiert sein sollte…«

»Ist nicht!«

»…was schlimm wäre, aber passieren kann, dann gäbe es natürlich ein Gerichtsverfahren wegen fahrlässiger Tötung, und es wäre natürlich mit einer empfindlichen Strafe zu rechnen. Aber…«

»So war es nicht!«

»…wenn es doch so gewesen ist und Sie das zugeben, dann ist es für Sie sehr viel besser. Denn wenn sich herausstellt, dass Sie doch verantwortlich sind und versucht haben, hier ungeschoren davonzukommen, dann werden Sie zusätzlich angeklagt wegen Falschaussage, wegen Behinderung behördlicher Untersuchungen, und da kann noch einiges dazukommen. Ihre Strafe wird dann entsprechend um einiges höher. Ich frage Sie also noch einmal: Haben Sie Karl Perkenson aus Versehen Insulin gespritzt?«

Norbert Sonowski sah Sebastian lange an. Er wirkte dabei auf einmal ganz ruhig. »Nein«, sagte er dann. »Ich habe ihm gar nichts gespritzt, denn er war tot, als ich in seine Wohnung kam.«

Sebastian hatte das deutliche Gefühl, dass der Mann eben die Wahrheit gesprochen hatte.

»Also gut, Herr Sonowski, wir werden überprüfen, was Sie hier ausgesagt haben. Ich glaube Ihnen erst mal. Haben Sie denn jemanden gesehen, als Sie ankamen, auf der Straße oder vielleicht im Treppenhaus?«

»Nö«, antwortete Sonowski nach kurzer Überlegung. »Da war niemand. Im Treppenhaus nicht, auf der Straße auch nicht. Ist mir jedenfalls keiner aufgefallen.«

Norbert Sonowski war nichts mehr zu entlocken gewesen. Sebastian saß im Büro und wählte die Nummer von Paul Pinkwart. Vielleicht gab es erste Erkenntnisse aus den Untersuchungen in Perkensons Wohnung.

»Für eine DNA-Analyse ist es noch zu früh«, grummelte Pinkwart.

Sebastian rollte die Augen und fragte sich, ob der Mann wohl immer schlechtgelaunt sei. »Mir ist klar, dass es für eine DNA-Analyse noch zu früh ist«, erwiderte er, »aber ich wollte hören, ob es vielleicht schon irgendetwas anderes gibt, das mir weiterhelfen könnte.«

»Ja und nein«, sagte Paul Pinkwart. »Die Haare von Karl Perkenson sind leicht zu identifizieren, die sind grau und haben einen ordentlichen Fettfilm. Dann haben wir einige, die wohl vom Pfleger sind, ist ja klar.«

Danach verstummte der Spurensucher, und Sebastian hörte Papierrascheln. Offenbar sah der Mann in Ruhe irgendetwas nach und nahm in Kauf, dass Sebastian warten musste. Er merkte, wie ihm Blut ins Gesicht stieg. Er wollte nicht am ersten Tag Streit mit einem Kollegen anfangen.

Aber wenn Pinkwart ihn weiterhin provozierte, würde Sebastian sich nicht lange beherrschen können.

»Ob das auffällig ist oder nicht, weiß ich nicht«, fuhr Paul Pinkwart zögerlich fort, »aber wir haben Haare von mindestens sechs verschiedenen Frauen gefunden…«

Sebastian stutzte. Er fragte sich, ob man Haare von Frauen und Männern auf den ersten Blick unterscheiden konnte. Aber er wollte jetzt nicht ablenken.

»Von der Tochter haben wir natürlich auch welche gefunden. Ich hab die Frau mit ihren schwarzen Haaren ja kurz gesehen. Von denen sind einige da. Aber zudem haben wir Haare in diversen Farben: mahagonibraun, rötlich, ganz dunkel, und das alles in verschiedenen Längen und einmal lockig.«

Das war erstaunlich. Hatte der Alte regelmäßigen Damenbesuch empfangen? Wer konnte das gewesen sein? Sebastian wählte die Nummer der Tochter, doch das Telefon war abgeschaltet. Er würde es bald noch mal versuchen. Inzwischen konnte er einen Kaffee aus der Cafeteria holen und sich bei der Gelegenheit noch ein bisschen im Haus umsehen.

Das Gebäude war zwar nicht besonders schön, aber praktisch gebaut. Die karg gehaltenen Gänge der verschiedenen Stockwerke waren durch farbige Streifen entlang der Wände markiert. Es erinnerte Sebastian an ein Krankenhaus, mit dem Unterschied, dass die Gänge im Präsidium meist menschenleer waren und es nicht nach Desinfektionsmittel roch. Die Kollegen wirkten auf Sebastian insgesamt freundlich. Bislang jedenfalls.

Der zweite Versuch, Brigitte Mehldorn zu erreichen, war

erfolgreich. Sebastian fragte sie, ob ihr Vater des Öfteren Damenbesuch erhalten habe.

»Damenbesuch?«, tönte es aus dem Hörer. »Also, davon weiß ich gar nichts. Wieso Damenbesuch? Das ist doch Unsinn.«

Die Antwort reichte ihm. Sebastian mochte erst einmal nicht weiter über die Frauen sprechen, bis er die DNA-Analyse von Pinkwart kannte. Damit sie sich inzwischen nicht allzu sehr aufregte, sagte Sebastian zu der empfindlichen Brigitte Mehldorn: »Ich melde mich bei Ihnen, sobald wir mehr wissen, es könnte sich um eine Verwechslung handeln.«

»Was für eine Verwechslung?«, hakte Frau Mehldorn nach. »Was für Frauen sollten denn Ihrer Meinung nach in der Wohnung meines Vaters gewesen sein?«

»Es tut mir leid, dazu kann ich Ihnen noch nichts sagen, ich…«

»Also, irgendetwas stimmt da doch nicht!«, unterbrach Mehldorn schimpfend.

»Das kann sein. Ich werde Sie auf dem Laufenden halten.«

Nachdem er aufgelegt hatte, dachte Sebastian, wie schade es sei, dass ausgerechnet diese etwas anstrengende Person diejenige wäre, die ihm für immer in Erinnerung bleiben würde.

Sebastian ging ein paar Schritte in seinem Büro auf und ab. Brigitte Mehldorn hatte ihn erst auf die Idee gebracht: Kürzlich hatte er von einem sechsundachtzigjährigen Mann gehört, der sich regelmäßig Prostituierte hatte kommen lassen. War so etwas auch bei Perkenson der Fall gewesen, und wenn ja, wusste seine Tochter davon? Sebastian würde sie fragen. Rein gefühlsmäßig meinte er, dass die Tochter, wie sie es gesagt hatte, tatsächlich nichts von Damenbesuch bei ihrem Vater wusste. Sebastian war es bei dem Gedanken nicht behaglich, dass junge Frauen Liebesdienste an dem über Achtzigjährigen vollbracht hätten. Jedenfalls konnte in diesem Umfeld ein vermeintlicher Mord verschiedene Ursachen haben. Geldprobleme, Eifersucht. Und sollten die Frauen mit Perkensons Tod direkt nichts zu tun haben, so bliebe immerhin noch die Möglichkeit, dass eine von ihnen irgendetwas wusste, vielleicht heimlich – mehr oder weniger heimlich – etwas beobachtet hatte.

Es war schon früher Abend, als Jens noch mal in Sebastians Büro vorbeikam. Er hatte die finanziellen Verhältnisse von Karl Perkenson überprüft. »Es ist, wie wir schon vermutet haben«, sagte er. »Kleine Rente, kleines Sparbuch, ansonsten ist da nichts.«

Die beiden zuckten gleichzeitig kurz mit den Schultern.

Die Wahrscheinlichkeit, dass Perkenson Prostituierte kommen ließ, war also gleich null. Oder? Sebastian überlegte. Noch wollte er nicht ganz ausschließen, dass doch etwas in diese Richtung passiert war.

Die andere Variante begann Sebastian wieder durch den Kopf zu gehen. Die Wahrscheinlichkeit, dass Brigitte Mehldorn etwas mit dem Tod ihres Vaters zu tun hatte, war allerdings auch geringer geworden, nun, da klar war, dass sie finanziell keinen Vorteil davon hatte. Gefühlsmäßig war Sebastian inzwischen der Ansicht, dass Frau Mehldorns Schock über den plötzlichen Tod ihres Vaters wohl echt gewesen war. Und wenn das doch ein Irrtum sein sollte, so würde sich das bald herausstellen. Morgen würde zunächst das Ergebnis der Obduktion eintreffen und damit die genaue Todeszeit bekannt sein. Darauf war Sebastian gespannt.

Jens und er ließen den Tag noch mal Revue passieren und besprachen, was morgen anstand. Danach räumte Sebastian seinen Schreibtisch auf, warf sein Jackett über die Schulter und machte sich auf den Heimweg.

Der Fahrstuhl war erst kürzlich in das über hundert Jahre alte Patrizierhaus eingebaut worden, aber Sebastian ging die Treppen trotzdem zu Fuß. Dabei sprang er mit federnden Schritten bis in den fünften Stock. Er brauchte viel Bewegung, ansonsten neigte er zu Nervosität.

Die helle, geräumige Wohnung war leer. Auf dem rötlichbraunen Holzfußboden lag ein Zettel von Anna: *Hole Leo vom Klavierunterricht ab*. Eine angenehme, schwere Ruhe herrschte in den Räumen. Sebastian freute sich; etwas Zeit für sich allein konnte er gut gebrauchen. Er zog Schuhe und Socken aus, öffnete die Balkontür weit und ließ sich auf das leicht abgewetzte lederne Sofa fallen.

»Sebastian!«, drang eine helle Kinderstimme in seinen Traum. Wie lange er geschlafen hatte, wusste er nicht. Die Stimme gehörte Leo. »Erst die Schuhe ausziehen«, hörte er Anna sagen. Sebastian rieb sich die Augen und schaute auf. Seine Mitbewohnerin stand zwischen zwei vollen Einkaufstüten und half ihrem Sohn aus der Jacke. Sie hatte noch den Hut an, den sie manchmal trug. Eine Frau mit Hut, einfach so im Alltag, noch dazu ein Männerhut, wie man ihn von

Frank Sinatra kannte, das war ungewöhnlich in Hamburg. Aber Anna pflegte ihren eigenen Stil. Im Grunde war er dezent, so wie die Kombi, die sie gerade jetzt trug: gut geschnittene Jeans und weißes T-Shirt. Dazu kamen normalerweise ein oder zwei Accessoires, eine Halskette aus roten Korallen zum Beispiel, ein bunter Gürtel oder eben der Hut. Und natürlich die großen, runden Ohringe, die nahezu immer um ihr Gesicht baumelten.

»Und wie war dein erster Tag, Herr Hauptkommissar?«, fragte sie ohne aufzusehen in den Raum.

»Ganz gut«, antwortete Sebastian knapp. Wenn er davon anfangen würde, müsste er ausführlich erzählen, dazu hatte er jetzt einfach keine Lust. Und kurz ging nicht, Anna würde dann weiterbohren. »Ich erzähle dir später davon.«

»Ist okay«, winkte sie ab, hängte den Hut an den Haken und trug die Tüten in die Küche. Währenddessen präsentierte Leo Sebastian stolz ein neues Spielzeug und verschwand dann damit in seinem Zimmer.

Sebastian schloss noch einmal die Augen. Ja, ein bisschen länger Ruhe wäre schön gewesen. Aber das war eben der Preis für das Leben in einer Wohngemeinschaft mit einer Mutter und deren siebenjährigem Sohn.

Sebastian und Anna kannten sich schon aus der Kindheit. Seine Eltern waren damals mit ihm vom Lande in die Stadt gezogen, nach Lübeck. Es war der verzweifelte Versuch, die Ereignisse vom Sommer 1980 in Tellenhorst wenigstens so weit zu verdrängen, dass zumindest ein halbwegs normaler Alltag möglich war. Dieser Versuch misslang. Zu Hause herrschte stets eine fast fühlbare bedrückte Stimmung. Der Vater sprach nicht viel, die Mutter versuchte sich mit aller Kraft zusammenzureißen, doch ihrem Lächeln fehlte das Leben. Und so atmete Sebastian jedes Mal etwas auf, wenn er das Haus verließ. Er war gerne in der Schule, und die Nachmittage verbrachte er bei seinen Freunden. In seiner Schulklasse war auch Anna – damals mit langen, zum Zopf geflochtenen dunkelbraunen Haaren –, mit der er sich schnell anfreundete. Nach dem Abitur trennten sich ihre Wege; während Sebastian Bundeswehr und Polizeiausbildung absolvierte, machte Anna eine Ausbildung zur Fotografin in München. Dort heiratete sie einen zwanzig Jahre älteren Mann und bekam einen Sohn. Vor zwei Jahren wurde Anna von ihrem Ehemann verlassen. Sie zog nach Hamburg und, zunächst als Übergangslösung gedacht, mit ihrem damals fünfjährigen Sohn Leo bei Sebastian ein. Der arbeitete inzwischen bei der Polizei in Pinneberg, wohnte aber in Hamburg. Er hatte ohnehin WG-Partner für seine Wohnung gesucht, die für ihn allein zu groß und zu teuer war. Inzwischen hatten sich die drei an die kleine Gemeinschaft gewöhnt, und von einer neuen Lösung war schon lange keine Rede mehr. Auch an Leo hatte sich Sebastian gewöhnt. Eigene Kinder hatte er bislang nicht haben wollen. Mit dem Jungen aber verstand er sich gut. Er brachte ihn hin und wieder zur Schule, holte ihn vom Schwimmverein ab oder ging mit ihm in den Zoo, und so kam es ihm inzwischen manchmal so vor, als habe er auf Umwegen doch einen eigenen Sohn bekommen.

Sebastian war auf dem Sofa eben wieder eingenickt, als Anna wieder im Wohnzimmer erschien. »Kann ich den Fernseher anmachen?«, fragte sie.

»Von mir aus«, antwortete Sebastian. Es war ihm klar,

dass er das Wohnzimmer nicht als Schlafstätte besetzen konnte. Anna schaltete den Apparat an und zappte durch die Programme. Auf einmal erfüllte ein mitreißender Rhythmus den Raum. Über den Bildschirm flimmerte ein schnellgeschnittenes Musikvideo. Anna hatte MTV eingestellt. »*Savoy Blues!*«, sagte sie erfreut.

Sebastian rollte die Augen. »Ich kann das Lied bald nicht mehr hören. Das läuft ja ständig im Radio… Seit Wochen.«

»Ich finde es super«, sagte Anna. Während sie auf den Bildschirm starrte, wippte sie mit dem Fuß im Takt.

Sebastian beugte sich vor und verfolgte das bunte Geschehen auf dem Bildschirm. Ein schlohweißer drahtiger alter Mann mit wachen Augen bediente hinter einem DJ-Pult die Regler. Ein ungewöhnlicher Eindruck. Im Vordergrund tanzten junge Tänzer eine Art Swing.

»Sag mal, was hat der Alte eigentlich damit zu tun?«, fragte Sebastian nach einer Weile.

»Das ist doch der DJ Jack«, antwortete Anna verwundert. »Den sieht man doch jetzt ständig in Talkshows. Der ist aus Osnabrück. Es heißt, er sei ›*der älteste DJ der Welt*‹. Witziger Typ ist das. Der mischt voll in der Musikszene mit, obwohl er dafür eigentlich Jahrzehnte zu alt ist. Und er ist total erfolgreich: *Savoy Blues* ist in ganz Europa die Nummer eins in den Charts.«

»Ist ja erstaunlich…«, murmelte Sebastian und sah sich das Musikvideo weiter an. »Aber sag mal, das klingt doch wie ein altes Lied«, meinte er nach einer Weile.

»Ist es auch. *Savoy Blues* ist eigentlich ein Swingklassiker von Louis Armstrong, über siebzig Jahre alt«, erklärte Anna. »DJ Jack hat das Stück neu produziert, ein bisschen abgeändert und einen schnellen Rhythmus unterlegt. Das wird heute doch öfter gemacht.«

Sebastian schüttelte den Kopf. »Warum müssen die eigentlich die alten Lieder neu abmischen? Warum lassen sie die nicht einfach, wie sie sind?« Sebastian besaß eine große Sammlung von alten Schallplatten und CDs. Er konnte der Euphorie der Popmusik, die ständig irgendwelche Stücke coverte, nicht viel abgewinnen.

»Ach komm«, meinte Anna. »Die Originale werden von den jungen Leuten doch gar nicht mehr gehört. Aber wenn das ein bisschen aufgepeppt ist, vielleicht noch mit einem Rap dazu, dann passt das in unsere Zeit. Ich find's gut. Die Vergangenheit lebt wieder auf.«

»Na, ob das wirklich so gut ist ...« Sebastian war kein Freund von Vergangenheit. Jedenfalls schaute er ungern in seine eigene. Mochte sein, dass seine Abneigung damit zusammenhing. »Ich bin todmüde«, meinte er, »und werde heute früh ins Bett gehen.«

Wenig später lag er im Bett. Es dauerte nicht lange, bis ihn die Müdigkeit in den Schlaf drückte.

3

Es war noch früh. Sebastian war einer der Ersten in der Cafeteria. Zu Hause hatte er, um Zeit zu sparen, kurzerhand beschlossen, das Frühstück im Präsidium einzunehmen. Er saß am offenen Fenster, durch das schon in diesen morgendlichen Stunden ein warmer Wind hereinwehte.

Sebastian streute gerade etwas Salz auf sein Rührei, als er eine bekannte Stimme vernahm: »Mann, ist das heiß da draußen.«

Er sah auf und grüßte Jens. Der setzte sich und platzierte seine Tasche unter dem Tisch. »Das gibt's doch nicht«, meinte er mit gespielter Empörung. »Du hast ja sogar die gleichen Schuhe an wie ich.«

Erst jetzt bemerkte Sebastian, dass sie beide im selben Outfit in den Tag gegangen waren: dunkelblaues Polohemd, hellblaue Jeans und weiße Turnschuhe.

Nachdem Jens sich einen Kaffee geholt hatte, bemerkte er mit einem Seitenblick: »Süßer Typ, hinter der Theke…«

»Aha«, meinte Sebastian, »sind bei dir zurzeit wieder die Männer dran?«

»Bei hübschen Menschen mit einer guten Seele und schönen Augen sage ich immer ja. Ob Frau oder Mann spielt keine Rolle, ich bin ja nicht monosexuell…«

»Was ist denn das schon wieder für ein Begriff?«

»Ach, weißt du, mich nervt dieses furchtbare Wort ›bisexuell‹, das klingt so beschränkt und abgedroschen wie ›homosexuell‹ oder ›heterosexuell‹.«

»Das war ja schon immer so.«

»Ja. Und neulich fragt mich einer, wie ich so ticke im Bett, und da höre ich mich selber sagen, ich sei kein Monosexualist. Ich weiß nicht, wie ich auf den Begriff kam, aber ich fand's ganz gut!« Jens lachte. Dann sah er Sebastian mit geneigtem Kopf an und fragte: »Wie ist es denn bei dir zurzeit?«

»Ganz einfach: Ich bin monosexuell und stehe auf Frauen. Da hat sich nichts geändert.«

Für einen Moment kam Sebastian sich irgendwie einfältig vor, ein Gefühl, das er in Anwesenheit von Jens schon früher manchmal gehabt hatte.

»Und was läuft bei dir derzeit?«, fragte Jens.

»Nichts, im Moment. Gar nichts.«

Jens schüttelte mitleidig den Kopf: »Ist ja eine Schande. Du solltest es mal im Internet versuchen: Großer, sportlicher Typ mit blondem, leicht verstrubbeltem Haar sucht attraktive Frau. Ist zwar kein Schönling, sieht aber mit seinen kantigen Gesichtszügen und den hellbraunen Augen ganz passabel aus – da wird sich doch was finden.«

»Passabel … na, vielen Dank.« Sebastian schüttelte den Kopf. »Und Internetsuche … Ich weiß nicht … Das ist nicht so mein Ding…«

»Na, dann wenigstens mal wieder ein One-Night-Stand, warst früher ja auch nicht der Schüchternste.«

»Da hätte ich auch nichts dagegen«, meinte Sebastian und trank von seinem Kaffee. »So, aber jetzt haben wir erst ein-

45

mal einiges zu arbeiten…«, sagte er und zog seinen Notizblock heraus.

Jens zeigte mit dem Kinn darauf. »Was haben wir denn heute auf dem Programm? Der Fall Lindenallee ist doch wohl klar, oder? War ein Unfall.«

»Das ist das Erste, was wir heute klären müssen. Aber gleichzeitig möchte ich, dass wir schon ein bisschen weiterschauen, denn ich möchte sichergehen, dass wir keine Zeit verschwendet haben, falls sich später herausstellen sollte, dass es doch *kein* Unfall war.«

»Das Ergebnis der Obduktion mit der Bestimmung des Todeszeitpunkts von Karl Perkenson wird heute eintreffen«, erinnerte Jens. »Danach überprüfe ich das Alibi des Pflegers. Dann wissen wir mehr. Nicht durch die Haare fahren! Du hast gesagt, ich soll dich darauf aufmerksam machen.«

Sebastian faltete die Hände unterm Tisch, überflog noch einmal seine Aufzeichnungen und überlegte.

»Wenn es der Sonowski nicht gewesen war«, begann er vorsichtig, »dann ist natürlich auch noch was ganz anderes möglich…«

»Was meinst du?«

»In Oldenburg, bei Bremen, sind doch vor ein paar Jahren in einem Heim mehrere alte Leute umgebracht worden, erinnerst du dich noch?«

»Richtig. Das war doch während unserer Berufsschulzeit.«

»Man hatte zunächst an natürliche Todesursachen geglaubt und erst später festgestellt, dass es sich um eine Mordserie handelte. Es war eine Pflegerin.«

»Tja. Man kann nichts ausschließen«, meinte Jens dann.

Noch sprach überhaupt nichts dafür. Aber die Vorstellung, dass es eventuell nicht nur darum ging, einen Fall zu lösen, sondern darum, einen nächsten Fall zu verhindern, verursachte Sebastian leichte Kopfschmerzen.

»Du warst immer schon ein Perfektionist«, sagte Jens. »Meinst du nicht, dass du dir im Moment zu viele Gedanken machst? Wart doch erst mal ab.«

Sebastian waren derweil wieder die sechs Frauen in den Sinn gekommen, deren Haare in Perkensons Wohnung gefunden worden waren.

Er sprach es an. »Weißt du«, antwortete Jens, »für Besuch von sechs Frauen könnte es auch eine einfache Erklärung geben: ein Kaffee-und-Kuchen-Treff mit ein paar Freundinnen der Tochter Mehldorn, ein Grüppchen, das vielleicht regelmäßig zusammenkommt, ganz undramatisch...«

»Sie weiß nichts von Damenbesuch, ich habe sie gestern gefragt.« In dem Moment spürte Sebastian in seiner Hosentasche das Vibrieren seines Handys »Du, das ist sie«, sagte er mit einem Blick auf das Display.

»Ich bin beim Einkaufen und stehe hier im Supermarkt«, sagte Brigitte Mehldorn mit leiser Stimme. »Aber ich musste Sie jetzt mal anrufen. Die Frauenbesuche sind mir nicht aus dem Kopf gegangen... Ich habe da eine Idee: In der Wohnung unter meinem Vater wohnt eine junge Frau, Stefanie Tick heißt die. Eine Blondine. Ein bisschen 'ne Komische ist die. Vielleicht war sie mal mit ein paar Freundinnen in der Wohnung meines Vaters.«

»Wie kommen Sie darauf?«, fragte Sebastian.

Am anderen Ende wurde es kurz still, bevor Frau Mehldorn mit gedämpfter Stimme weitersprach. »Ist mir etwas unangenehm… Aber es ist so: Mein Mann und mein Vater haben erst kürzlich über diese Frau gesprochen, ich war in der Diele und hab das zufällig mitbekommen. Da fielen so ein paar Wörter, die ich kaum wiederholen mag. Aber…«, sie sprach nun noch etwas leiser, »das waren so Dinge, wie Männer eben so reden… knackig sei sie, dolles Ding, solche Ausdrücke, und das sind noch die harmloseren gewesen.« Frau Mehldorn räusperte sich.

»Das heißt, Ihr Vater kannte Frau Tick?«

»Ich dachte bis eben, dass er sie nur vom Sehen her kannte. Aber nun sieht die Sache ja vielleicht anders aus.«

Die Cafeteria hatte sich inzwischen etwas gefüllt. An den Tischen verteilt saßen einige Beamte, andere holten von der Theke Kaffee und Brote und nahmen sie mit zu den Büros. Sebastian erzählte Jens, was Frau Mehldorn gesagt hatte.

»Vielleicht ist diese Frau Tick eine Edelprostituierte, die man nur privat bestellen kann«, überlegte Jens. »Die hat womöglich Kontakte zu anderen Prostituierten und hat die dann an den alten Sack vermittelt.«

»Das habe ich auch schon gedacht«, sagte Sebastian. »Keine schöne Vorstellung. Jedenfalls werde ich mit dieser Frau Tick mal sprechen müssen.«

Um die Mittagszeit fuhr Sebastian zur Lindenallee. Es war inzwischen über dreißig Grad heiß, und die Luft war stickig. Als Sebastian in das dunkle Treppenhaus trat, freute er sich über die feuchte Kühle, die dort herrschte. Nachdem er an der Wohnungstür von Stefanie Tick geklingelt hatte, ertönte ein hohes Kläffen. Eine Frau öffnete und sah ihn mit einem melancholischen Blick an. Ende zwanzig mochte sie sein, eine zierliche Person war sie, mit einem ebenmäßigen hübschen Gesicht und großen Lippen. Aus dem Hintergrund drang sphärische Musik.

Sebastian stellte sich vor und zeigte den Ausweis.

»Was ist denn los?«, fragte Stefanie Tick mit überraschtem Unterton und einem entsprechenden Gesichtsausdruck, der aber aufgesetzt wirkte. Sebastian hatte sofort den Eindruck, dass Stefanie Tick den Kripobesuch erwartet hatte.

»Sie wissen, warum ich hier bin?«

»Nein. Woher?« Ihre großen Augen sahen ihn fragend an. Der Ausdruck in ihrem Gesicht hatte sich rasch in einen unschuldigen verwandelt.

»Es geht um Ihren Nachbarn.«

»Den Alten über mir, meinen Sie...«

»Ja. Karl Perkenson.«

»Den Vornamen höre ich zum ersten Mal«, sagte die Frau. »Ich hab mitgekriegt, dass er gestorben ist. An der Haustür hing ein Zettel. Hatte wohl seine Tochter da hingeklebt. Aber was...« Stefanie Tick sah Sebastian wieder fragend an.

Irgendetwas mahnte ihn, vorsichtig zu sein. »Sind nur Routineermittlungen«, sagte er. »Kannten Sie Herrn Perkenson?«

»Überhaupt nicht.«

»Woher wissen Sie dann, dass er eine Tochter hat?«

Für einen Moment schien Stefanie Tick irritiert. »Die habe ich schon ein paarmal im Treppenhaus gesehen. Hab mal mitbekommen, wie sie sich von ihrem Vater verabschiedete.«

Das Gekläffe des Hundes, den die junge Frau in einem Zimmer eingesperrt hatte, setzte wieder ein. »Sei still«, fauchte sie. Als das Bellen tatsächlich verstummte, fuhr Sebastian fort: »Wie oft haben Sie Herrn Perkenson gesehen?«

»Selten.«

»Haben Sie sich dann gegrüßt?«

Stefanie Tick lehnte sich an den Türrahmen. »Nicht wirklich. Wissen Sie, das war so einer ... Wenn Sie mich jetzt nicht nach ihm gefragt hätten, hätte ich ihn schon vergessen, und ich hätte nie wieder an ihn gedacht. Wenn ich ihm im Treppenhaus begegnet bin, dachte ich jedes Mal: ›Ach der. Den gibt es auch noch?‹«

Stefanie Tick hielt plötzlich inne. Irgendetwas schien ihr eingefallen zu sein, auf das sie dann aber doch nicht einging. Stattdessen seufzte sie leise. Sebastian hatte das Gefühl, dass sie ihrer Aussage noch etwas hinzufügen wollte. Er wartete. Die Frau lehnte weiterhin im Türrahmen, sie bewegte sich nicht und blieb stumm. Sebastian fragte sich plötzlich, ob sie vielleicht unter Drogen stand. Gerade als er sie wieder ansprechen wollte, kratzte der Hund an der Tür, und als wäre sie aus dem Schlaf aufgewacht, reagierte Stefanie Tick auf einmal wieder. Horchend wandte sie den Kopf zur Seite, unentschieden, ob sie auf ihren Hund eingehen müsste. Aber der hatte inzwischen Ruhe gegeben, und so wandte sie sich wieder Sebastian zu, sagte aber nichts. Es war klar, von ihr würde Sebastian nichts mehr erfahren, jedenfalls nicht jetzt. »Gut«, sagte er. »Hier ist meine Karte, falls Ihnen doch noch etwas einfällt, können Sie mich jederzeit anrufen.«

Auf dem Weg zu seinem Auto ging Sebastian in Gedanken die letzten Minuten noch mal durch. Einerseits wirkte Stefanie Tick wie eine Person, die gar nicht lügen konnte.

Möglich war aber auch das genaue Gegenteil. Die perfekte Lügnerin. Aber was könnte Stefanie Tick verbergen wollen? Hatte sie vielleicht doch etwas Verdächtiges bemerkt, wollte dies aber nicht zugeben? Hatte sie Angst? Sebastian überlegte. Vielleicht hatte die Frau am Tag von Karl Perkensons Tod jemanden im Treppenhaus gesehen, den sie kannte und den sie jetzt schützen wollte?

Sebastians Auto hatte in der prallen Sonne gestanden und sich in der kurzen Zeit aufgeheizt wie eine Sauna. Mit offenen Fenstern fuhr er los, aber schon nach wenigen Minuten waren sein Polohemd und die Hose durchgeschwitzt. Er freute sich auf den Herbst.

Er saß gerade wieder an seinem Schreibtisch, hatte eben eine halbvolle Tüte Gummibärchen aus der Tasche gezogen, als Professor Szepek von der Gerichtsmedizin anrief. »Wollen Sie vorbeikommen? Ich habe die genaue Todeszeit von Perkenson vorliegen«, sagte er.

»Muss ich dazu in die Gerichtsmedizin kommen?«

»Bislang war das so üblich, Herr Fink«, antwortete der Professor mit mahnendem Unterton. »Aber ich kann Ihnen das auch am Telefon sagen. Die Unterlagen bekommen Sie ohnehin zugesandt.«

»Gut, legen Sie los«, sagte Sebastian und steckte sich ein Gummibärchen in den Mund.

Der Gerichtsmediziner gab die Informationen trocken und nüchtern durch: »Eintritt des Todes zwischen 16 Uhr 10 und 16 Uhr 30. Todesursache: Herz-Kreislauf-Versagen, ausgelöst durch eine Überdosis Insulin.«

Sebastian atmete einmal tief durch. Die Todeszeit war dann doch etwas überraschend. Sagte Norbert Sonowski also die Wahrheit?

Sebastian beendete das Gespräch mit dem Gerichtsmediziner und war nun gespannt auf die Überprüfung von Sonowskis Alibi.

Kurz darauf kam Jens mit einer Liste in der Hand. »Hier ist genau verzeichnet, wann Norbert Sonowski welche Patienten besucht hat.«

»Wo war er zwischen vier und halb fünf?«, fragte Sebastian gleich.

Jens kniff die Augenbrauen zusammen, als er die Liste studierte. »Da war er bei Frau Wedinger in der Vereinsstraße. Das ist eine Parallelstraße von der Lindenallee.«

»Das hat die Frau so bestätigt?«

»Genau.«

»Und sie ist glaubwürdig?«

»Absolut. Die Frau ist gehbehindert, deswegen bekommt sie auch Hilfe von der Sozialstation. Der Pfleger massiert ihre Beine und legt einen Verband an. Dabei unterhalten die beiden sich offenbar. Im Kopf ist sie total fit. Sie hat den Besuch vom Pfleger detailliert geschildert, auch worüber sie gesprochen haben. Ich würde sagen: kein Zweifel an ihrer Version.«

Das Alibi von Sonowski stimmte also. Sebastian lehnte sich mit hinter dem Kopf verschränkten Händen weit in seinem Stuhl zurück. Eigentlich schade, dachte er. Es wäre praktisch gewesen, diesen ersten Fall innerhalb nur zweier Tage gelöst zu haben. Dagegen war nun klar, dass sie einen Mord aufklären mussten. Das könnte etwas länger dauern.

Sebastian zwang sich, den Gedanken gar nicht erst zuzulassen, dass ausgerechnet sein erster Fall auch ungelöst bleiben könnte. Er aß die letzten Gummibärchen und schmiss die zerknüllte Tüte in hohem Bogen in den Papierkorb.

Nervös tappte er mit den Füßen auf den Boden. Er brauchte bald Bewegung. Vielleicht würde er später eine Runde joggen gehen.

Am frühen Abend parkte Sebastian sein Auto an der Außenalster. Beim Aussteigen blickte er zum Himmel, an dem sich einige dunkle Wolken versammelt hatten. Wenn er einmal die Längsseite der Alster auf und ab joggte, bräuchte er höchstens dreißig Minuten, so könnte er dem Regen vielleicht noch zuvorkommen. Er holte die Sporttasche aus dem Kofferraum, zog sich um und lief los. Er hätte gerne eine kurze Weile Abstand von seiner Arbeit gewonnen und hoffte, dass ihm das Joggen dazu verhalf. Doch es gelang ihm nicht, die Gedanken an den Fall zu verdrängen. Stefanie Tick ging ihm nicht aus dem Kopf, und er dachte an die mysteriösen sechs Frauen. Kurz bevor er wieder zurück war, setzte ein heftiger Regen ein. Laut platschte das Wasser auf den trockenen Boden. Sebastian sprintete das letzte Stück zum Parkplatz. Er trocknete sich gerade im Auto mit einem kleinen Handtuch ab, als auf dem Display seines klingelnden Handys die Nummer von Pinkwart aufleuchtete. Der Regen fiel krachend auf das Autodach, lief in Strömen die Vorderscheibe hinunter, und Pinkwarts Stimme klang wieder mürrisch: »Das ist aber laut bei Ihnen…«

Nachdem Sebastian ihm kurz die Situation erklärt hatte, begann Pinkwart: »Die Analysen sind abgeschlossen. Die

Spuren des Opfers und des Pflegers konnten wir alle zuordnen.«

»Was ist mit den Frauen?«, fragte Sebastian.

»Moment. Eins nach dem anderen«, bremste Pinkwart und legte eine ausgedehnte Pause ein. Ärgerlich trank Sebastian einen großen Schluck aus seiner Wasserflasche. Diesen Spezialisten würde er sich bei Gelegenheit einmal vorknöpfen. Dann brach Pinkwart das Schweigen mit einer Information, die Sebastian das Wasser fast in hohem Bogen auf den Beifahrersitz prusten ließ. Pinkwart sagte: »Unsere Ermittlungen haben ergeben, dass die sechs verschiedenen Haare alle von ein und derselben Person sind…«

»Wie bitte?«

»Ja, so ist es. Lang, kurz, lockig – alles von demselben Menschen.«

Auf diese Möglichkeit waren Jens und er überhaupt nicht gekommen. »Wissen Sie denn, um wen es sich handelt?«, fragte Sebastian.

»Das wollte ich gerade sagen. Die Haare sind von der Tochter. Sie sollten sie mal fragen, wie oft sie sie färbt und sich Dauerwellen legen lässt.«

Sebastian dachte an das Gespräch mit Brigitte Mehldorn in seinem Auto. Und tatsächlich: Ihre Haare waren auffällig dunkel gewesen. Warum sie gerne mit ihren Haaren experimentierte, brauchte Sebastian Frau Mehldorn nicht zu fragen. Aber vielleicht würde er es doch einmal tun, wenn sich die Gelegenheit ergäbe.

Nachdem Sebastian zu Hause geduscht und sich umgezogen hatte, holte er aus der Küche eine Tafel Schokolade und aß sie innerhalb von Minuten auf. Die Freude über die ersten Ermittlungserfolge hatten einer kühlen Ernüchterung Platz gemacht. Eigentlich waren er und sein Team wieder am Anfang der Arbeit angelangt. Außer dass der alte Karl Perkenson ermordet worden war, wusste man gar nichts. Kein Hinweis auf einen Täter. Kein Motiv, keine Spur, kein Phantombild, nichts. Oder hatte er etwas übersehen?

4

Als er die Einkaufspassage verließ, spiegelten sich der frühabendliche Himmel und die Reklamelichter auf dem nassen Kopfsteinpflaster. Er hatte nie zu denjenigen gehört, die gerne shoppen gingen, aber heute war das anders. Nicht, dass er zu wenig anzuziehen hätte oder seine alten Sachen abgewetzt wären. Er verspürte einfach den ungewohnten, unwiderstehlichen Drang nach Erneuerung. Die übliche Hektik in der Innenstadt war an diesem frühen Abend ausgefallen – der Regen hatte die meisten Stadtbummler nach Hause getrieben oder sie gar nicht erst in die Stadt kommen lassen. In einem Kaufhaus hatte er drei Hosen aus robustem Stoff mit in die Umkleidekabine genommen und sie nacheinander angezogen. Keine hatte richtig gepasst. Ob es in der Kabine staubte oder er nervös war, wusste er nicht, aber er bekam wieder einen starken Hustenanfall. Hektisch suchte er in der herumliegenden Kleidung nach seinen Hustenbonbons. Er fand die Tüte schließlich, und nachdem er einen roten Bonbon heftig gelutscht hatte, ließ der Hustenreiz etwas nach. Er sah sich noch einmal die Hosen an und entschied sich für die dunkelbraune, auch wenn sie nicht perfekt passte. Sie war gut genug, und das reichte.

Es waren nur wenige Gehminuten zu dem modernen Gebäude der United Record Company, wo er sein Auto geparkt hatte. In vielen Fenstern war noch Licht, und er war froh, dass er jetzt nicht in irgendeinem Büro sitzen musste. Gerade als er einsteigen wollte, hörte er plötzlich die Melodie, die ihn stets elektrisierte: *Savoy Blues* von DJ Jack. Der Tophit des Sommers war von der United Record Company produziert worden und wurde durch zwei in die Hauswand eingelassene Lautsprecher auf den Bürgersteig hinausposaunt. Auf einer Leinwand hinter einem der großen Fenster wurde in Endlosschleife das Musikvideo gezeigt. Im Foyer, das von außen gut einsehbar war, prangte an der Wand ein Plakat, von dem DJ Jack mit einem Saxophon in der Hand herunterlächelte. Als er das Gesicht des alten Mannes auf dem großen Foto sah, zog sich sein Magen zusammen. Er spürte beißende Übelkeit aufsteigen, ihm wurde schwindelig. Er kannte das schon. Aber bald würde das alles ein Ende haben. Er knallte die Autotür zu und fuhr davon. Unterwegs bekam er starkes Herzklopfen – ausgelöst durch die Erinnerung, die plötzlich da war: Er sah sich in Karl Perkensons Wohnung an der Tür, hörte das Atmen der Person auf der anderen Seite. *Ob das die Tochter ist? Warum habe ich aus der Küche kein Messer mitgenommen?! Die Tochter werde ich auch so überwältigen können.*

Hätte er sie dann getötet? Wahrscheinlich hätte er sie töten *müssen*. Es hätte aber auch jemand anderes sein können. Zum Beispiel der Pfleger, Herr Sonowski. Ihn hätte er nicht so leicht überwältigt. Alles wäre aufgeflogen. Perkenson hätte überlebt, und zu den anderen wäre er gar nicht erst gekommen. Aber: Es war gutgegangen. Jedenfalls dieser heikle Moment. Noch einmal ging er den Tathergang durch. War ihm irgendein Fehler unterlaufen? Mit der bloßen Hand hatte er nichts berührt. Nicht einmal Perkenson hatte er angefasst. Eigentlich war fast alles glattgegangen. Aber eben nicht alles: Nachdem er die weiße Pflegerjacke mitsamt der Spritze auf dem Recyclinghof entsorgt hatte, war ihm aufgefallen, dass die Spritzenhülle fehlte. Er hatte die schwarze Tasche und den Kulturbeutel auf den Kopf gestellt und geschüttelt, aber die Gummihülle tauchte nicht auf. Er hoffte, dass sie irgendwo anders verlorengegangen war. Aber er durfte sich nichts vormachen: Es konnte sein, dass sich der Verschluss noch in der Wohnung, wenn nicht gar in Perkensons Küche befand. DNA-Spuren würde man darauf nicht finden, vermutete er, denn er hatte Handschuhe getragen und auch diese inzwischen entsorgt. Falls die Polizei überhaupt eingeschaltet worden war, könnte sie darauf kommen, dass die Kappe nicht von einer gewöhnlichen Vitaminspritze stammte. Er ärgerte sich; zwei Monate hatte er sich vorbereitet auf diesen Tag, alles war durchdacht gewesen, und dann machte ihm eine kleine Gummikappe einen Strich durch die Rechnung. Er konnte nur hoffen, dass niemand sie entdeckt hatte oder dass keinem aufgefallen war, dass es sich um den Verschluss einer Insulinspritze handelte. Man würde denken, der alte Mann wäre an Herz-Kreislauf-Versagen gestorben, und das dürfte auch niemanden wundern bei einem Mann von über achtzig Jahren – so würde sein Plan doch noch aufgehen. Plötzlich musste er scharf bremsen. Er hupte ärgerlich – das Auto vor ihm war unerwartet stehengeblieben. Durch einen Unfall auffallen, das konnte er jetzt überhaupt nicht gebrauchen.

Bevor er den Schlüssel in das Schloss der hohen Wohnungstür steckte, horchte er. Von drinnen war kein Laut zu vernehmen. Erst nachdem er die Wohnung betreten und die Tür hinter sich zugezogen hatte, vernahm er ein entferntes Wimmern. Er hatte es geahnt. Vor der angelehnten Badezimmertür, am Ende des langen Flurs, blieb er stehen. Vorsichtig tippte er sie an. Sie schwang sachte auf und gab den Blick frei auf die schmächtige Frau, die zusammengekauert auf dem Toilettendeckel saß. »Ich glaube, ich muss wieder zurück«, sagte Bila mit einer leisen, zitternden Stimme. »Es war zu früh.«

Er ließ die Schultern hängen. Vor zwei Tagen erst hatte er sie aus der Klinik geholt. Aber gleich am ersten Abend war Bila schon wieder von Panikattacken gequält worden. Daraufhin hatte sie ihre Tabletten genommen – mehr, als notwendig gewesen wären –, war eingeschlafen und erst vierzehn Stunden später wieder aufgewacht. Er kannte das. Es war ihm recht gewesen, denn wenn Bila schlief, hatte er Zeit für sich. Nur dann. Als er sie jetzt in sich zusammengesunken im Bad sah, war ihm sofort klar, dass sie wieder in die Bersholmer Klinik zurückmusste. Keinen Menschen kannte er so gut wie sie – und immer öfter bedauerte er dies.

Die Frau stöhnte leise, und er nahm sie in den Arm.

»Soll ich anrufen?«, fragte er.

Bila brach in Tränen aus, und er hielt sie eine Weile fest. Dann ging er zum Telefon ins Wohnzimmer und wählte die Nummer, die er auswendig kannte. Während er das Tonsignal hörte, nahm er die schwere, bedrückte Atmosphäre in der Wohnung wahr, und ihm wurde bewusst, wie sehr er unter dieser Stimmung litt.

Die klare Stimme der Stationsärztin der psychiatrischen

Klinik erkannte er sofort. »Das haben wir uns gedacht«, erwiderte sie auf seine Erklärungen, und es klang mitfühlend. »Wir haben vorsorglich ein Bett frei gehalten. Wann wollen Sie kommen?«

»Noch heute Abend.«

Er nahm einige Kleidungsstücke aus dem Schrank und packte sie in eine Sporttasche. Wie oft schon hatte er die Sachen von Bila zusammengepackt? Dreißig Mal? Mindestens.

Bila hatte sich bei ihm untergehakt, als sie die Straße hinunter zum Auto gingen. Sie war in letzter Zeit noch zerbrechlicher geworden. Durch den Stoff ihres Mantels konnte er die Knochen ihrer dünnen Arme spüren. Die langen Haare hatte sie wie immer zu einem Zopf geflochten. Früher hatte er Bila schön gefunden. Aber auch heute hatte ihr Gesicht, obwohl sie schon über sechzig war, leicht kindliche Züge, und man konnte noch ihre einstige Schönheit erkennen.

»Ich muss heute Abend nach Hamburg zurück«, sagte er.

»Ist gut«, antwortete Bila. Aber er hatte die Enttäuschung in ihrer Stimme bemerkt. Sie trennte sich ungern von ihm.

»Ich muss morgen früh zu einem Termin«, hörte er sich sagen, und ihm fiel auf, dass er seine Mutter nur selten angelogen hatte. Auf seine Bemerkung reagierte sie nicht. Als ein lauer Wind aufkam, legte er den Kopf in den Nacken – die Luft war wie kühle Seide, die über Haut fließt.

Er hatte bemerkt, wie sich Bilas Gesicht aufhellte, als er nach einstündiger Fahrt über Autobahn und Landstraßen in den krummen Feldweg eingebogen war, der zu dem malerischen Anwesen führte. Umgeben von knorrigen Eichen stand das alte Gutshaus einsam inmitten der flachen, norddeutschen Landschaft. Er mochte diesen Ort, an dem man die Luft der nahen Ostsee riechen konnte. In der Bersholmer Klinik verging die Zeit sanft. Zukunft spielte so wenig eine Rolle wie Vergangenheit.

»Ich freue mich immer wieder, Sie zu sehen«, sagte Schwester Karin, während sie Bila aus dem Mantel half. Ein Lächeln huschte über ihr Gesicht, und die Schwester zwinkerte ihr zu. Er konnte sich an keinen anderen Menschen erinnern, der stets so gut gelaunt war wie die dicke, aber zugleich sportliche Schwester Karin mit der etwas ausgewachsenen blonden Dauerwelle. Während er begann, die Kleidungsstücke in die Schrankfächer zu räumen, zog Schwester Karin Bila die Schuhe aus. »Sie haben die kleinsten Füße, die ich je gesehen habe!«, sagte sie.

Bila lächelte wieder.

Herzlich lachend hatte er sie nie erlebt, und es hätte eigentlich auch nicht zu ihr gepasst. Unterdessen inspizierte Schwester Karin, die Hände in die Hüften gestemmt, mit einem kurzen Blick das Zimmer, schaute, ob alles in Ordnung war, und schien zufrieden. Abschließend sah sie ihn an. »Sie regeln das Insulin?«

Es durchfuhr ihn kalt.

»Sie regeln das Insulin?«, fragte Schwester Karin noch mal.

»Natürlich. Kein Problem«, beeilte er sich zu sagen.

Auch das war nicht die Wahrheit. Es war immer ein Problem für ihn gewesen, seiner Mutter das Insulin zu spritzen. Er musste es seit seinem neunten Lebensjahr machen, und er hasste es. Er hatte sich nie daran gewöhnen können. Aber wie mit so vielen anderen Dingen, die mit der kranken Mutter zusammenhingen, hatte er sich auch damit abfinden müssen.

»Also gut«, meinte Schwester Karin lächelnd. »Dann sage ich mal tschüs. Sie finden ja alleine raus.« Über seine Schulter hinweg rief sie der Patientin zu: »Ich sehe später noch mal nach Ihnen und bringe die Schlaftablette.«

»Die ist wirklich zu nett«, meinte Bila, nachdem Schwester Karin die Tür geschlossen hatte. Dann sah sie sich um, und ihr Blick fiel auf den Nachttisch. »Sag mal, wo ist eigentlich das Bild?«

Er hatte gehofft, dass sie das Fehlen des silbernen Rahmens nicht bemerken würde, solange er bei ihr war. »O je«, antwortete er mit einer entschuldigenden Geste. »Das Bild habe ich wohl zu Hause vergessen...«

Bila erwiderte nichts. Sie sah ihn nur ratlos an. Er spürte, dass er errötete. Und er spürte den Ärger, der sich tief in ihm regte; obwohl er ihre Enttäuschung erwartet hatte – wie sonst hätte sie auch reagieren sollen? –, nervte es ihn doch sehr, dass Bila immer so kompliziert und anspruchsvoll war.

»Ich bring es in den nächsten Tagen vorbei«, schlug er vor und versuchte es aufmunternd klingen zu lassen. Bila blieb aber stumm, und er war froh, dass das Thema damit abgeschlossen war.

Das voluminöse Grün im Park der Klinik beruhigte. Dicht und schwer standen die alten Bäume beieinander, wie unzertrennliche Freunde. Er hatte sich kurzfristig zum Spaziergang im Park entschlossen. Das Gras unter seinen Füßen ließ ihn federn. Er setzte sich auf eine Bank unter einer

Buche und ließ die Stunden des Nachmittags vor vier Tagen, dem Tag, an dem er einen Menschen umgebracht hatte, im Geiste vorbeiziehen... Es war ein klarer Morgen gewesen. Von seinem Bett aus hatte er in den hellblauen Himmel sehen können, über den langgezogene Wolken trieben. Er hatte sich sorgfältig geduscht und rasiert – an diesem Tag musste er besonders sauber und freundlich erscheinen. Im Bad zog er den Karton mit den kleinen braunen Insulinfläschchen hervor. Der Vorrat war immer groß, da fiel es nicht auf, dass er in den letzten Wochen besonders angewachsen war. Wer hätte es auch bemerken sollen – den Insulinnachschub für Bila regelte er allein. Er nahm ein Fläschchen mit hoher Konzentration aus dem Karton und stellte es auf die Porzellanablage vor dem Spiegel, holte aus dem Schrank eine Spritze und legte sie daneben. Dann schaute er das Insulin lange an. Es konnte Leben retten, aber ebenso konnte es Leben zerstören. Plötzlich kamen ihm Zweifel. War sein Plan dem Gehirn eines Irren entsprungen? War er verrückt? Den Ausdruck seines Gesichts, das er sich lange im Spiegel ansah, kannte er nicht. Die Entschlossenheit in seinen Augen war fast angsteinflößend. Waren sie wirklich grüner als sonst?

Schließlich platzierte er das Insulinfläschchen und die Spritze in einen ledernen Kulturbeutel und legte diesen in seine schwarze Umhängetasche. Am Nachmittag ging er los, um Karl Perkenson aufzusuchen. Es waren vielleicht fünfundzwanzig Minuten, die er in der Wohnung des Postboten verbrachte. Als er danach die Lindenallee entlangging, registrierte er die Stämme der Bäume. Er hatte nie zuvor auf ihre Struktur geachtet. Jetzt nahm er das feine Holz wahr, dessen Farbenvielfalt schimmerte. Kurz bevor er das Ende der Straße erreichte, überkam ihn jedoch auf einmal das furchtbare Gefühl, dass ihn jemand beobachtet hatte. Auf der Straße, oder schlimmer noch: in Perkensons dunklem Treppenhaus.

Als es neben ihm raschelte, fuhr er erschrocken zusammen. Für einen Moment hatte er vergessen, dass er im Park der Bersholmer Klinik saß. Auf einer Bank unter einer Buche, umgeben vom Grün. Er sah sich um, es musste irgendein kleines Tier gewesen sein, vielleicht eine Eidechse oder eine Ratte. In seinem Leben war Gefahr stets nur von Menschen ausgegangen. Vor Tieren fürchtete er sich nicht. Er schüttelte sich, streckte die Arme, atmete ein paarmal tief durch und machte sich auf den Weg nach Hause. Er hatte nicht mehr viel Zeit für den nächsten Teil seines Plans. Und mittlerweile war er sich sicher, dass es nicht der Plan eines Verrückten war. Es war eine Form von Gerechtigkeit.

5

Am frühen Samstagabend standen Sebastian und Anna in der Küche und schnippelten Gemüse für einen Salat. Leo saß neben dem Sofa und spielte mit einem Auto.

Der Abend sollte eine Art WG-Treffen sein. Oder ein Familienabend, je nachdem, wie man es sah. Jedenfalls hatten sie sich vorgenommen, es sich ein paar Stunden gemütlich zu machen. Im Fernsehen würde die große Samstagabendshow *Wer gewinnt...?* gesendet, die alle drei gerne schauten. Die Sendung begann um 20 Uhr 15 und wurde live aus Hamburg, aus der nahegelegenen Sieveking-Arena, übertragen. Zu Essen gäbe es den Salat und eine Pizza, die schon bestellt war.

»Gehst du denn später noch aus?«, fragte Anna.

Sebastian nickte. Das hatte er vor. Er wollte ins Nachtleben eintauchen und vielleicht sogar tanzen gehen.

»Vielleicht erlebst du ja was Spannendes«, meinte Anna mit einer erhobenen Augenbraue. Sie goss Öl und Balsamicoessig in eine Flasche, presste etwas Senf aus der Tube hinein und schüttelte die Flasche.

In seinen Zwanzigern war Sebastian tatsächlich nur in die Clubs gegangen, um jemanden abzuschleppen. In den letzten Jahren gefiel ihm einfach die Atmosphäre, in der er sich entspannen konnte.

»Es geht los!«, rief Leo, und schon ertönte die Erkennungsmelodie der bekannten Samstagabendshow. Mit großer Geste begrüßte der hochgewachsene, blondgelockte Moderator die vielen hundert Gäste in der Halle. An die Zuschauer vor den Fernsehschirmen gewandt, verkündete er: »Wir kommen wie immer live zu Ihnen, heute zum ersten Mal aus Hamburg, aus der Sieveking-Arena!«

Während eine mittelbekannte Schauspielerin auf dem Sofa neben dem Moderator saß und von ihrer Rolle in einer Serie erzählte, aßen Sebastian, Anna und Leo die Pizza, die ein Bote gebracht hatte. Es folgte eine Wette, in der zwei Menschen versuchten, auf Eisklötzen in ein Ziel zu rutschen. Es war langweilig. Aus dem Publikum im Saal war nur verhaltener Applaus zu vernehmen. Sebastians Gedanken begannen in Richtung des späteren Abends zu wandern, und auch Leo hatte die Show aus den Augen verloren und löffelte konzentriert das Eis aus seinem Becher. Annas Blick war starr auf den Fernseher gerichtet, aber auch sie schien in Gedanken woanders. Aber dann, als hätte jemand einen unsichtbaren Schalter umgelegt, kam plötzlich Stimmung auf im Saal. Vielleicht war es nur, weil der Moderator aufgestanden und vor die Kamera getreten war, vielleicht, weil sein Gesicht verriet, dass nun etwas Außergewöhnliches passieren würde. »Meine Damen und Herren«, sagte er mit einem sehr breiten Lächeln, »ich freue mich, heute Abend einen ganz besonderen Gast begrüßen zu dürfen. Einen Superstar – anders kann man ihn nicht bezeichnen –, der die Swingmusik bis auf Platz eins geführt hat…« Sofort brandete gewaltiger Applaus auf. »Moment, Moment, ich bin ja noch gar nicht fertig«, versuchte der Showmaster den Beifall zu übertönen. »Meine Damen und Herren, Sie wissen, um wen es geht, ich will ihn Ihnen auch nicht länger vorenthalten…«, er legte eine Kunstpause ein, »…hier ist der älteste DJ der Welt. Hier ist DJ Jack mit seinem Superhit *Savoy Blues*!«

Gebannt sahen Sebastian, Anna und Leo auf den Bildschirm. Zu sehen war eine große Bühne, dekoriert im Stil der dreißiger Jahre, mit Porträts von Stars der Swing-Ära. Louis Armstrong war zu erkennen, auch Ella Fitzgerald und Count Basie. Dann betrat ein großer, weißhaariger Herr mit für sein Alter ungewöhnlich federndem Schritt die Bühne. Lächelnd und mit ausgebreiteten Armen trat er an den Bühnenrand und verbeugte sich lange. Als er sich wieder aufrichtete, war in seinen Augen ein genüssliches Blitzen zu erkennen. Dann nahm er den Platz hinter einem silbernen DJ-Pult ein, die ersten Takte von *Savoy Blues* ertönten, und die Bühne wurde von Swing tanzenden Profitänzern bevölkert. Es war eine energiegeladene Aufführung.

Nach dem Song wurde der agile alte Mann von dem Moderator unter dem tosenden Beifall der Zuschauer auf das Sofa gebeten. Es war offensichtlich, dass Jack jeden Augenblick genoss.

Als der Applaus schließlich verebbte, fragte der Moderator: »Wie ist das Gefühl, von so vielen Menschen gefeiert zu werden?«

»Es ist unbeschreiblich.« Jack nickte dankend in Richtung Publikum.

»Eigentlich haben Sie Ihr Leben lang Saxophon gespielt, nicht wahr?«

»Ja, das ist richtig. Aber für dieses Stück habe ich einen

Rollenwechsel vollbracht und stehe nun als DJ hinter dem Pult.«

»Und das mit Erfolg!«, lächelte der Showmaster. »Sie haben den Hit dieses Jahres gelandet«, fuhr er fort, »dabei ist das Originalstück schon viele Jahrzehnte alt. Sie selbst kennen es aus der Zeit Ihrer Jugend...«

»Das ist wahr«, sagte Jack mit angenehm volltönender Stimme. »Swing war unsere Musik, unser Leben...«

»Was damals nicht ganz ungefährlich war...«, fügte der Moderator mit betroffener Miene hinzu.

Jacks Gesicht wurde ernst: »Auch das ist richtig. Es war sogar lebensgefährlich. Ich bin ja hier in Hamburg, im Stadtteil Uhlenhorst, aufgewachsen. Wir spielten all diese amerikanischen Stücke. Das war in der Nazizeit, und die Nazis haben das Hören und das Spielen von Swingmusik und das Tanzen dazu verboten. Aber wir haben uns nicht einschüchtern lassen. Wir haben sie trotzdem weiter gespielt. Und wissen Sie warum?« Nachdem er gekonnt einen fragenden Blick in die Menge geworfen hatte, sagte er: »Der Grund ist, dass man Begeisterung nicht verbieten kann!«

Der Moderator nickte heftig zustimmend.

»Aber es hatte schlimme Folgen«, fuhr der Zeitzeuge fort. »Viele von uns wurden verhaftet. Und manche kamen nie mehr zurück.« Die Kamera schwenkte ins Publikum zu ernsten und konzentriert zuhörenden Gesichtern.

»Kannten Sie jemanden, der damals festgenommen worden ist?«

Jack überlegte. Dann schüttelte er den Kopf. »Aus meinem engsten Freundeskreis wurde niemand verhaftet, aber ich habe es von anderen gehört.«

»Und Sie selber sind nie in eine brenzlige Situation geraten?«

»Nein.«

»Da haben Sie ja wirklich Glück gehabt.« Der Moderator war nun sichtlich gerührt.

Mit bedeutungsvollem Blick sagte Jack: »Wer Mut zeigt,
dem wird Glück geschenkt.«

Langanhaltender Applaus brandete auf. Der Showmaster
lächelte breit und legte den Arm auf den Rücken des Mannes. »Genießen Sie Ihren Applaus! Es war mir eine große
Ehre, Sie als Gast in meiner Sendung begrüßen zu dürfen.«

Während DJ Jack winkend die Bühne verließ, wandte sich
der Moderator wieder dem Publikum zu, um den nächsten
Gast anzusagen.

6

Er öffnete die Balkontür des Hotelzimmers und trat hinaus. Über den Dächern leuchtete matt der Mond. Das Heulen einer Sirene wurde vom Wind herübergeweht. Er sah hinunter auf die Straße und verfolgte die wenigen roten Rücklichter, bis sie in den Schluchten der Stadt verschwunden waren. Auf dem Bürgersteig schlenderten vereinzelte Passanten. Tief atmete er die Sommerluft ein, der Abend schien so friedlich. Und plötzlich regten sich in ihm Zweifel, ob er seinen Plan wirklich ausführen sollte. Oder wollte. Er hatte einem alten Mann das Leben genommen, und er stand unmittelbar davor, einen weiteren Menschen zu töten. Seine Gedanken gingen zu Bila in der Klinik. Um diese Zeit schlief sie schon längst. Die Patienten wurden früh per Tablette in den Schlaf geschickt. Er dachte an Jacks Auftritt eben in der Samstagabendshow. Er hatte die Sendung im Hotelfernseher verfolgt, und ihm war wieder übel geworden, vor allem als der Star auf dem Sofa saß und von früher erzählte. Diese Selbstgerechtigkeit! *Wer Mut zeigt, dem wird Glück geschenkt...* Ausgerechnet Jack hat diesen Satz gesagt. Es schüttelte ihn.

Als er wieder in das Zimmer trat, waren die Zweifel erloschen. Er setzte sich auf das Bett und überlegte. Eine Weile noch würde er warten müssen: Jack hatte die Suite auf demselben Gang schon bezogen. Gerade erst war der alte Star von einer rothaarigen Frau aufs Zimmer gebracht worden – er hatte die beiden durch den Türspalt beobachtet. Kurz darauf war die Frau wieder nach unten gegangen. Wahrscheinlich war sie die Gästebetreuerin der Sendung.

Vermutlich würde der Alte sich bald ins Bett legen. Er hoffte es jedenfalls. Er war darauf eingestellt, noch bis tief in die Nacht zu warten. Irgendwann würde seine Zeit gekommen sein.

Er zupfte an seinen dünnen Handschuhen und ermahnte sich innerlich, sich zu konzentrieren. Bislang war alles glattgelaufen. Außer der Rezeptionistin hatte ihn niemand gesehen. Mit Hilfe eines kleinen Tricks hatte er bar bezahlt und unter einem falschen Namen eingecheckt, ohne den Ausweis zeigen zu müssen. Er wusste, dass die Person, deren Namen er verwandt hatte, hier im Park-Hotel ein paarmal gewohnt hatte. Die Daten waren noch im Computer, und die Rezeptionistin hatte ihm geglaubt, dass es seine eigenen waren. Wenn er es im Morgengrauen schaffte, unbeobachtet aus dem Hotel zu gelangen, würde ihm niemand auf die Spur kommen. Er merkte, wie sich seine Gesichtszüge etwas entspannten und sich das Gefühl der Gewissheit in ihm ausbreitete, dass sein Vorhaben gerecht und richtig war.

Wie viel Zeit vergangen war, hätte er nicht sagen können, aber plötzlich war er hellwach. Eine Tür war zugefallen. Es musste ganz in der Nähe seines Zimmers gewesen sein. Schnell schlich er an die Tür und öffnete sie einen Spalt. Unter seinen Füßen spürte er ein leichtes Zittern, irgendjemand kam den Gang entlang. Jetzt vibrierte der Boden schon stärker, und dann sah er Jack im weißen Bademantel vorbeischlendern. Wohin ging der alte Mann um diese Zeit? Er spähte vorsichtig den Gang hinunter, wo der Alte in Badeschlappen schlurfend im Fitnessbereich verschwand. Um diese Zeit war der Zutritt eigentlich verboten, aber offenbar war der Bereich nicht abgeschlossen. Es passte zu Jack, dass er sich um die Öffnungszeiten nicht kümmerte.

Er schloss seine Zimmertür und stand eine Weile reglos im Raum. Dann packte er den schwarzen Kulturbeutel mit den Utensilien und schlich auf Strümpfen zum Poolbereich. Es roch stark nach Chlor, und die Fliesen waren unangenehm kalt. Er tastete sich durch einen dunklen Gang, der auf das Schwimmbad zuführte. Dann stand er in der Schwimmhalle. Auf der rechten Seite war eine breite Fensterfront, durch die der orangene Lichtschein der nächtlichen Stadt hineinfiel und sich im Wasser spiegelte. Lautes Plätschern war zu hören, als Jack mit für sein Alter erstaunlich kraftvollen Zügen durch das Wasser schwamm und einen bunt funkelnden Streifen hinter sich herzog. Beim Anschlag rief er »Acht!« und vollführte eine elegante Wende. Gleichmäßig seine Bahnen ziehend, wirkte Jack auf eigentümliche Weise unbesiegbar.

Er drückte den Kulturbeutel an sich und wartete, bis der Alte erneut den Beckenrand erreichte. Dann rief er: »Jack Menzel!«

Der alte Mann unterbrach ruckartig die Wende, die er gerade vollbringen wollte, und sah ihn vorwurfsvoll an: »Mensch! Sie haben mich vielleicht erschreckt.«

»Sie wissen, warum ich hier bin, Herr Menzel«, sagte er und trat auf das Becken zu.

Der Alte balancierte schwimmend im Wasser und sah misstrauisch hoch: »Wollen Sie ein Autogramm oder was?« Er antwortete nicht. Er sah den Alten einfach an.

»Wer sind Sie eigentlich?«, fragte Jack dann. Seine Stimme war streng.

»Das wissen Sie…«

Jack schnaubte: »Ja, dann weiß ich es! Und jetzt komme ich erst mal raus.« Sein Gesicht hatte eine bedrohliche Miene angenommen, während er, große Wellen vor sich herschiebend, zur Leiter herüberschwamm.

Derweil zog er rasch die Spritze aus dem Beutel, entfernte die Gummikappe und schob sie zurück in die Tasche.

Mit einem Ruck stieg Jack aus dem Pool. Er hatte nicht damit gerechnet, dass der Achtzigjährige eine so kräftige Statur haben würde. Während Jack sich vor ihm aufbaute, hielt er die Spritze wie einen Revolver hinter seinem Rücken versteckt. Der alte Mann stand jetzt im Lichtkegel eines Strahlers, der von einem hohen Nachbargebäude in den Raum schien. Jacks Haut wirkte sonderbar bleich. Orangefarbene Tropfen kullerten über den gewölbten Bauch.

»So«, sagte Jack, »jetzt sprechen wir mal Tacheles. Was wollen Sie von mir?« Von dem freundlichen, fast liebenswürdigen Menschen, wie er sich noch vor wenigen Stunden wieder im Fernsehen präsentiert hatte, war nichts übrig. Jack wirkte wie ein anderer Mensch.

Er konnte Jack nicht antworten. Seine Zunge und Lippen waren wie gelähmt.

»Ich höre!«, brüllte Jack und schaute ihn mit verächtlichem Blick an.

Er blieb stumm. Irgendetwas warnte ihn, dass es gefährlich war, sich jetzt auf eine Unterhaltung einzulassen. Jack wandte sich schließlich kopfschüttelnd ab und sah sich suchend nach seinem Bademantel um. Als er sich bückte, um ihn aufzuheben, spiegelte sich auf seinem nackten, nassen Rücken das orangene Licht. Entschlossen, mit geballter Kraft, gab er dem alten Mann einen Tritt. Jack kippte vornüber, prallte mit dem Kopf gegen die Wand und blieb benommen liegen.

Angespannt horchte er, ob irgendjemand in den Poolbereich käme. Aber außer dem Wasser, das leise an den Rändern plätscherte, war nichts zu hören. Er setzte die Spritze an und drückte sie dem Alten ins Fleisch. Es gab eine reflexhafte kurze Zuckung. Danach ließ der Körper entspannt das Insulin einströmen.

Nachdem er die Nadel herausgezogen hatte, atmete er einmal tief durch. Er blieb neben Jack stehen und horchte. Das Plätschern hatte inzwischen ganz nachgelassen, im Raum war es fast vollkommen still. Er hörte nur seinen eigenen Atem und den von Jack. Er wartete eine Weile. Und tatsächlich: Kurz darauf setzte Jacks Atem aus. Dieses Mal hatte das Insulin schneller gewirkt. Erleichtert zerrte er den schweren Körper über den rutschigen Kachelboden, ließ ihn über den Beckenrand ins Wasser plumpsen und sah zu, wie er nach einer Weile versank. Er hob die Spritze auf und blickte noch einmal auf den leblosen Körper am Grund des Pools. Dann verließ er die Halle. In seinem Zimmer packte er schnell seine Sachen zusammen. An der Rezeption war die Empfangsdame durch einen Gast abgelenkt, so konnte er das Hotel unbemerkt verlassen.

7

Leuchtende Punkte wanderten über Decke und Wände, reflektiert von der silbernen Diskokugel über der Tanzfläche. Bunte Lichter flackerten zum harten Rhythmus der Musik. Es war heiß im Club, und es roch nach Alkohol, süßen Getränken und Parfüm. Frauen in enganliegenden Tops mit Spaghettiträgern tanzten lasziv, auch einige Männer waren auf der Tanzfläche. Es wurde wenig zusammen getanzt. Die meisten waren eher für sich, aber es wurde auch mit Blicken geflirtet. In den dunklen Ecken des Clubs knutschten einige Pärchen. Sebastian ging an die Bar und bestellte einen Drink.

Während er wartete, kam ihm der Familienabend noch mal in den Sinn. Mit seinen friedlichen Ritualen war er gut verlaufen, jedenfalls die längste Zeit. Während *Wer gewinnt ...?* in ihr Wohnzimmer übertragen wurde, hatten Anna, Leo und Sebastian nach der Pizza noch Schokolade, Kekse und einen ganzen Topf Eis aufgegessen. Nach der Show waren sie sich einig, dass DJ Jacks Auftritt das Highlight der Sendung gewesen war. Kurz darauf hatte sich die Harmonie allerdings schnell aufgelöst, weil Leo nicht ins Bett wollte. Das kam immer öfter vor. Sebastian graute es schon vor der kommenden Zeit, denn Leo erkannte immer deutlicher, wie er sich durchsetzen konnte. Sebastian hatte

Leo schließlich ins Bett gebracht und ihm vorgelesen, bis der Junge endlich eingeschlafen war. Dann hatte er sich für das Nachtleben umgezogen. Zwischendurch kam Anna herein und bedauerte, nicht mit tanzen gehen zu können. Doch Leo war noch zu klein, um allein zu Hause zu bleiben. »Ach, eigentlich bin ich sowieso zu müde«, tröstete sie sich halbherzig. »Mach heute nicht so lang«, sagte sie dann noch, »wir wollen ja morgen an die Ostsee.«

»Da freue ich mich schon drauf. Ich mache Frühstück«, versprach Sebastian. Dann zog er los.

»Na, Sebastian! Alles bingo?«, rief der Barkeeper gegen die laute Musik an. Sebastian nickte: »Und bei dir?«

»Viel zu tun«, antwortete der Barkeeper und mischte ihm einen Wodka Tonic. Als Abwechslung zu dem Ernst, der seinen Alltag beherrschte, genoss Sebastian ab und zu die friedliche Oberflächlichkeit solcher Orte.

»Wie läuft's?«, hakte der Barkeeper nach. Einen Moment lang wusste Sebastian nicht, ob er dem Barkeeper jemals seinen Beruf verraten hatte. Im Nightlife spielten Job und Alltag eigentlich keine Rolle.

»Läuft gut«, sagte Sebastian.

»Super!«, rief der Mann mit einem bestätigenden Nicken und wandte sich dem nächsten Kunden zu.

Eine Weile noch stand Sebastian an der Bar. Dann schlenderte er durch den Club. Schließlich stellte er sich auf ein Podest, von dem aus er die Tanzfläche überblickte. An der gegenüberliegenden Wand thronte auf einer Bühne der DJ. Ein eher unauffälliger Typ, der mit aufgesetzten Kopfhörern auf die Plattenteller starrte. Im Vergleich zu ihm wirkte der alte Jack geradezu glamourös. Sebastian trank sein Glas in einem Zug aus und ging tanzen. Er ließ sich von den Bässen davontragen und hatte bald sein ganzes Berufsleben vergessen.

Stunden später gingen die Lichter im Saal an, die letzten Gäste standen erschöpft an der Garderobe Schlange. Sebastian saß verschwitzt auf einem Barhocker und trank Mineralwasser. Vorhin auf der Tanzfläche hatte er mit zwei Frauen geflirtet. Irgendwann waren sie zur Toilette gegangen, aber nicht mehr zurückgekehrt. Heute war nicht seine erfolgreichste Nacht. Der Barkeeper schob einen breiten Besen über die Tanzfläche, Strohhalme, Gläser und leere Zigarettenschachteln wuchsen zu einem kleinen Berg. Erst jetzt spürte Sebastian die kühle Luft, die aus der Klimaanlage strömte. Der Club hatte sich verwandelt: Ohne Musik war der Raum öde, ohne Herz und Energie. Es herrschte grelles, weißes Neonlicht. In der Luft, die eben noch erfüllt war von Erwartungen, von Glücksgefühlen und Enttäuschungen, hing jetzt kalter Rauch und der Dunst von schalem Bier. In einer Ecke saß eine zierliche Frau auf einem gepunkteten Sofa. An ihrer Zigarette hing Asche, die im nächsten Moment herabzufallen drohte. Die Frau hob die Zigarette an die Lippen. Als sie daran sog, fiel die Asche.

»Kommst du mit zu mir?«, hatte Marie gefragt, nachdem Sebastian sich zu ihr auf das Sofa gesetzt hatte. Dabei hatte sie ihn so angesehen, dass ihm sofort klar war, dass er nicht lange überlegen durfte.

Es war halb sechs, als er mit Marie aus dem Club hinaus trat. Der Himmel war tiefblau, Möwen segelten laut kreischend durch die klare Morgenluft, die kühl über die Haut strich. Der Eindruck des dämmernden Morgens über St.

Pauli war überwältigend: Es war, als hätte der anbrechende Tag die bunte Nachtwelt einfach fortgestrahlt.

Arm in Arm schlenderten sie über den Bürgersteig der Reeperbahn. Unter ihren Schuhen knirschten Glasscherben. Erst als sie im Taxi nach Eppendorf fuhren, wo Maries Wohnung lag, sah Sebastian, dass ihr Make-up verwischt war. Noch als er dies bemerkte, näherte sich ihr Gesicht dem seinen, und sie tauschten einen endlos langen Kuss.

Es war kurz nach neun. Die Fenster waren weit geöffnet, frische Luft mischte sich über dem Frühstückstisch mit dem Duft von Kaffee. Sebastian hatte sein Versprechen gehalten und das Frühstück gemacht: Neben den Brötchen standen ein Glas Nutella für Leo, Annas Pflaumenmus und ein Töpfchen mit Heringfilets in Dillsoße, die Sebastian nach einer langen Nacht gerne aß. In der Küche klimperte es; drei Eier zuckelten im kochenden Wasser.

Sebastian hatte kaum geschlafen. Mit Marie hatte er sich unter der Dusche und im Bett geliebt. Wann sie schließlich eingeschlafen waren, hätte er nicht mehr sagen können. Viel Zeit war jedenfalls nicht mehr geblieben. Als Sebastians Handywecker klingelte, hätte er ihn am liebsten aus dem Fenster geworfen. Stattdessen stellte er ihn schnell ab, denn er wollte nicht, dass Marie aufwachte. Vielleicht tat sie auch nur so, als ob sie schlief – manche Leute wollten nach einem One-Night-Stand nicht am nächsten Morgen neben einem fremden Menschen aufwachen. Sebastian ging es auch so. Die Telefonnummern hatten Marie und er zuvor schon ausgetauscht, und so konnte Sebastian die Wohnung ohne weitere Verzögerung verlassen.

Zu Hause hatte er seine verrauchten Klamotten über die Balkonbrüstung gehängt, einen starken Kaffee getrunken und war unter die eiskalte Dusche gesprungen. Während er das Frühstück bereitet hatte, war Anna aus ihrem Zimmer ins Bad geschlurft. Nun saß sie im Bademantel, mit nassen Haaren und völlig ungeschminkt Sebastian gegenüber am Tisch, während Leo im Bad beim Zähneputzen trödelte. »Und, wie war's?«, fragte Anna, während sie sich Milch in den Kaffee goss. Sebastian hoffte, dass ihr in der Nacht nicht aufgefallen war, dass er nicht zurückgekommen war. Er wollte jetzt nicht über Marie sprechen, bei One-Night-Stands brauchte er jedes Mal etwas Zeit, um die Ereignisse zu verarbeiten. »Es war okay«, antwortete er.

»Hast du jemanden kennengelernt?«

Sebastian schüttelte den Kopf und versuchte die Heringsstückchen so auf seinem Brötchen anzuordnen, dass möglichst viele draufpassten. Dann kam Leo an den Tisch, und das Gespräch über die Nacht war beendet. In den nächsten Minuten aß der Junge müde ein Nutellabrot, während die beiden Erwachsenen ebenso schweigend frühstückten. Sebastian spürte, wie sich ein Lächeln über sein Gesicht breitete. Er freute sich auf Sonne, Strand und Meer.

»Soll ich fahren?«, fragte Anna, als sie vor dem Fiat Uno standen. Mit dem breitkrempigen weißen Sommerhut, dem dunklen schulterlangen Haar und der großen Sonnenbrille hatte sie was von einer Figur aus einem französischen Filmklassiker. »Du siehst noch ziemlich fertig aus.«

Das traf wahrscheinlich zu. Sein sommerlicher Look, das frische weiße T-Shirt, die beige kurze Hose und die Flip-

Flops täuschten offenbar nicht über den müden Körper hinweg, der sie trug. Sebastian nickte und stieg auf der Beifahrerseite ein.

Kurz darauf steuerte Anna auf die leere Autobahn Richtung Ostsee. Sicherheitshalber hatte Sebastian sein Handy nach eingegangenen Nachrichten überprüft. Offiziell war er heute nicht im Dienst, aber während laufender Ermittlungen trotzdem in Bereitschaft. Von den Kollegen war heute Morgen eigentlich nichts zu erwarten gewesen, und tatsächlich hatte sich auch niemand gemeldet.

Ewigkeiten später spürte Sebastian kleine Finger, die sich zart auf seine Augenlider legten. »Was habe ich denn auf meinen Augen?«, fragte er mit gespielt-überraschtem Unterton.

»Eine Möwe«, hörte er Leos Stimme an seinem Ohr.

»Sind wir denn schon an der Ostsee?«

»Ja!«, rief Leo, und Sebastian bemerkte den Geruch von salziger Luft, die durch das geöffnete Autofenster drang.

Es war ein strahlender Sonnentag und der Strand voller Menschen. Sebastian war es gelungen, einen der letzten freien Strandkörbe zu ergattern. Die See war ruhig, und einige Schwimmer hatten sich weit hinaus gewagt. Die drei zogen sich aus und sprangen ins Wasser. Leo zeigte den beiden, wie schnell er mittlerweile kraulen konnte. Sebastian und er schwammen um die Wette, und Sebastian war erstaunt, wie schnell der kleine Leo schon war. So würde er gute Chancen beim Wettschwimmen in zwei Wochen haben, für das er energisch übte.

Einige Zeit später, während Leo in einen Comic vertieft

war und Anna dösend im Strandkorb lag, ging Sebastian auf einen Spaziergang. Er schlenderte am Wasser entlang, das in kleinen Wellen seine nackten Füße umspülte. Von dort hatte er einen guten Einblick in die Strandkörbe. Er beobachtete ein Bodybuilder-Pärchen, ein dunkler Mann und seine blonde Freundin, um deren ausgeprägte Muskeln sich eine rotverbrannte Haut spannte. Im Korb der beiden dudelte ein Radio vor sich hin. In den meisten Körben lagen Paare. Vom Meer her wehte eine salzige Brise, Sebastian sog sie tief ein. Wieder zurückgekehrt, legte er sich neben die schlafende Anna in den Strandkorb. Kurz darauf überfiel ihn bleierne Müdigkeit.

Es waren Leos Rufe, die Sebastian aus dem Schlaf rissen: »Mama! Mama!«

Sebastian schnellte hoch. Er sah Leo auf den Strandkorb zulaufen. »Was ist denn passiert?!«, rief Anna alarmiert.

»DJ Jack ist tot!«

Mehrere Strandgäste sahen irritiert zu ihnen herüber. Anna nahm Leo in den Arm: »Woher weißt du das?«

»Das haben sie da drüben im Radio gesagt«, stotterte Leo aufgeregt. Er zeigte auf den Strandkorb, aus dem der Bodybuilder ihnen bestätigend zunickte.

»Ist ja 'n Ding«, meinte Sebastian. »Ich geh rüber – mal hören, was passiert ist.«

Der Typ mit der verbrannten Haut hatte sein Radio lauter gestellt, und nun wehte die Melodie von *Savoy Blues* über den Strand. Zwei Frauen im Bikini und ein älterer Tourist mit einem weißen Hut standen um den Strandkorb herum. »Wissen Sie, woran er gestorben ist?«, fragte der alte Mann.

»Weiß man noch nicht genau«, antwortete der Bodybuilder in die Runde. »Der lag tot im Schwimmbad in einem Hotel in Hamburg. Herzinfarkt, würd ich sagen.«

»Haben Sie den mal rumhüpfen sehen?«, fragte die gestählte Partnerin.

»Ja, ja…«, meinte der ältere Herr. »Er war ja erst gestern noch im Fernsehen bei *Wer gewinnt…?*«

»Tja«, sagte der Bodybuilder mitfühlend. »Ist auch kein Wunder, dass der das auf die Dauer nicht durchhalten konnte.«

Alle sahen sich betroffen an. Der Alte mit dem weißen Hut richtete den Blick nachdenklich in die Ferne.

»Man sollte im Leben nie etwas tun, das man später bereut«, sagte er schließlich.

»Wie meinen Sie das?«, fragte Sebastian.

»Na, so wie ich es gesagt habe. Das gilt für uns alle«, antwortete er, drehte sich um und ging.

»Da hat er wohl recht«, sagte der Bodybuilder. Seine Partnerin nickte zustimmend.

Sebastian verließ die Gruppe mit einem flauen Gefühl im Magen.

Auf der Fahrt nach Hamburg war es still im Auto. Sebastian saß am Steuer, während Anna aus dem Beifahrerfenster schaute und gedankenverloren mit ihren großen, runden Ohrringen spielte. Leo blätterte auf dem Rücksitz lustlos in einem Comic. Zur vollen Stunde erklang im Radio der bekannte Jingle, der die Nachrichten ankündigte, und Sebastian drehte lauter: »Hamburg«, sagte der Sprecher. »Der Entertainer DJ Jack ist tot. Wie die Polizei mitteilte, ist der

Vierundachtzigjährige aller Wahrscheinlichkeit nach beim Schwimmen einem Herzinfarkt oder einem Kreislaufkollaps erlegen und in der Folge ertrunken. Er war am Morgen tot im Schwimmbad des Park-Hotels aufgefunden worden. Der in Kiel als Joachim Menzel geborene DJ Jack war seit seiner frühesten Jugend Musiker in verschiedenen Formationen. Erst in diesem Jahr ist er europaweit bekannt geworden durch die Adaption des Swingklassikers *Savoy Blues*. Das Stück steht in Deutschland, in der Schweiz, in Österreich, in den Niederlanden, in Dänemark und in Schweden an der Spitze der Verkaufscharts. In vielen weiteren Ländern, einschließlich Großbritannien, hat es der Song bis in die Top Ten geschafft.«

Als der Sprecher zur nächsten Nachricht überging, schaltete Sebastian das Radio aus.

»Und wir haben ihn erst gestern live im Fernsehen gesehen...«, seufzte Anna.

»Auf mich wirkte er nicht wie ein Infarkt-Kandidat«, sagte Sebastian.

»So ein Infarkt kommt oft überraschend«, meinte Anna.

Sebastian nahm sich vor, am nächsten Morgen den Autopsiebericht anzufordern – da der Grund für den Tod nicht feststand, war mit einer Obduktion zu rechnen.

Während sie sich Hamburg näherten, dachte er wieder an Karl Perkenson. Der Postbote war etwa gleich alt gewesen wie der DJ. Sebastian spürte deutlich, dass sich in seinem Unterbewusstsein etwas zusammenbraute. Oder irrte er sich komplett? Vermutete er vielleicht nur deswegen irgendeinen Zusammenhang zwischen den beiden Toten, weil sie beide ältere Semester waren? Sebastian schüttelte den Kopf über sich selbst. Der Gedanke, dass irgendeine Verbindung bestehen könnte, war weit hergeholt und nicht zu belegen. Aber seine spontane Assoziation zu Karl Perkenson musste eine Ursache haben. Es konnte nicht nur das Alter sein. Irgendeine Beobachtung musste sich in Sebastians Unterbewusstsein festgesetzt haben. Minutiös ging er in Gedanken alle Informationen durch, die er zum Fall Perkenson zusammengetragen hatte. Ohne Ergebnis. Dennoch wusste Sebastian, dass die Antwort irgendwo in seinem Gedächtnis verborgen lag. Und er war sicher, dass er sie aufspüren würde.

8

Am nächsten Morgen rief Sebastian bei der Gerichtsmedizin an. Tatsächlich war die Leiche dort eingetroffen, doch bislang war sie noch nicht untersucht worden. Professor Szepek wurde am späteren Vormittag erwartet.

»Überprüfen Sie bitte auch Insulin, und grüßen Sie in dem Zusammenhang Professor Szepek von mir – er weiß, was ich meine«, sagte Sebastian zu dem Mitarbeiter des Mediziners. Kaum hatte er aufgelegt, klopfte es an die Tür, und Jens trat in sein Büro.

»Gut, dass du kommst«, begrüßte ihn Sebastian. »Ich hab was zu tun für dich.«

»Darf ich vielleicht erst einmal ankommen?«, wehrte sich Jens. Er sah müde aus.

Sebastian war generell nicht sehr geduldig. »Wie war denn dein Wochenende?«, fragte er und versuchte es interessiert klingen zu lassen.

»Erzähl ich dir ein anderes Mal«, winkte Jens ab. »Was soll ich denn tun?«

»Herausfinden, ob DJ Jack zuckerkrank war.«

Jens sah ihn verständnislos an. »DJ Jack zuckerkrank? Dass der tot ist, hab ich gestern in den Nachrichten gesehen. Aber was haben wir von der Mordkommission damit zu tun, war doch ein Herzinfarkt.«

»Von Mord spricht ja auch noch keiner, es deutet auch nichts darauf hin. Aber ich will trotzdem sichergehen.«

»Ich kümmere mich darum«, antwortete Jens mit zweifelndem Blick und verließ den Raum.

Als Sebastian ein paar Stunden später von der Toilette zurückkehrte, hörte er schon auf dem Gang das Klingeln seines Telefons.

»Vielen Dank für die Grüße«, eröffnete eine schneidige Stimme am anderen Ende der Leitung das Gespräch.

»Danke, dass Sie sich so schnell melden, Professor.«

»Ich darf Ihnen ein Kompliment machen, Herr Fink? Sie haben den richtigen Riecher. Jack Menzel starb an Herzversagen. Mit neunundneunzigprozentiger Sicherheit ausgelöst durch eine Überdosis Insulin.«

Sebastians Herzschlag beschleunigte sich sofort.

»Wir fanden etwa sechzig Einheiten«, fuhr der Professor fort, »also noch mehr als bei… wie hieß er noch?«

»Karl Perkenson.«

»Ja. Der hatte fünfzig Einheiten verpasst bekommen – auch schon eine ungeheure Menge.«

Sebastian schoss die Frage durch den Kopf, wie viele Menschen wohl an einer Überdosis Insulin starben, ohne dass es jemals entdeckt wurde. »Herr Professor, ist Ihnen ein derartiger Fall schon einmal untergekommen?«, fragte er.

»Nein. Und nun innerhalb von wenigen Tagen gleich zweimal… Ist schon auffällig.«

Nachdem Sebastian aufgelegt hatte, blieb er eine Weile reglos in seinem Bürostuhl sitzen. Dann zog er eine Tafel Schokolade aus der Schublade und aß zwei Riegel.

Hier passierte etwas, das über einen einfachen Mord, geschweige denn über einen Unfall hinausging. Sein Vorgänger, der alte Herr Lenz, hatte ihn anscheinend zu Recht gewarnt und gesagt, dass etwas Kompliziertes auf ihn zurollen könnte. Sebastian entschied, den Pensionär so schnell wie möglich aufzusuchen. Er würde seine Hilfe in nächster Zeit benötigen, vermutlich sogar dringend.

Nachdem Jens herausgefunden hatte, dass auch DJ Jack kein Diabetiker gewesen war und infolgedessen kein Insulin benötigt hatte, war es leicht, Polizeipräsidentin Eva Weiß davon zu überzeugen, dass Sebastian auch diesen Fall übernehmen sollte.

Die Kollegin Pia Schell, eine eher kleine, leicht dralle Frau von Mitte dreißig, verstärkte ab sofort Sebastians Team. Pia war eine unauffällige Erscheinung. Sie trug eine Nickelbrille, hinter der ihre aufmerksamen Augen etwas verborgen wirkten. Sie hatte dunkelbraunes Haar, einen praktischen Pagenschnitt, ein hübsches Lächeln, und wenn man genau hinsah, konnte man ein paar Sommersprossen um die Nase herum entdecken.

Pia sollte als Erstes versuchen, Kontakt zu den Angehörigen von Jack aufzunehmen. Sebastian beorderte Paul Pinkwart zur Spurensicherung ins Park-Hotel und begab sich zusammen mit Jens ebenfalls auf den Weg zum Tatort.

Während Jens den Wagen schnell und gekonnt durch den Hamburger Verkehr steuerte, bezweifelte Sebastian, ob das Blaulicht, das über ihnen auf dem Autodach kreiste, wirklich nötig war. »Ich dachte, wir dürften keine Zeit verlieren«, antwortete Jens auf die Nachfrage.

»Wir sollten aber nicht auffallen«, erwiderte Sebastian. »Noch gehen alle von einem natürlichen Tod aus. Im Foyer des Hotels sind vermutlich noch einige Fans von Jack. Die sollen von Ermittlungen nichts mitbekommen.«

»Journalisten sind wahrscheinlich auch dort.«

»Nein, der Manager meinte, die seien schon gestern im Laufe des Tages wieder abgezogen. Da müssen wir nichts befürchten.«

Aber Sebastian wusste, dass es nur eine Frage der Zeit war, bis die Medien herausbekämen, dass der Tod des Stars kein natürlicher gewesen war. Während er nervös mit der Hand durch sein dichtes, blondes Haar fuhr, dachte er an die Flut von Kameras, Mikrofonen, hysterischen Reportern und Fans, die über die Ermittlungen hereinbrechen könnte. Sein erster Fall könnte einer jener besonderen Fälle werden, wie ihn sich mancher Kommissar wünscht, weil er der Karriere dient und die Routine durchbricht. Doch Sebastian, der noch gar nicht wusste, was in seinem Job Routine war, konnte nichts ungelegener kommen, als dass in seinen ersten Fall gleich ein Superstar involviert war.

Das schlossartige Gebäude des Park-Hotels war schon von weitem zu sehen. Jens holte das Blaulicht rechtzeitig vom Dach. Den Wagen parkten sie in der Tiefgarage, deren Einfahrt von der Lobby des Luxushotels aus nicht zu sehen war.

In der in dezenten Farben und gedämpftem Licht gehaltenen Eingangshalle herrschte eine entspannte Atmosphäre. An kleinen Tischen saßen Gäste, tranken Tee, Campari Orange oder Mineralwasser. Hauptsächlich Geschäftsleute, aber auch von der Sightseeingtour erschöpfte Touristen mit

Stadtplänen in der Hand. Über allem schwebte ein jazziges Klavierspiel, das aus einer Ecke kam, wo kerzengerade und in einem etwas schief sitzenden dunklen Anzug ein freundlich dreinblickender Herr am Flügel saß.

Den Hoteldirektor, ein schmaler, drahtiger Mann um die Vierzig mit einem perfekt rasierten Dreitagebart, fanden Sebastian und Jens an der Rezeption. Während Herr Ruperti den beiden Polizisten die Hände schüttelte, lächelte er verunsichert. »Ich war geschockt, als ich von den bevorstehenden Ermittlungen hörte«, sagte er mit schwacher Stimme. »Kommen Sie, wir gehen in mein Büro.«

Der Weg führte durch einen holzgetäfelten Gang und über einen dicken Teppich, der alle Geräusche zu schlucken schien.

»Ich hoffe, dass sich doch noch eine natürliche Todesursache herausstellen wird, etwas anderes kann ich mir nicht vorstellen«, meinte der Manager. »Ein Mord in unserem Haus – das wäre eine Katastrophe.«

»Wir werden sehen, Herr Ruperti«, antwortete Sebastian. »Mein Kollege Santer wird die Personalien der Gäste überprüfen, die am Samstag hier übernachtet haben, wenn Sie ihm bitte eine Liste geben würden.«

»Das waren größtenteils Wochenendgäste, die meisten sind schon wieder abgereist«, sagte der Manager.

»Es ist vorläufig nicht nötig, die Gäste zu befragen. Es reicht die Überprüfung ihrer Personalien.«

Rupertis Büro war nicht aufgeräumt. Der Hotelmanager befreite zwei Stühle von Zeitschriftenstapeln und bat die Kripobeamten, sich zu setzen.

»Haben Sie Jack Menzel eigentlich persönlich kennengelernt?«, begann Sebastian die Befragung. Der Manager lehnte sich mit verschränkten Armen an seinen Schreibtisch.

»Ja, ich habe ihn getroffen. Nachdem er am Nachmittag eingecheckt hatte, habe ich ihn auf seine Suite gebracht. Er machte einen sehr fitten Eindruck.«

»Danach haben Sie ihn nicht mehr gesehen?«

»Nein.«

»Erzählen Sie mal, wie der Sonntagmorgen verlaufen ist…«

Ruperti setzte sich seufzend auf die Kante seines Schreibtisches, während hinter ihm ein Stapel Papiere auseinanderrutschte. »Frau Zeptolitsch, die am Wochenende für den Nassbereich zuständig ist, kam am Sonntag früh um sieben ins Hotel«, sagte er und sah dabei auf seine dicke, silberne Uhr, als könnte sie vergangene Zeiten anzeigen. »Der Spa-Bereich wird um acht geöffnet, vorher muss er gesäubert werden. Die Frau hat zunächst den Eingangsbereich und die Umkleidekabinen geputzt, dann erst kam sie zum Pool. Es war etwa halb acht, als sie den Toten entdeckte. Ich wurde angerufen und bin sofort hergekommen. Als ich ankam, war bereits ein Notarzt da. Der versuchte, den alten Mann zu reanimieren.«

Der Hoteldirektor machte eine kleine Pause, während er sich nervös am Kinn kratzte. Dann sprach er weiter: »Um acht Uhr wollten zwei Damen schwimmen. Ich hatte Mühe, sie abzuwimmeln. Da half nur noch ein Trick: Ich sagte, wir hätten leider zuviel Chlor benutzt, das würde die Haut stark austrocknen. Da sind die beiden gleich weg. Dann wurde die Leiche unbemerkt aus dem Poolbereich in die Tiefgarage geschafft.«

»Wie haben Sie das denn unauffällig hinbekommen?«

»Es gibt einen speziellen Schlüssel für den Aufzug, wenn man den einsteckt, reagiert der Lift nicht auf Haltesignale, und niemand kann zusteigen. Wir sind vom obersten Stockwerk direkt in die Tiefgarage gefahren, wo der Leichenwagen wartete.«

»Und das hat niemand gesehen?«, warf Jens ein.

»Nicht dass ich wüsste. Am Sonntagmorgen sind nur wenige Gäste in der Tiefgarage. Die sitzen dann noch beim Frühstück.«

»Sagen Sie, Herr Ruperti, von wem hat eigentlich die Presse von Jack Menzels Tod erfahren?«, fragte Sebastian.

»Genau weiß ich das nicht. Aber jemand von der Produktionsfirma von *Wer gewinnt...?* rief an und wollte Herrn Menzel sprechen. Ich konnte den Anrufer vertrösten, aber um elf kam ein Fahrer der Firma, der den alten Herrn abholen sollte. Ich habe versucht, ihn hinzuhalten, aber schließlich musste ich dem Mann doch erklären, was los war. Es war einfach nicht mehr zu verheimlichen. Der hat es dann seinem Chef gemeldet – das hat bei denen sicher wie eine Bombe eingeschlagen. Kurz danach kam es in den Nachrichten.«

Und genauso würde die Nachricht einschlagen, dass wegen Mordes ermittelt wurde, dachte Sebastian. Sein Team musste vorankommen! Ihm kamen Paul Pinkwart und seine Spurensicherer in den Sinn, die oben im Schwimmbad arbeiteten. Man konnte sich denken, dass das Sichern und Auswerten von Spuren in einem gekachelten Bereich, in dem so viele Menschen barfuß herumgehen, schwierig war.

»Nachdem die Leiche abtransportiert worden war, haben

Sie den Spa-Bereich hoffentlich geschlossen gehalten?«, fragte Sebastian den Manager.

»Nein. Danach haben wir wieder geöffnet.«

»Wie bitte?« Fassungslos sah Sebastian den Mann an. »Das heißt, den ganzen Sonntag waren Menschen im Schwimmbad?«

»Äh ... ja. Also, genau genommen ist unser Bad ohnehin nicht stark frequentiert. Aber ein paar Gäste werden wohl da gewesen sein«, antwortete Ruperti deutlich verunsichert.

»Das wird die Spurensuche erheblich erschweren, wenn nicht gar unmöglich machen«, schimpfte Sebastian.

Mit ängstlichen Augen sah der Hoteldirektor abwechselnd Sebastian und Jens an.

»Also, gut«, sagte Sebastian genervt, »dann belassen wir es erst einmal dabei. Jetzt sagen Sie mir bitte noch, wer vom Hotelpersonal Jack Menzel als Letzter gesehen hat?«

»Na ja, das war wohl Frau Zeptolitsch, die ihn im Schwimmbad entdeckt hat.«

»Ich meinte: *lebend* gesehen.«

»Natürlich. Entschuldigen Sie.« Ruperti strich sich mit dem Handrücken über die Stirn. Dann sagte er: »Das müsste Frau Wüste gewesen sein. Sie hatte am Samstagabend Dienst an der Rezeption und hat den alten Herrn nach der Sendung ins Hotel kommen sehen.«

»Mit der Dame würde ich gerne sprechen«, sagte Sebastian. »Am besten gleich.«

Nachdem Herr Ruperti Sebastian und Jens jeweils einen kleinen Raum zum Arbeiten überlassen hatte, war er davongeeilt. Während Jens mit der Überprüfung der Gäste loslegte, wartete Sebastian in seinem Zimmer auf Frau Wüste.

Die junge Frau wirkte nervös, als sie eintrat.

»Setzen Sie sich.« Sebastian zeigte auf den leeren Stuhl vor seinem kleinen Tisch.

Sie ließ sich nieder, schob ihre große Haarklammer, die ihr die langen blonden Haare aus dem Gesicht hielt, zurecht und faltete ihre Hände unterm Tisch.

»Das ist alles so furchtbar«, sagte sie, »so etwas habe ich noch nie erlebt.«

»Wie lange arbeiten Sie denn schon im Park-Hotel?«, fragte Sebastian und legte einen Notizblock vor sich auf den Tisch.

»Also... mit Ausbildung zweieinhalb Jahre.«

Jetzt fiel ihm der dunkle Haaransatz auf. Das Blond war also künstlich, passte aber gut zur hellen Gesichtsfarbe.

»Um wie viel Uhr hat Jack Menzel am Samstagabend das Hotel betreten, Frau Wüste?«

»Punkt 21 Uhr 50.«

Sebastian stutzte. »Woher wissen Sie das so genau?«

»Ich hatte mich gewundert, warum der alte Mann so früh von der Show kam, wir hatten ihn erst später erwartet. Und da habe ich auf die Uhr geschaut.«

»Für wann hatten Sie ihn denn erwartet?«

»Na ja, die Livesendung geht normalerweise bis 23 Uhr. Ich dachte, er würde anschließend sicher noch auf die Aftershowparty gehen und irgendwann spät hier eintreffen. Seinen Auftritt hatte ich hier im Bürofernseher verfolgt, und kurz darauf war er wieder im Hotel.«

»Darf ich rauchen?«, fragte die Rezeptionistin unvermittelt.

»Von mir aus.« Sebastian sah sich nach einem Aschenbecher um. »Obwohl…müsste das nicht eher Ihr Chef entscheiden?«

»Der ist Kettenraucher. Wir rauchen in diesen Räumen sonst auch«, meinte Frau Wüste. Sie ging um den Schreibtisch herum und zog aus der unteren Schublade einen Aschenbecher hervor. »Wir müssen das noch ausnutzen, bevor demnächst das Rauchverbot kommt.«

»Hat Herr Menzel eine Erklärung für sein frühes Erscheinen gegeben?«, setzte Sebastian die Befragung fort.

»Nein. Er sah nur müde aus«, antwortete Frau Wüste, nachdem sie kräftig an der Zigarette gezogen hatte.

»Müde?«

»Müde und… irgendwie irritiert.«

»Können Sie das genauer beschreiben?«

Während die Rezeptionistin überlegte, strich sie mit der flachen Hand über ihren Hinterkopf.

»Gestresst – das ist es. Er wirkte extrem gestresst, und ich dachte noch: Warum ist der Mann so angespannt, die Sendung ist für ihn doch vorbei.«

Jack Menzel wird in seinem Hotel umgebracht, nachdem er kurz zuvor extrem gestresst wirkte – Sebastian unterstrich die Notiz und fragte Frau Wüste, ob ihr sonst noch etwas aufgefallen sei.

»Eigentlich nicht. Herr Menzel war kurz angebunden. Die Frau, die ihn begleitete, hat alles geregelt, die Schlüsselkarte und so.«

Sebastian hob die Augenbrauen. »Welche Frau?«

»Wer das war, weiß ich nicht. Sie brachte ihn hoch in seine Suite. Kurz darauf sah ich sie wieder durch die Halle hinausgehen.«

»Wie sah die Frau aus?«

»Rote Haare hatte sie. Lang und lockig. Sie war sehr groß und schlank.«

»Wie groß?«

»Etwas größer als ich. Vielleicht sogar größer als der alte Mann.« Plötzlich biss sich Frau Wüste auf die Lippen. Ihre Augen füllten sich mit Tränen. »Entschuldigung.« Sie nestelte an ihrem Ärmel, zog ein Taschentuch heraus und schneuzte sich die Nase.

Gutes Versteck für ein Taschentuch, dachte Sebastian. Er notierte die rothaarige Frau, die er so schnell wie möglich sprechen musste. Vermutlich war sie die letzte Person, die den alten DJ lebend gesehen hatte.

»Frau Wüste, wir sind dann erst einmal durch. Es kann sein, dass mein Kollege Santer Sie später noch zu den übrigen Gästen befragen wird.«

Sebastian war sich nicht sicher: War die Rezeptionistin beim Hinweis auf Jens' Befragung leicht erschrocken? Oder hatte er es sich nur eingebildet?

Frau Wüste stand schweigend auf.

»Einen Moment noch«, sagte Sebastian.

Die junge Frau blickte ihn etwas irritiert an.

»Nehmen Sie bitte noch einmal Platz.«

Frau Wüste setzte sich, ihre Hand fuhr an die Haarklammer und schob sie zurecht.

»Gibt es zu den anderen Gästen irgendetwas zu sagen?«, fragte Sebastian und beobachtete die Rezeptionistin aufmerksam. In ihrem Gesicht war kaum eine Regung zu erkennen. Ihre Augen waren vielleicht etwas starr.

»Nein«, sagte sie. »Nichts Besonderes.«

»Zu einem bestimmten Gast vielleicht?«

Die Rezeptionistin hob die Augenbrauen und überlegte. »Nein«, antwortete sie wieder.

Einige Sekunden der Stille vergingen, bevor Frau Wüste plötzlich in sich zusammensank und in Tränen ausbrach. Sie schluchzte hemmungslos. Sebastians erste Reaktion war Mitleid, obwohl er zunächst gar nicht wusste, weshalb. Aber dann schossen ihm plötzlich Bilder durch den Kopf: Seine Mutter zu Hause in Lübeck, zusammengekauert im Sessel sitzend, weinend. Er hatte es nie ertragen, wenn sie weinte. Mit viel Disziplin hatte sie stets versucht, ihre Trauer zu unterdrücken, seit jenem Sommertag von 1980. Normalerweise gelang es ihr. Sie war eine sehr beherrschte Person. Umso schlimmer war es für Sebastian und sicherlich ebenso für seinen schweigsamen Vater, wenn alles aus ihr herausbrach. In diesen seltenen Momenten war es Sebastian vorgekommen, als würde seine Mutter von einem reißenden Fluss fortgezogen, während er hilflos am Ufer stand.

Sebastian riss sich zusammen. Er räusperte sich. Er hatte gelernt, diese plötzlichen Erinnerungsmomente zu unterdrücken. Vor allem dann, wenn er nicht allein war. Noch einmal räusperte er sich und konzentrierte sich wieder auf die Rezeptionistin.

Je länger die Frau weinte, umso mehr hatte er das Gefühl, dass sie auf diese Weise vielleicht Zeit gewinnen wollte, um sich die beste Antwort auf seine Frage zu überlegen. Schweigend wartete er ab. Frau Wüste sammelte sich wieder, blieb aber stumm. Mit ihrem Taschentuch tupfte sie sich über das Gesicht. Sebastian spürte, wie die Stille im Raum schnell intensiver, fast greifbar wurde. Als die Rezeptionistin sich eine weitere Zigarette anzündete, flackerte die Flamme des Feuerzeugs, und Sebastian sah, dass die Finger der Frau zitterten.

Frau Wüste zog stark an der Zigarette, blies kräftig aus und sah dem Rauch hinterher. Irgendwann schüttelte sie den Kopf, wandte sich Sebastian zu und sagte: »Na gut.«

Nachdem sie noch einmal kräftig an der Zigarette gezogen hatte, begann sie zu erzählen: »Ich muss etwas zugeben ... Ich habe einen Fehler gemacht. Ich habe etwas getan, was ich nicht tun darf, und hatte gehofft, dass es niemandem auffällt. Es wäre auch nicht aufgefallen, wenn nicht...« Sie biss sich auf die Lippen und blickte kurz über ihre Schulter. »Mein Chef darf nichts davon erfahren.«

»Wird er nicht. Legen Sie los«, meinte Sebastian in beruhigendem Ton.

»Am Samstag kam am späten Nachmittag ein Gast, der hier schon öfter übernachtet hat. Der hatte seinen Ausweis vergessen. Da er in unserer Kartei ist, habe ich das durchgehen lassen. Aber das dürfen wir nicht. Ist ein Kündigungsgrund.«

»Wie heißt denn der Mann?«

»Thorsten Helbiger.«

»Kann ich mal in die Datei sehen?«

»Geht das unauffällig?«, fragte Frau Wüste besorgt. »Ich könnte schnell rübergehen und Ihnen das Blatt ausdrucken.«

Sebastian nickte.

Als Frau Wüste das Zimmer verlassen hatte, rief er Jens an, der nur ein paar Meter weiter im anderen Raum saß, und verabredete für den frühen Abend eine Sitzung im Präsidium, um die ersten Informationen zusammenzutragen.

Kurz darauf war Frau Wüste wieder da. Der Ausdruck, den sie brachte, enthielt die persönlichen Angaben zu Thorsten Helbiger und die Daten seiner Besuche im Hotel. Er lebte in Hannover, war fünfunddreißig Jahre alt. Sieben Mal hatte er im Park-Hotel übernachtet, zuletzt am vergangenen Samstag.

»Warum übernachtet jemand, der in Hannover lebt, in Hamburg?«, fragte Sebastian. »Ist doch nur knapp über eine Stunde Zugfahrt von hier entfernt.«

»Ich weiß es nicht«, antwortete Frau Wüste, »ich kenne ihn ja nicht.«

»Dann wissen Sie auch nicht, ob der Mann, der am Samstag eincheckte, wirklich Thorsten Helbiger war?«

Frau Wüste sah Sebastian mit großen Augen an: »Daran habe ich noch gar nicht gedacht...«

»Wie sah denn der Mann aus?«, fragte Sebastian.

»Bei meiner Arbeit sehe ich so viele Menschen, da ist es schwer, sich an jeden Einzelnen zu erinnern.«

»Fangen wir mit der Größe an«, schlug Sebastian vor.

»So wie Sie ungefähr. Vielleicht eins fünfundachtzig.«

Sie kann gut schätzen, dachte Sebastian, er war genau eins vierundachtzig groß.

»Figur?«

Frau Wüste musterte Sebastian: »Auch so wie Sie: Normal... eher schlank.«

»Alter?«

»In der Kartei steht fünfunddreißig. Könnte sein. Könnte auch etwas jünger sein.«

»Gesicht und Haare?«

»Ich meine, er hätte dunkle Haare gehabt, kann das aber nicht beschwören. An sein Gesicht erinnere ich mich nicht gut. Da war nichts Auffälliges.«

Sebastian würde die Personalien von Thorsten Helbiger von der Polizei in Hannover überprüfen lassen.

Nachdem er Frau Wüste aus der Befragung entlassen und seine Kollegen in Hannover informiert hatte, stieg Sebastian in den Lift und fuhr in das oberste Stockwerk des Park-Hotels, wo das Schwimmbad, aber auch die Suite von Jack Menzel lag. Sebastian steuerte gleich auf den Spa-Bereich zu, vor dem ein Polizist in Zivil Wache hielt. Um das Becken herum waren Paul Pinkwart und seine Leute bei der Arbeit. Pinkwart, der nicht mehr der Jüngste war, richtete sich etwas umständlich und leicht ächzend auf: »Ist nicht der ideale Arbeitsplatz hier – an den glatten Kacheln bleibt nur wenig Menschliches hängen...«

»Es gibt ein Problem...«, sagte Sebastian.

Nachdem er den Spurensucher darüber informiert hatte, dass der Spa-Bereich nicht geschlossen gewesen war, blickte Paul Pinkwart ihn sekundenlang mit versteinerter Miene an.

»Ich kann es nicht ändern«, sagte Sebastian.

»Na, dann wollen wir mal sehen, was wir hier noch machen können«, grummelte der Spurensucher und machte sich wieder an die Arbeit.

Sebastian schaute sich derweil ein wenig um. Über die Spurensicherer hinweg war durch die Fensterfront ein phantastisches Panorama zu sehen. Sebastian ging hin, berührte mit der flachen Hand das kühle Glas und schaute hinaus. Der Himmel war strahlend blau. Sebastians Blick wanderte über die Dächer und blieb an einer leicht südlich gelegenen Kirchenspitze hängen. Das musste die Christuskirche sein, die ganz in der Nähe der Lindenallee lag. Sebastian dachte an den toten Postboten Karl Perkenson. Dort war er umgebracht worden, und hier stand er an dem Ort, an dem der... Sebastians Gedanken stockten. Er hatte es bis jetzt nicht wahrhaben wollen. Aber nun musste er es sich eingestehen: dass er es tatsächlich mit einem Serienmörder zu tun haben könnte. Er fuhr sich nervös durch die Haare und überlegte: Als Nächstes musste die Verbindung zwischen den beiden alten Männern gefunden werden. Vor allem auch hinsichtlich der Möglichkeit, dass der Täter ein weiteres Opfer im Visier hatte.

»Herr Fink?«, sagte eine Stimme direkt hinter ihm, und Sebastian erschrak ein wenig.

»Entschuldigen Sie«, meinte die hochgewachsene Frau mit den langen rotgelockten Haaren, die Sebastian völlig unbekannt war.

»Mein Name ist Evelyn Moll... ich muss Sie sprechen.«

Sie sah ihn mit freundlichen Augen an, in denen etwas wie Trauer zu erkennen war. »Der Wachmann hat mich durchgelassen, als ich ihm sagte, dass ich Ihnen dringend etwas erzählen muss. Ich habe Informationen für Sie.«

Sebastian wunderte sich über die laschen Sicherheitsvorkehrungen. »Worum geht es denn?«

»Es wäre mir lieber, wenn ich Sie unter vier Augen sprechen könnte«, erwiderte die Frau und warf ihm einen bittenden Blick zu.

Sebastian sah sich kurz um und führte Frau Moll dann in den Saunabereich, der hinter dem Pool und weit weg von den Leuten der Spurensicherung lag. Dort setzten sie sich auf eine Holzbank im Ruheraum. Doch als die Frau zu sprechen ansetzte, hallte es etwas, und sie verstummte wieder.

»Also, worum geht es?«, fragte Sebastian ungeduldig.

»Können wir uns nicht einfach da reinsetzen?«, bat sie.

Sebastian folgte dem Blick der Frau, der auf die offene Saunatür gerichtet war.

»Die Sauna ist doch nicht in Betrieb, und da hört uns garantiert keiner«, meinte sie.

Im Saunaraum war es ziemlich dunkel. Es roch nach Holz und kaltem Schweiß. Die Frau schloss die Tür hinter ihnen und setzte sich auf eine Bank.

Na, hoffentlich lohnt sich dieser Aufwand, dachte Sebastian leicht genervt. Doch als Evelyn Moll mit gedämpfter Stimme zu erzählen begann, begriff er, dass die Frau tatsächlich sehr Interessantes zu berichten hatte.

»Ich gehöre zum Produktionsteam von Elements TV, die auch *Wer gewinnt…?* produzieren«, begann sie. »Am Samstagabend war ich die Gästebetreuerin von DJ Jack. Ich habe etwas beobachtet…«

»Erzählen Sie, ich bin sehr gespannt.«

»Der Jack, den ich *vor* seinem Auftritt in der Show erlebte, war ein völlig anderer als der danach. In der Maske war er total aufgekratzt, bestens gelaunt, riss einen Witz nach dem anderen, sprach von der Aftershowparty, an der er unbedingt mit mir tanzen wolle. Ein vor Lebenslust sprühender Mensch, so wie man ihn aus dem Fernsehen kennt.

So war er ja auch bei seinem Auftritt – haben Sie die Sendung gesehen?«

Sebastian nickte und dachte an den Abend mit Anna und Leo. Er hatte auch den Eindruck gehabt, dass der Alte seinen Auftritt genossen hatte.

»Alles lief wie am Schnürchen. Ich hab noch gedacht: Das ist ein echter Profi, der Mann. Wie der das in seinem Alter noch schafft, das Publikum zu begeistern. Ich wartete hinter der Bühne, um Jack nach dem Auftritt in Empfang zu nehmen. Aber als er dann kam, erschrak ich zutiefst.«

Evelyn Molls Gesicht hatte auch jetzt einen erschrockenen Ausdruck angenommen. »Er war wie verwandelt«, fuhr sie betroffen fort. »Sah plötzlich wie ein richtig alter Mensch aus ... mit leeren Augen ...«

»Hat er irgendetwas gesagt?«

»Er meinte: ›Ich muss hier weg.‹«

Sebastian sah Frau Moll abwartend an.

»Ich habe ihn gefragt, ob es ihm nicht gutginge, ob ich vielleicht einen Arzt rufen sollte, aber er schüttelte nur den Kopf und sagte andauernd: ›Ich muss hier weg.‹ Ich habe den Fahrdienst gerufen und bin mit Jack zum Hotel gefahren. Er saß auf der Rückbank – da wollte er sitzen –, ich saß vorne und habe ihn im Schminkspiegel beobachtet: Er blickte stumm aus dem Fenster. Es war eine beklemmende Stimmung im Auto. Einmal noch habe ich versucht, ihm die Aftershowparty schmackhaft zu machen. Aber er hat gar nicht mehr reagiert.«

Sebastian überlegte. Was Evelyn Moll erzählte, war interessant. Vielleicht war Jack ein guter, aber launischer Schauspieler, und er riss sich nur zusammen für die Show? Aber so hatte der alte Mann nicht gewirkt, eher wie ein Mann, der seinen dritten Frühling erlebte und das genoss. Es musste irgendetwas passiert sein, während seines Auftritts in der Show oder unmittelbar danach.

»Als wir im Hotel ankamen«, fuhr Evelyn Moll fort, »war er wieder zugänglicher.«

»Was heißt das?«

»Na ja, er sprach wieder. Er bedankte sich beim Fahrer, er wirkte…«, Frau Moll hielt kurz inne, »…wie jemand, der von den Toten auferstanden ist.«

»Was passierte im Hotel?«, fragte Sebastian.

»Ich begleitete Jack zur Rezeption, wo die Empfangsdame uns begrüßte und mir, merkwürdigerweise mir, die Schlüsselkarte überreichte. Ich sah es als eine Art Zeichen und beschloss, Jack auf sein Zimmer zu begleiten. Das machen wir normalerweise nicht, aber an dem Abend war es mir irgendwie wichtig, ihn sicher in seinem Zimmer zu wissen.«

»Und dann?«

»Als wir im sechsten Stock ankamen, war Jack eigentlich schon wieder ganz aufgeräumt. Wir haben sogar rumgealbert vor der Tür zu seiner Suite, weil es uns nicht gelang, die Karte in den Schlitz zu stecken. Jack hat es schließlich geschafft. Ich hab ihn noch gefragt, ob ich ihm irgendwie behilflich sein könnte, aber er verneinte wieder. Dann haben wir uns voneinander verabschiedet, er ist in seine Suite getreten und hat sofort die Tür verriegelt.«

Evelyn Moll schien über etwas nachzudenken. Plötzlich fühlte Sebastian unter der Saunabank ein leichtes Vibrieren, als wäre draußen jemand vorbeigegangen. Er spähte durch das Saunafenster, aber da war niemand.

»Ist Ihnen sonst noch etwas aufgefallen?«, fragte Sebastian, nachdem er sich wieder Evelyn Moll zugewandt hatte. Diese hatte die Arme schützend vor ihrem Körper verschränkt.

»Ich sag Ihnen jetzt mal was«, fuhr sie mit einem beschwörenden Ton in der Stimme fort. »Ich bin wirklich nicht esoterisch veranlagt, aber es war so, dass... nee, also, das kann ich eigentlich nicht erzählen...«

»Kommen Sie«, drängte Sebastian, »alles, was Ihnen einfällt.«

Zögernd fuhr die Gästebetreuerin fort: »Nachdem Jack seine Tür geschlossen hatte, stand ich noch einen Moment im Gang. Da hatte ich plötzlich ein ganz fieses Gefühl... Ich empfand, dass eine Bedrohung existierte. Ich hatte das Gefühl, dass da irgendjemand ganz in der Nähe ist... Ich spürte Gefahr.«

Frau Moll holte einmal tief Luft und erzählte dann weiter: »Als ich kurz zuvor mit Jack vor dem Eingang zu seiner Suite gestanden hatte, meinte ich das Schließen einer Zimmertür gehört zu haben, was mir zunächst bedeutungslos erschienen war. Aber später schoss mir durch den Kopf: Wer weiß – vielleicht hat da irgendwo einer gelauert. Aber ich dachte: Evelyn, du bist manchmal wirklich etwas hysterisch. Ich hätte auch nicht mehr daran gedacht, aber als ich am nächsten Tag von Jacks Tod hörte, war das komische Gefühl sofort wieder da.«

Die Frau, mit der er hier in der dunklen und kalten Sauna saß, war offensichtlich ein hochsensibler Mensch, dem man alles zutrauen konnte: sowohl, dass sie eine reale Gefahr gespürt hatte, aber auch, dass sie sich in etwas hineinsteigerte.

Plötzlich wurde die Saunatür aufgerissen. Als die Silhouette eines Mannes erschien, stieß Frau Moll einen spitzen Schrei aus.

»Oh, là là…«, sagte die Silhouette nur, dann wurde die Tür wieder geschlossen.

»Bin ich erschrocken!«, keuchte Evelyn Moll.

»Das war mein Kollege«, sagte Sebastian. »Jens Santer.« Nachdem Sebastian sich bei Evelyn Moll für ihre Informationen bedankt hatte, bat er um eine Aufzeichnung der Show. Er wollte sich den Auftritt von Jack noch einmal ansehen. Vielleicht war es möglich, einen Hinweis auf dessen seltsames Verhalten nach der Show zu bekommen.

»Ich wollte nicht stören«, sagte Jens grinsend, als Sebastian zu ihm an den Beckenrand trat. »Wollte nur mal sehen, wer sich da in der Sauna versteckt. Ich hatte so ein Gemurmel gehört. Wer war denn die Frau?«

Sebastian klärte Jens über das Gespräch und die Umstände auf. Jens schüttelte amüsiert den Kopf.

»Und was hast du herausbekommen bei deiner Arbeit?«, fragte Sebastian.

»Noch nichts Besonderes. Wir treffen uns doch später im Präsidium, da weiß ich vielleicht mehr.«

»Ist gut«, sagte Sebastian. Er wollte noch die Suite von Jack Menzel inspizieren. Im Flur traf er auf Paul Pinkwart, der gerade von der Toilette kam. »Ich möchte, dass wir alle heute Abend im Präsidium zusammenkommen, damit wir unsere Informationen austauschen und das weitere Vorgehen besprechen können«, sagte Sebastian.

»Von uns wird da noch nicht viel kommen«, sagte Pinkwart. »Wir müssen die Befunde aus dem Labor abwarten. Das dauert bekanntlich ein, zwei Tage.«

»Trotzdem«, erwiderte Sebastian. Es ging ihm auf die Nerven, dass Pinkwart bei jeder Gelegenheit widersprechen musste.

Aber Sebastian musste auch vorsichtig sein. Es war eine Gratwanderung: Als Hauptkommissar und besonders als Neuling war man abhängig von seinen Mitarbeitern. Natürlich konnte man sie im Notfall austauschen, aber das sah Polizeipräsidentin Eva Weiß sicherlich nicht gerne. Sebastian würde sich zunächst also weiter mit Pinkwart arrangieren müssen.

Kurz darauf trat Sebastian in DJ Jacks Zimmer. Er war noch nie in der Suite eines Luxushotels gewesen. Diese bestand aus zwei ineinander übergehenden hellen Räumen und einem luxuriösen Bad. Zwei Männer aus Pinkwarts Team waren gerade dabei, Spuren zu sichern. Schließlich war es denkbar, dass der Mörder sich auch in diesen Räumen aufgehalten hatte. Sie hatten bislang aber noch nichts gefunden, was auf die Anwesenheit einer weiteren Person hinwies. Auch Sebastian konnte nichts Ungewöhnliches entdecken. Im Gegenteil, es schien, als hätte Jack Menzel sich in seiner Suite kaum aufgehalten: Sein Koffer stand geöffnet neben dem Bett, der Anzug, den Sebastian als jenen erkannte, den Jack bei *Wer gewinnt...?* getragen hatte, hing im Schrank. Im Bad fehlte der Bademantel. Der alte Mann war wohl, kurz nachdem Evelyn Moll sich von ihm verabschiedet hatte, zum Schwimmen gegangen. Vermutlich hatte man ihn noch am selben Abend umgebracht, denn mit Sicherheit hatte er sich nicht bis in die Morgenstunden im Pool aufgehalten. Sebastian war gespannt auf den Obduktionsbericht. Und auf die Ergebnisse, die die anderen Mitarbeiter später übermitteln würden.

Die Sonne stand schon tief, als das Ermittlungsteam in Sebastians Büro zusammenkam. Pinkwart berichtete von der mühseligen Spurensuche in dem gekachelten Schwimmbad: »Wir haben ein bisschen was gefunden, Schuppen, Hautabschürfungen – so 'n Zeugs«, sagte Pinkwart. »Das kann man aber getrost als gemischte Ware betrachten, weil um das Becken herum jedermann barfuß läuft. Und da waren ja wohl einige…«

Wirklich ärgerlich, dass der Hotelmanager das Schwimmbad nicht hatte sperren lassen, dachte Sebastian.

Nach Pinkwart war Jens dran. Er hatte die Personalien der Gäste überprüft, insbesondere derjenigen aus dem Stockwerk, in dem auch die Suite lag. Er sah in seine Notizen: »Es gibt nur eine Auffälligkeit: Ein Gast hatte offenbar keinen Ausweis dabei…«

»Hannover?«, unterbrach Sebastian.

»Woher weißt du das?«, fragte Jens erstaunt.

»Die Polizei in Hannover untersucht den Fall und wird sich heute Abend noch melden. Die Info hatte ich von der Rezeptionistin.«

»Das hättest du ja mal früher sagen können«, ärgerte sich Jens.

Der Kollege hatte recht. Aber Sebastian hatte nicht gleich daran gedacht, ihn zu informieren, und dann war schon Evelyn Moll gekommen.

»Dann habe ich dem nichts mehr hinzuzufügen«, schloss Jens.

»Wichtig ist, dass die Medien möglichst lange nichts von dem Mordverdacht erfahren«, warnte Sebastian, »das würde die Ermittlungen erheblich behindern.«

»Aber im Foyer halten sich immer noch Fans auf«, gab Jens zu bedenken.

»Wo denn eigentlich genau?«

»Die haben sich da in einer Sitzgruppe niedergelassen und bestellen ab und zu einen Tee oder 'ne Cola. Geht dem Hotelpersonal inzwischen schon ziemlich auf die Nerven.«

»Nur gut, dass wir ihnen noch nicht aufgefallen sind«, meinte Sebastian.

Das Telefon klingelte. Die Abendsonne stach ihm genau in die Augen, als Sebastian den Hörer abnahm. Es war ein Kommissar der Hannoveraner Polizei. Thorsten Helbiger, so erklärte der Anrufer, halte Vorlesungen an der Hamburger Universität. Manchmal übernachte er dann im Hotel. Am Wochenende sei er über Hamburg in den Urlaub nach Norwegen gefahren. Konnte gut sein, dass er eine Nacht in der Hansestadt geblieben war. Eine Bekannte hatte bestätigt, dass der Mann etwas nachlässig sei und seinen Ausweis öfter mal vergesse.

Sebastian würde die norwegische Polizei bitten, den Mann ausfindig zu machen und ihn die Übernachtung im Park-Hotel bestätigen zu lassen.

Nachdem er aufgelegt hatte, war Pia Schell dran zu berichten. Aber auch sie konnte nichts Wesentliches zu den Ermittlungen beitragen. Sie hatte noch mit keinem Verwandten des toten Stars sprechen können.

Damit war Feierabend, und die Runde ging auseinander. Sebastian war gespannt auf die Aufzeichnung der Samstagabendshow. Irgendetwas musste während des Auftritts von DJ Jack passiert sein.

9

Die Sonne war bereits hinter den Dächern verschwunden, als Sebastian die Tür seines Büros schloss. In der Eingangshalle des Präsidiums herrschte Leere, nur eine ältere Beamtin saß an der Anmeldung. Sebastian nickte der Frau zu, und sie nickte erfreut zurück. Macht hier wahrscheinlich sonst keiner, dachte Sebastian. Draußen kam ein Fahrradkurier angefahren, er vollbrachte einen sportlichen Schlenker, sprang von seinem Rad und eilte mit einem Päckchen in der Hand ins Gebäude. Als Sebastian hinter sich den Namen »Fink« hörte, ging er noch mal zurück. »Elements TV« stand auf dem Absender. Evelyn Moll hatte offenbar schnell reagiert, Sebastian hielt die DVD mit der Aufzeichnung von *Wer gewinnt...?* in der Hand.

Leo lag schon im Bett, als Sebastian die DVD einlegte. Anna saß neben ihm im Schneidersitz auf dem Fußboden und blickte auf den Fernseher. Sie hatte schon ihren Schlafanzug angezogen. Ihre braunen Haare waren mit einem Gummi am Hinterkopf zusammengebunden. Als Sebastian ihr erzählte, warum er die Aufzeichnung ansehen musste, hatte sich Anna sofort bereit erklärt, mitzuschauen. »Ich habe den Auftritt total positiv in Erinnerung«, sagte sie, »bis zum Schluss. Da war nichts Komisches.«

»Aber irgendetwas muss während der Show passiert sein«, meinte Sebastian, »etwas, das den alten Jack geschockt hat. Das müssen wir versuchen zu entdecken.«

Sebastian ließ die Aufzeichnung der Sendung im Schnelldurchlauf über den Bildschirm flimmern: Der große, blondgelockte Moderator zappelte über die Bühne, nacheinander nahmen verschiedene Personen auf dem Sofa Platz, gestikulierten wild, sprangen wieder auf und verschwanden.

»Halt!«, rief Anna. »Jetzt kommt er.«

Sebastian ließ die DVD nun in Normalgeschwindigkeit weiterlaufen. »Sie wissen, um wen es geht«, sagte der Moderator, an das Publikum gewandt. »Ich will ihn Ihnen auch nicht länger vorenthalten...« Er holte tief Luft: »Hier ist der älteste DJ der Welt. Hier ist DJ Jack mit seinem Superhit *Savoy Blues*!«

Auf der Bühne sah man große Porträts von Swingstars, Louis Armstrong, Ella Fitzgerald, Count Basie. Der weißhaarige DJ betrat mit leichten Schritten die Bühne, verbeugte sich tief und stellte sich dann hinter die Regler. Frisch sah er aus, zufrieden, wenn nicht gar glücklich.

»Die Vorstellung, dass er in diesem Moment nicht einmal ahnt, dass er wenige Stunden später tot sein wird, finde ich irgendwie gruselig«, meinte Anna und spielte nervös mit ihren Ohrringen.

Nachdem die letzten Takte von *Savoy Blues* verklungen waren und der Moderator den Musiker zum Sofa geführt hatte, stellte Sebastian den Fernseher lauter. Der alte Jack genoss den Applaus in vollen Zügen. »Es ist unbeschreiblich«, strahlte er. Von Irritation keine Spur. Sebastian sah Anna fragend an, die mit einem Schulterzucken antwortete.

Als Jack von der Zeit des Nationalsozialismus erzählte, wurde seine Miene ernst: »Es war sogar lebensgefährlich«, sagte er da, wirkte jedoch noch immer gefasst.

»Lebensgefährlich«, wiederholte Anna. »In Lebensgefahr ist er jetzt, da er auf dem Sofa sitzt – über sechzig Jahre später…«

Jack fuhr fort zu erzählen, wie er und seine Freunde sich heimlich zum Musikmachen trafen, und Sebastian erinnerte sich, dass ihn diese Schilderung schon bei der Liveübertragung beeindruckt hatte. »Kannten Sie jemanden, der festgenommen worden ist?«, fragte der Moderator.

Plötzlich richtete Anna sich auf. Während Jack verneinte, fragte sie: »Hast du das auch gesehen?«

Sebastian war nichts aufgefallen. Er ließ die Szene noch einmal ablaufen. »Guck mal, er zögert doch«, meinte Anna.

Sebastian, dem das Zögern nun auch aufgefallen war, wiegte den Kopf hin und her: »Also, ich weiß nicht… Ist doch nur ein ganz kurzer Moment, das muss nichts heißen. Alte Leute brauchen manchmal eine Sekunde mehr zum Erinnern. Hat er nicht gesagt, er hätte es von anderen gehört, nur nicht aus seinem Freundeskreis?«

Dann sprach Jack den Satz, der sich Sebastian schon am Samstag eingeprägt hatte: »Wer Mut zeigt, dem wird Glück geschenkt.«

Kurz danach wurde Jack vom Moderator verabschiedet. Er winkte noch einmal ins Publikum und verschwand dann von der Bühne. Als der Moderator den nächsten Gast ankündigte, stoppte Sebastian die DVD.

»Ich glaube, jetzt habe ich etwas gesehen«, sagte er und spürte, dass sein Herzschlag sich beschleunigt hatte.

Er ließ die letzte Szene noch einmal ablaufen. »Schau mal, ob du auch etwas erkennst.«

Wieder war Jack zu sehen, der ins Publikum winkte. Er verschwand von der Bühne, während sich der Moderator der Kamera zuwandte, um den nächsten Gast anzukündigen.

»Ich hab nichts bemerkt«, sagte Anna, »außer dass es unhöflich vom Moderator ist, nicht zu warten, bis sein Gast ganz weg ist.«

»Da war etwas ...« Sebastian ließ die Szene ein weiteres Mal ablaufen. Kurz bevor Jack zu winken begann, schaltete Sebastian auf Zeitlupe. »Jetzt pass auf«, sagte er und starrte wie elektrisiert auf den Bildschirm, wo Jack lächelnd seinen ausgestreckten Arm ganz langsam hin und her bewegte. Die Szene schien endlos und dadurch völlig absurd.

»Ja und?«, fragte Anna ratlos.

»Wart's ab.«

Als das Bild wechselte und der Moderator erschien, schrie Anna auf: »Jetzt hab ich's auch gesehen!«

Der Moderator sprach in Zeitlupe, während im Hintergrund Jack zu sehen war, der langsam die Bühne verließ. »Jetzt achte mal auf Jack«, sagte Sebastian und hielt den Atem an.

Der alte Mann und drei der Tänzer bewegten sich schwebend aus dem Bild. Unscharf, aber doch deutlich genug war zu erkennen, dass Jack sich noch einmal umdrehte und plötzlich einen finsteren Gesichtsausdruck, ein völlig anderes Gesicht, zeigte.

»Eindeutig«, kommentierte Anna.

»Lass uns die Szene noch einmal anschauen«, schlug Sebastian vor. Wieder ruderten Jacks Arme in Zeitlupe durch die Luft. Eine Sekunde bevor die Winkszene vom Bild des Moderators abgelöst wurde, drückte Sebastian den Pausenknopf. Jack erstarrte lächelnd auf dem Schirm. In Einzelbildschaltung ließ Sebastian die Aufzeichnung weiterlaufen. Zwei Bilder später waren Jacks Gesichtszüge sturzartig nach unten gesackt. Bei normaler Geschwindigkeit war die Veränderung in Jacks Gesicht nicht zu sehen gewesen.

»Was bedeutet das?«, fragte Sebastian und fuhr sich durch die Haare.

»Vielleicht hat er sich beim Winken einen Nerv eingeklemmt«, meinte Anna.

»Anna...«, sagte Sebastian. Der Einwurf kam ihm abwegig vor.

»Ich meine das im Ernst. Er ist nun mal uralt. Da kann er noch so beweglich sein.«

»Keine Minute nach dieser Szene nimmt seine Gästebetreuerin ihn hinter der Bühne in Empfang und ist geschockt über seinen Zustand«, wandte Sebastian ein. »Wenige Stunden später wird der Mann ermordet. Das hat nichts mit einem eingeklemmten Nerv zu tun.«

»Womit dann?«, fragte Anna jetzt ein wenig pikiert.

»Jack hat irgendetwas gesehen, das ihn überrascht, nein zutiefst erschreckt hat. Vielleicht hat er im Publikum jemanden entdeckt, den er dort nicht erwartet hatte...«

»Seinen... Mörder?«

»Ja, vielleicht.«

»Setzt aber voraus, dass er wusste, dass dieser Jemand ihn töten wollte – woher hätte er das wissen sollen?«, meinte Anna dann.

»Keine Ahnung.«

»Lass die DVD mal weiterlaufen«, schlug Anna vor. »Wir sehen uns mal das Publikum an.«

Als die Kamera in den Saal schwenkte, drückte Sebastian die Pausetaste. Auf dem Schirm waren ungefähr fünfzig Gesichter zu sehen, erstarrt wie auf einem Foto und gut zu erkennen. Die meisten waren älter, insgesamt waren es unauffällige Menschen. Sebastian und Anna schauten sich jedes Gesicht an, aber es half nicht weiter. Keiner sah auf den ersten Blick wie ein Mensch aus, dem man einen Mord zutrauen würde. Andererseits, wie würde so jemand aussehen?

Anna sprach den Gedanken aus, und Sebastian nickte. Er entschied, am nächsten Tag Evelyn Moll um einen Zusammenschnitt aller Publikumsaufnahmen zu bitten – man könnte die Gesichter dann mit den im Zentralcomputer gespeicherten Daten von Straffälligen abgleichen. Vielleicht hätten sie ja Glück. Außerdem würde er von der TV-Produktionsfirma die Personalien der Gäste anfordern. Die Aussicht auf einen Treffer war jedoch gering, das wusste Sebastian, denn die Totale verriet, dass sich in der Sieveking-Arena mindestens tausend Gäste befanden. Die Suche nach einer bestimmten Person, von der man nichts wusste, außer dass ihr Anblick dem alten Jack vermutlich eine Art Schock versetzt hatte, würde der Suche nach der berühmten Stecknadel im Heuhaufen gleichkommen.

Vor dem Zubettgehen beschloss Sebastian, noch eine Zusammenfassung der bisherigen Ermittlungsergebnisse zu machen. Er setzte sich mit Stift und Zettel an den Küchentisch und notierte: »Jack Menzel, aufgefunden von der Reinigungsfrau im Schwimmbad des Park-Hotels Sonntag früh um halb acht. Spurenermittlung noch nicht abgeschlossen. Erwarte Obduktionsbericht von Professor Szepek: Todesursache und Todeszeit. In der Suite nichts Auffälliges. Befragung Hotelgäste, von Jens durchgeführt: kein Ergebnis. Außer Auffälligkeit bei Mann aus Hannover. Checkte ohne Ausweis im Hotel ein. Ist dort allerdings namentlich bekannt. Der Mann wird von Kollegen in Norwegen ausfindig gemacht und befragt werden.«

»Wichtig«, schrieb Sebastian nach kurzem Nachdenken, »ist der Hinweis von Evelyn Moll über den plötzlichen Stimmungswechsel von DJ Jack nach seinem Auftritt. Und damit hängt das Allerwichtigste zusammen: Wen hat Jack Menzel, nur wenige Stunden bevor er ermordet wurde, im Publikum gesehen?«

10

Am nächsten Morgen war es frisch. Nur langsam drang die Sonne durch den kühlen Dunst, der über Hamburg lag, aber man konnte den kommenden heißen Tag schon erahnen.

Nachdem Sebastian Leo zur Schule gebracht hatte, saß er eine Weile im Auto und studierte seine Notizen vom Vorabend. Die Ermittlungen im Fall Perkenson hatten ihn bislang nicht weitergebracht, und wie er im Fall Jack Menzel weiterkommen sollte, war ihm ebenfalls ein Rätsel. Sebastian fuhr sich mit der Hand durch die Haare und starrte eine Weile auf das Notizblatt. Dann fiel ihm etwas ein. Er zog den Zettel heraus, den er für den Notfall in ein Seitenfach seines Portemonnaies gesteckt hatte. Seine Ahnung war richtig gewesen, dass er die Nummer stets griffbereit haben sollte. Er tippte die Ziffern in sein Handy und war froh, als am anderen Ende der Leitung abgenommen wurde. »Ich brauche Ihre Hilfe«, sagte Sebastian.

»Dann kommen Sie vorbei«, antwortete die freundliche, aber feste Stimme.

Eine halbe Stunde später parkte er sein Auto in einer Reihenhaussiedlung am Rande der Stadt. Auf dem Klingelschild stand kein Name. Sebastian verglich noch einmal die Hausnummern; es musste das richtige Haus sein.

»Dass ich Sie so schnell wiedersehen würde, hätte ich nicht gedacht«, sagte Herr Lenz, als er Sebastian in den gepflegten Garten hinter dem Haus führte. Der Pensionär hatte einen Tee zubereitet, der auf dem Gartentisch stand. »Die Kekse kommen noch«, sagte Lenz, »meine Frau bringt sie vom Einkaufen mit – unser Treffen kam ja sehr kurzfristig zustande.«

Lenz' väterliche Art wirkte beruhigend auf Sebastian. Er sah in den Garten, in dem ein lauer Wind die Zweige eines großen Rhododendronbuschs bewegte. »Sie haben es friedlich hier«, sagte er.

»Das könnte sich jeden Moment ändern«, antwortete Lenz und lächelte. »Wir wohnen hier sozusagen inkognito. Die Telefonnummer ist geheim, und an der Tür steht kein Name, wie Sie vermutlich bemerkt haben … Wenn man vierzig Jahre lang Verbrecher hinter Gitter gebracht hat, macht man sich nicht nur Freunde. Die Hälfte aller Täter, die ich gestellt habe, sind wieder auf freiem Fuß. Man kann sich gut vorstellen, dass einigen von ihnen nach Rache zumute ist. Das ist in unserem Beruf die Kehrseite des Erfolgs.«

Sebastian meinte im Gesicht von Lenz einen Anflug von Sorge gesehen zu haben. Der Pensionär hing seinen Gedanken einen Moment lang nach, bevor er den Blick wieder auf Sebastian richtete und fragte: »Wie kann ich Ihnen behilflich sein, Herr Fink?«

Nachdem Sebastian den Ermittlungsstand der Fälle Karl Perkenson und Jack Menzel geschildert hatte, blickte Lenz schweigend auf den Rasen. Erst jetzt nahm Sebastian die Geräusche des Gartens wahr, ein Rascheln an der Hecke, einen Vogel im Geäst der Birke.

Schließlich brach Lenz sein Schweigen: »Ich stimme mit Ihnen überein, dass der alte Menzel jemanden im Publikum gesehen haben muss, der ihn aus der Fassung gebracht hat. Anders ist nicht zu erklären, warum ein gestandener alter Kämpe, der sich auf dem Höhepunkt seines Lebens fühlt, so aus der Fassung gerät. Und es ist sicher richtig, dass er erschrak, weil er eine Ahnung davon hatte, was ihm drohte. Das bedeutet wiederum, dass es in seinem Leben ein dunkles Kapitel gegeben haben muss.«

Lenz trank von seinem Tee. »In einem aber stimme ich nicht mit Ihnen überein: Der Auslöser des Schreckens muss nicht das Angesicht des Mörders gewesen sein.«

Sebastian verstand nicht, worauf Lenz hinauswollte.

»Überlegen Sie noch mal«, sagte der Pensionär. »Was sonst könnte Jack Menzel einen Hinweis auf die Gefahr gegeben haben, in der er sich befand?«

Sebastian fiel nichts ein, und er kam sich vor wie ein Anfänger.

»In dieser Richtung müssen Sie noch mal gründlich nachdenken«, sagte Lenz. »Überlegen Sie Folgendes: Im Publikum sitzt ein Mensch, der zwar nicht Jacks späterer Mörder ist, dessen Anblick dem alten, lebenserfahrenen Mann aber klarmacht, dass er sich in Gefahr, vielleicht höchster Lebensgefahr befindet. Jemand, der das bevorstehende Unheil ankündigt.«

Lenz sah Sebastian eindringlich an, bevor er fortfuhr: »Wenn es sich um eine Mordserie handelt, wissen unter Umständen mehrere Leute davon. Die potentiellen Opfer, meine ich. Sie erkennen den Verlauf der Kette. Sie erkennen die Verbindung der einzelnen Glieder. Sie kennen die Ursache. Und sie können sich ausrechnen, dass und wann sie selbst an der Reihe sein werden…«

Lenz' Gesichtsausdruck hatte sich verändert. »Von einer Mordserie bin ich in meiner ganzen Laufbahn verschont geblieben«, sagte er und sah Sebastian mit sorgenvoller Miene an: »Wo vermuten Sie denn die Verbindung zwischen den beiden Toten?«

»Ich habe keine Ahnung«, antwortete Sebastian. »Ich hatte einfach sofort das Gefühl, dass es eine Verbindung gibt. An eine Serie habe ich nicht zu denken gewagt. Und die bisherigen Ermittlungen haben noch keine Zusammenhänge zwischen den beiden gezeigt.«

Lenz sah Sebastian lange an. »Sie haben Intuition, mein Freund. Das ist in diesem Beruf das Wichtigste. Sie haben gute Chancen, den Täter zu finden. Auch wenn es ein langer Weg ist.«

»Was ist eigentlich, wenn ich es nicht schaffe?«, hörte Sebastian sich fragen, und er erschrak etwas über sich selbst.

»Daran denkt man als Kommissar nicht«, antwortete Lenz mit einer gewissen Strenge. »Sie müssen es sportlich sehen: Der Kommissar und der Mörder liefern sich einen Wettkampf. Es ist wie ein Marathonlauf durch eine Landschaft. Beide haben ihre Stärken und Schwächen. Der eine überwindet mühelos jede Steigung, der andere kommt auf unwegsamem Grund besser voran. Beide sind gleich schnell. In den schwierigen Fällen ist das alles ausgeglichen, da kommt es dann auf etwas anderes an: wer den längeren Atem hat. Es gibt nämlich einen wesentlichen Unterschied zum Sport: Bei unserem Marathon ist das Ziel nicht ausgewiesen. Keine Fahne, kein Seil, kein Zeichen… nichts. Wir müssen durchhalten, ohne zu wissen, wann und wo wir ans Ziel gelangen. Es kann Stunden oder Tage dauern. Manchmal Jahre. Es kommt immer darauf an, sich auf den Moment zu konzentrieren.« Lenz sah Sebastian in die Augen: »Jeder hat mal Zweifel. Aber die kosten Kraft. Denken Sie immer, dass Sie am Ende gewinnen werden.«

»Ich habe den Verdacht, dass ich es mit einem Profi zu tun haben könnte«, sagte Sebastian.

»Sieht ganz so aus«, erwiderte Lenz ernst. »Aber Sie sind auch ein Profi. Das ist ein interessantes Rennen.«

Lenz' Worte taten gut. Auch wenn noch so viele Hindernisse im Weg stünden, Sebastian würde den Marathon laufen. Und er würde gewinnen. Er *musste* gewinnen.

Nachdem sie eine Weile geschwiegen hatten, ergriff Lenz wieder das Wort: »Sagen Sie mal, Herr Fink, mich beschäftigt eine Frage. Ich hoffe, ich trete Ihnen nicht zu nahe, wenn ich sie stelle. Wieso sind Sie eigentlich Kommissar geworden? Wenn ich mich nicht irre, gibt es da einen Grund... einen Auslöser.«

Eigentlich hatte Sebastian sich vorgenommen, mit keinem der Kollegen über seine ursprüngliche Motivation zu sprechen. Es fiel ihm schwer, sie in Worte zu fassen. Aber angesichts von Lenz' Hilfsbereitschaft fühlte Sebastian sich fast dazu verpflichtet, es zumindest zu versuchen. Er erzählte dem alten Kommissar, wie er sich an jenem Sommertag vor siebenundzwanzig Jahren im Tellenhorster Wald versteckt hatte, um seine Eltern einem Test zu unterziehen: Würden sie ihn suchen kommen? Wann? Wie lange? Und Sebastian erzählte, welch schreckliche Folgen all das nach sich gezogen hatte, die bis heute sein Leben bestimmten. Und er musste damit rechnen, dass es für immer so bleiben würde. Er erzählte Lenz nicht von seinem heimlichen Traum, der einzigen Möglichkeit, ein wenig von dem, was er angerichtet hatte, wiedergutzumachen. Aber er wusste, dass Lenz ahnte, was er meinte.

Der Pensionär hatte ihm die ganze Zeit sehr aufmerksam zugehört. Sebastian spürte jetzt einen schweren Kloß im Hals. Eisern versuchte er sich zu beherrschen. Doch seine Augen füllten sich mit Tränen.

»Ich kann das alles gut verstehen«, sagte Lenz mit väterlicher Stimme.

Das machte es Sebastian nicht gerade leichter. Er presste die Lippen aufeinander. Es dauerte ein paar lange Sekunden, bis er sich wieder im Griff hatte.

Als er wenig später sein Auto startete, sah Sebastian eine Frau mit Einkaufstüten im Lenzschen Haus verschwinden. Die Kekse musste das Ehepaar nun allein essen. Auf dem Weg zurück in die Innenstadt fühlte Sebastian sich gestärkt. Er würde den Serienmörder finden. Er hoffte, dass es ihm gelang, bevor ein weiterer Mensch sein Leben verlieren würde.

Als das Ermittlungsteam am frühen Abend wieder in Sebastians Büro zusammenkam, war die Stimmung gereizt. Pinkwart zeigte sich mal wieder streitlustig. »Müssen wir jetzt jeden Abend hier sitzen?«, fragte er.

»Kann sein«, antwortete Sebastian kühl. »Es hängt von unserer Arbeit ab. Zum Beispiel davon, welche Ergebnisse *Sie* uns heute präsentieren...«

»Es gibt noch keine Ergebnisse«, antwortete der Mann von der Spurensicherung unwirsch.

Sebastian sah ihm schweigend in die Augen, bis Pinkwart fragte: »Was ist denn?!«

»Nichts. Was soll denn sein?« Auch Sebastian war gereizt.

Pinkwart schnaubte und begann in seinen Papieren zu blättern. Dann fragte Sebastian die Runde weiter ab. Auch Jens hatte keine Neuigkeiten. Sebastian unterschlug sein Treffen mit Lenz und berichtete vom Besuch bei der TV-Produktionsfirma, wo er gleich im Anschluss hingefahren war. Der Chef der Firma hatte bedauert, keine Besucherliste zur Verfügung stellen zu können. Früher hätte es noch eine Gästeliste gegeben, heute würden die Leute Karten kaufen, so wie fürs Kino oder das Theater. Nur in besonderen Fällen, wenn zum Beispiel ein hoher Politiker Gast in einer Talkshow sei, würde die Polizei vorab eine Gästeliste anfordern und die Namen überprüfen. Am Samstag sei das nicht der Fall gewesen.

Sebastian waren also nur die Aufnahmen des Publikums geblieben. Nachdem Evelyn Moll ihm den Zusammenschnitt übergeben hatte, war Sebastian ins Präsidium zurückgefahren und hatte zusammen mit Pia Schell die Aufnahmen angeschaut. Sie hatte danach alle erkennbaren Gesichter mit den im Zentralcomputer gespeicherten Bildern von Straffälligen abgeglichen.

»Wie sieht's aus?«, fragte Sebastian Pia.

Pia setzte ihre Nickelbrille, die sie gerade geputzt hatte, wieder auf. »Leider auch kein Ergebnis«, antwortete sie. »Ich habe zig Personen überprüft, aber keine davon war in der Datenbank zu finden.«

»Also gut«, sagte Sebastian in die Runde, »dann machen wir für heute Schluss.«

Die anderen sahen ihn erwartungsvoll an. Er musste noch die Anweisungen für den nächsten Tag geben. Er überlegte kurz, dann sagte er: »Jens und Paul, ihr schließt morgen die Untersuchungen im Hotel ab. Pia, du versuchst weiter so viel wie möglich über Menzels Vergangenheit und seine Bekannten herauszufinden. Es muss irgendeine Verbindung zu Perkenson geben.«

Sebastian kündigte an, dass er sich bei den Leuten aus der Musikbranche, die mit dem DJ zu tun hatten, umsehen werde. »Da muss einiges an Geld geflossen sein, und es fließt noch.«

Jens verabschiedete sich und ging. Nachdem auch Pinkwart das Zimmer verlassen hatte, sprach Sebastian Pia noch mal an: »Ich möchte gerne die DVD mit den Publikumsaufnahmen mit nach Hause nehmen.«

Pia sah ihn abwartend an. Sebastian überlegte, ob er ihr erklären sollte, was er vorhatte, schwieg dann aber. Sebastian kam bislang, mal abgesehen von Pinkwart, mit seinen Kollegen gut aus. Ein harmonisches Verhältnis zu seinen Arbeitskollegen war ihm wichtig. Andererseits war er der Chef der kleinen Truppe, was eine natürliche, wenn auch unsichtbare Grenze zwischen ihm und den anderen mit sich brachte. Dieser Hierarchie musste er gerecht werden und sie manchmal unterstreichen.

Eine Weile saß Sebastian noch allein in seinem Büro, gemütlich in seinen Stuhl zurückgelehnt, die Füße auf dem Schreibtisch. Er aß das letzte Stück Schokolade, das noch vom Tage übrig war. Er genoss die Ruhe am Ende eines harten Arbeitstages. Er vernahm keinerlei Geräusche. Nicht einmal wenn er angestrengt horchte. Waren alle schon im Feierabend? In dem Moment klingelte das Telefon auf seinem Schreibtisch. Wer denkt denn, dass ich um diese Zeit noch hier erreichbar bin, fragte Sebastian sich in einer Mischung aus Überraschung und Ärger.

»Weiß hier«, sagte die Frauenstimme knapp.

Sebastian zuckte leicht zusammen: Die Polizeipräsidentin.

»Herr Fink, würden Sie mal eben vorbeikommen?«

Ein wenig war Sebastian nervös, als er das Büro von Eva Weiß betrat. Wie schon bei seinem ersten Besuch saß sie an ihrem gläsernen Tisch und schrieb etwas. Und wieder fiel ihm dieser perfekt gezogene Scheitel auf, und er fragte sich, ob die Haare nicht doch eine sehr gut gemachte Perücke waren. »Setzen Sie sich«, meinte Frau Weiß, ohne aufzusehen. Nachdem er sich auf einen der drei Stühle vor ihrem Tisch niedergelassen hatte, schloss die Polizeipräsidentin eine Mappe und sah Sebastian aus ihren kleinen Augen scharf an. »Ich bekam eben einen Anruf, der mir gar nicht gefiel. Wissen Sie, worum es geht?«

»Nein…« Sebastian hatte keine Ahnung.

»Es war eine Journalistin von der *Morgenpost*. Sie fragte, ob es irgendwelche Ermittlungen zum Tod von Jack Menzel gäbe.«

»Scheiße!«, entfuhr es Sebastian.

»Da haben Sie recht. Wissen Sie, ob irgendjemand mit der Presse gesprochen hat?« Die Polizeipräsidentin faltete die Hände und ließ sie auf den Tisch sinken. Leise war das Klacken ihres Armbandes zu hören, als es das Glas berührte.

»Soviel ich weiß, hat von uns keiner mit der Presse gesprochen«, antwortete Sebastian. Vielleicht bluffte die Journalistin ja nur.

Die Polizeipräsidentin schien dasselbe zu denken: »Ich hab die Dame erst einmal auf Abstand gehalten. Es kommt in solchen Fällen häufig vor, dass Journalisten vorgeben, ein Gerücht gehört zu haben. Ich habe ihr also gesagt, dass mir nichts von Ermittlungen bekannt sei und ich mich auch nicht zu solchen veranlasst sehe.«

Ganz schön gewagt, dachte Sebastian. »Wie war denn die Reaktion der Journalistin?«, fragte er.

»Sie ließ nicht locker«, erzählte Frau Weiß und lächelte dabei etwas. »Ich aber auch nicht. Kurzum: Ich vermute, dass sie doch etwas gehört hat. Sie werden wohl noch etwas Ruhe haben, Herr Fink, das kann ich Ihnen aber nur für die nächsten Stunden garantieren. Kann gut sein, dass in den kommenden Tagen ein Sturm über Sie hereinbricht. Noch einmal lügen kann ich nicht. Das wollte ich Ihnen nur sagen.«

Frau Weiß nahm eine neue Mappe zur Hand und nickte Sebastian verabschiedend zu.

Nachdem er die Tür hinter sich geschlossen hatte, atmete Sebastian einmal tief durch.

11

Als Sebastian am Morgen das Radio anschaltete, lief *Savoy Blues.* Man konnte dem Lied nicht entgehen. Ständig wurde es auf allen Radiokanälen hoch und runter gespielt. Es tönte aus Cafés und vorbeifahrenden Autos, und Sebastian hatte sogar schon mehrere Passanten die Melodie summen gehört. Seit dem Frühling lief das Video auf allen TV-Musikkanälen auf *heavy rotation,* über achtzig Mal pro Woche. Der *Savoy Blues* hatte Deutschland fest im Griff.

In einer Fachzeitschrift hatte Sebastian kürzlich gelesen, dass es für den Erfolg in der Musikbranche schon lange nicht mehr reichte, einen guten Song zu produzieren. Vielmehr kam es auf Marketing und Promotion an. Im Fall von DJ Jacks Adaption des Swingklassikers war der United Record Company, kurz URC, ein Geniestreich gelungen. Und Sebastian war gespannt, die Leute, die dahintersteckten, kennenzulernen.

Während Sebastian im Foyer des modernen Bürohauses saß und wartete, wurde er von einem kräftig gebauten Sicherheitsmann aus den Augenwinkeln beobachtet. Sebastians Blick fiel auf eine Wand, wo diverse goldene Schallplatten in kostbaren Rahmen hingen. Daneben prangte das Plakat, von dem DJ Jack mit einem Saxophon in der Hand herunterlächelte. An einer anderen Wand hingen großformatige Porträts anderer Stars der URC.

Es dauerte ein paar Minuten, bis sich endlich die Aufzugstür öffnete und eine sportlich drahtige Frau mit ausgestreckter Hand auf Sebastian zueilte: »Kommissar Fink?«

Alles an der Frau wirkte gehetzt. Die schrille Stimme, die zackigen Bewegungen, irgendwie auch die stramm nach hinten gekämmten Haare. »Kommen Sie, der Chef wartet schon.«

Im gläsernen Aufzug ging es in die oberste Etage. Der Bürokomplex wirkte auf den ersten Blick wie ein Labyrinth aus Glas: Die Räume waren nur durch eine Scheibe getrennt, und fast in jedem Büro stand ein Bildschirm, über den Musikvideos flimmerten. Die Mitarbeiter der URC trugen enge, buntbedruckte T-Shirts und Jeans. Sie wirkten wie das jugendliche Publikum in den Clubs. Durchschnittsalter hier? Sebastian schätzte es auf etwa Mitte zwanzig.

»Was arbeiten diese Leute?«, sprach Sebastian seine Begleiterin an, die neben ihm her trippelte und seit der Begrüßung im Foyer kein Wort mehr gesagt hatte.

Für einen Moment schien die Frau erstaunt. Dann zeigte sie nach rechts und erklärte: »Da sitzen zum Beispiel unsere Promoter. Die halten Kontakt zu den Redaktionen der Fernsehsender und promoten unsere neuesten Acts. Hier links sitzt der Verantwortliche für den Rundfunk, der klappert die Radiostationen ab, damit unsere Songs gespielt werden. Ein verdammt hartes Geschäft ist das hier.«

Inzwischen hatten sie das Ende des Gangs erreicht. Hier befand sich ein weiträumiges, helles Büro, das durch die Glaswand gut einsehbar war. Ein dünner, hochgewachsener

Mann legte eben mit genervtem Ausdruck im Gesicht den Telefonhörer auf. Die Sekretärin des Kommissariats hatte die Firma erst vor einer Stunde über den bevorstehenden Besuch des Kommissars unterrichtet, und Jeff Karstingers Lächeln wirkte gequält, als er Sebastian in sein Büro bat.

»Ich hätte eigentlich an einer Konferenz teilnehmen müssen«, meinte der Geschäftsführer mit durchdringendem und vorwurfsvollem Blick. »Aber Ihre Sekretärin sagte mir, dass ich verpflichtet sei, Sie zu empfangen.«

»Ja, so ist das«, erwiderte Sebastian kühl.

Jeff Karstinger schüttelte kurz den Kopf. Er wandte sich suchend um. Dann entdeckte er eine Packung Zigaretten auf dem Tisch und zündete sich eine an. Für seine vielleicht fünfzig Jahre wirkte er in den verwaschenen, engen Jeans und dem offenen Hemd unverhältnismäßig jung gekleidet. Die leicht ergrauten Haare hatten einen sportlichen Schnitt.

Die Aussicht aus dem Fenster war spektakulär: Da lag der Hafen, zwei Containerschiffe wurden gerade entladen. »Sie haben ein schönes Büro. Wunderbares Panorama.«

Karstinger ging nicht darauf ein.

»Beobachten Sie manchmal die Schiffe?«, fragte Sebastian. Er wusste selbst nicht, warum er die Frage gestellt hatte.

Karstinger rollte die Augen. »Ist das eine Frage, die ich von Gesetzes wegen beantworten muss?«

Die Frage hatte nicht nur einen sarkastischen Unterton, sie verriet auch einen amerikanischen Akzent.

»Nein«, sagte Sebastian. »Aber die nächste müssen Sie garantiert beantworten: Wo sind Sie geboren?«

Der Mann zog heftig an der Zigarette, blies den Rauch in den Raum und fragte: »Meinen Sie das ernst?«

»Wollen wir uns vielleicht setzen?«, fragte Sebastian zurück. Es war immer wieder erstaunlich, wie schnell zwischen zwei Menschen, die sich zuvor nie begegnet waren, höchste Spannung entstehen konnte.

Karstinger stemmte beide Hände in die Seiten. Es wirkte, als wollte er losbrüllen, und sein Gesicht wurde puterrot. Sebastian beherrschte sich, sein Gegenüber weiter zu provozieren, schließlich wollte er einiges von ihm erfahren.

»Herr Karstinger, es handelt sich um Routineermittlungen zum Tod von DJ Jack.« Sebastian schaute auf die lederne Sitzgruppe und warf dem Mann einen kurzen, freundlichen Blick zu.

»Also gut. Setzen wir uns«, sagte Karstinger. Er füllte zwei Gläser mit einer gelblichen Flüssigkeit: »Mögen Sie Apfelsaft?«

Sebastian nickte schwach.

Der Geschäftsführer atmete einmal tief aus, lehnte sich in seinem Sessel zurück und schwenkte sein Glas Saft, als ob es Wein wäre. »Um auf Ihre Frage zurückzukommen. Ich bin in Chicago geboren. Meine Mutter war dort mit einem Amerikaner verheiratet. Warum fragten Sie?«

»Mir war Ihr Akzent aufgefallen.«

»Ja, ich bin in Chicago groß geworden. Als Teenager haben mich die Underground-Clubs der Stadt fasziniert. Auf den Bühnen schrille Bands, harte bodenständige Musik. Meine ganze Teenagerzeit habe ich in dieser Welt verbracht.«

Sebastian hatte Karstinger noch ein wenig von seiner Jugendzeit erzählen lassen, obgleich dies mit den Ermittlungen nichts zu tun hatte. Aber die Gesichtszüge des Mannes hatten sich mit der Erinnerung an Chicago entspannt, die Voraussetzungen für ein fruchtbares Gespräch waren verbessert, und tatsächlich kam der Mann dann von sich aus auf das Thema, dessentwegen Sebastian eigentlich gekommen war. »Mittlerweile läuft die Musikszene ganz anders«, erzählte der Chef. »Heute können nicht nur diejenigen Stars werden, die vorne auf der Bühne stehen, sondern auch die Leute hinter den Plattentellern, die DJs.«

Karstinger drückte seine Zigarette in einem großen marmornen Aschenbecher aus. »Für meine Firma war Jack Menzel ein Geschenk des Himmels, und darüber hinaus war er ein überaus angenehmer Mensch ... Sie glauben doch nicht, dass er ...?«

»Wir führen nur Routineermittlungen durch«, wiederholte Sebastian.

»Es ist eine Tragödie«, meinte Karstinger. »Eine menschliche. Aber auch, und das sage ich bewusst als Manager eines Konzerns, der in diesen äußerst harten Zeiten schwer auf Kurs zu halten ist: Es ist auch eine Tragödie für unseren Laden. Sie wissen, was in der Musikbranche los ist? Wir haben Verkaufsrückgänge in Dimensionen, die man zuvor nie für möglich gehalten hätte. Jedes Jahr an die zehn Prozent! Seit Ende der neunziger Jahre mussten wir die Hälfte unserer Belegschaft entlassen. Und der Prozess ist noch nicht abgeschlossen. Wir können nur diejenigen behalten, die richtig erfolgreich sind. Jeder Angestellte bei uns bangt daher um seinen Arbeitsplatz, auf allen Ebenen. Und das alles wegen dieser verdammten CD-Brennerei – mittlerweile werden hier in Deutschland dreimal mehr CDs gebrannt als verkauft. Und natürlich wegen dem Tauschen von Musik im großen Stil: Sechzehn Milliarden Musikdateien sind inzwischen auf Rechnern, MP3-Playern und Handys gespeichert. Die werden munter getauscht. Und wir haben gar nichts davon. Das ist doch Irrsinn.« Karstinger leerte sein Glas in einem Zug.

In dem Moment klopfte es an die Tür. »Nein!«, rief der Boss. Dann fuhr er an Sebastian gewandt weiter: »Die Kids geben ihr Geld lieber für ein neues Handy oder Computerspiele aus. Vielleicht auch noch für Klingeltöne. Immerhin, die Älteren gehen neuerdings wieder in Konzerte. Das läuft super. Den ganzen Sommer überall riesige Konzerte: Rolling Stones, Police, George Michael, Barbra Streisand. Teure Tickets und trotzdem ausverkauft. Aber CDs? Tote Hose.«

Durch die Glaswände drang plötzlich Jubel. In den anderen Büros war Unruhe entstanden. Mitarbeiter sammelten sich vor den Fernsehern. Karstinger warf einen Blick auf den Bildschirm, der in einer Ecke flimmerte, und gab ein gedehntes »Aha…« von sich. »Deswegen haben sie gerade geklopft.« Dann wandte er sich Sebastian wieder zu. »Das Video, das da läuft, ist von uns, und es ist neu. Wenn eine unserer Produktionen das erste Mal auf einem Musikkanal läuft, ist hier manchmal die Hölle los.«

Er griff nach der Fernbedienung und stellte den Ton laut. Eine schwarzhaarige Schönheit tanzte zu indischen Klängen, die mit einem harten Beat unterlegt waren.

»Ich weiß nicht«, meinte Karstinger mit hochgezogenen Augenbrauen. »Dieser Sound ist gerade total in, aber ich kann da nicht lange zuhören. Ich weiß gar nicht mehr, warum ich dem Projekt damals zugestimmt habe. Na, jedenfalls stört's nicht beim Bügeln.«

»Bitte?« Sebastian war nicht sicher, ob er den Mann richtig verstanden hatte.

»Stört nicht beim Bügeln«, wiederholte der. »So nennen wir Songs, die einen weder in Glückseligkeit versetzen noch einem Qualen bereiten.«

Karstinger schaltete den Fernseher ab. Sebastian folgte seinem Blick aus dem Fenster, wo ein weißer Dampfer zu sehen war, der langsam über die Elbe glitt.

»Was Jack angeht«, sagte Karstinger, »das war ein ganz großes Ding. Eine Ausnahme. Eine Art glückliche Fügung. Mit ihm konnten wir sogar die *sleeper* aktivieren. Das ist die wertvollste Zielgruppe, weil sie die größte ist. Leute, die wenig Radio hören und selten eine CD kaufen. *Sleeper* sind werberesistent, weil man gar nicht an sie rankommt. Sie sind nur durch Mundpropaganda zu erreichen. Das passiert selten, aber wenn es mal klappt, wird eine Lawine losgetreten. Genau das ist uns mit *Savoy Blues* gelungen. Das hat viele Ursachen: Fängt damit an, dass Swingmusik gerade wieder sehr beliebt ist. Siehe Michael Bublé oder Roger Cicero. Dann der Titel: *Savoy Blues* vermittelt Glamour und Wehmut, kombiniert mit dem schnelleren Rhythmus, der dem Song etwas Hoffnungspendendes gibt – diese Mischung kommt immer gut. Na ja, der Retro-Hype spielt natürlich auch eine Rolle. Und schließlich ist der Typ in den Medien ein super Selbstläufer. Ein alter, weißhaariger Mann, der einen Hit landet. Der ein Veteran der Swingmusik ist. Den die jungen Leute hip finden. Das sind Nachrichten, die aus dem täglichen Medienbrei herausstechen. Das Stück wird bekannt und gekauft. Es steigt in den Charts bis auf Platz eins. Jetzt wollen die Talkshows den Mann. Magazine machen Homestorys. Mittlerweile haben es auch die *sleeper* mitbekommen und setzen sich langsam in Bewegung. Die Masse hat begonnen, die CD zu kaufen. Nun klebt sie an der Spitze der Charts. Woche für Woche, schließlich Monate. Und dann..., dann spricht man von einem Phä-no-men!«

Er lehnte sich zufrieden zurück, wie ein Sportler nach einer Rekordleistung.

Sebastian überlegte. Wenn DJ Jacks Erfolg eine solche Ausnahme war, dann musste wirklich sehr viel Geld im Spiel sein. Vermutlich gab es mehrere Leute, die meinten, einen Anteil daran verdient zu haben.

»Zwei Fragen«, kündigte Sebastian an. »Erstens: Wie viel Geld hat *Savoy Blues* bislang gebracht? Zweitens: Wer hatte eigentlich die Idee, aus dem alten Jack einen Star zu machen?«

Der Labelchef blies die Backen auf und ließ die Luft wieder entweichen. »Da sprechen Sie einen heiklen Punkt an. Über unsere Umsätze darf ich eigentlich nicht sprechen. Aber da Sie mich zwingen könnten, gebe ich Ihnen eine grobe Vorstellung, ist das in Ordnung?«

Sebastian nickte.

»Bislang brachte die Single Umsätze im siebenstelligen Bereich. Der verteilt sich – grob gesagt – auf uns, den Komponisten, beziehungsweise dessen Verlag, und den Interpreten. Das eigentliche Geschäft erwarten wir aber erst mit dem darauf folgenden Album. Zur zweiten Frage«, meinte Karstinger, »das war unser jüngster Mitarbeiter. Maik Blessing hat DJ Jack entdeckt. Ist mittlerweile so 'ne Art Shootingstar unter den A&Rs.«

Sebastian runzelte die Stirn.

»A&R steht für *Artist and Repertoire*. Das sind Talentscouts. Maik kam eines Tages mit der Idee von DJ Jack und *Savoy Blues* in mein Büro. Ich sagte: ›Was ist deine Vision‹ – das frage ich immer. Maik erzählte mit leuchtenden Augen von der Vereinigung der Generationen durch den Swing und durch den Menschen Jack. Das Konzept und der Song haben mich überzeugt, und ich habe grünes Licht gegeben.«

»Mit Herrn Blessing müsste ich sprechen, am besten jetzt gleich«, sagte Sebastian.

»Kein Problem.« Karstinger ging zu seinem Schreibtisch und drückte die Tasten seines Telefons. »Maik, ich habe hier jemanden, der dich sprechen möchte... Ein Kriminalkommissar... Fink... ist wegen Jack... nein, keine Sorge, sind nur Routineermittlungen.«

»War ja doch noch ein überraschend nettes Gespräch mit Ihnen, Herr Fink«, verabschiedete sich der Chef und reichte Sebastian die Hand. »Aber Apfelsaft mögen Sie wohl doch nicht so gern?«

Das fast volle Glas stand noch auf dem Tisch. Sebastian zuckte die Schulter: »Sie haben leider recht.«

Die Tür zu Blessings Büro stand offen. Maik Blessing telefonierte und bot Sebastian mit einer Geste den Stuhl vor seinem Schreibtisch an. Der junge Manager hatte eine laute Stimme, die die Musik aus dem Fernseher übertönte. Hinter ihm war eine Magnetwand, an der Zettel, Autogrammkarten, Produktionspläne und Verkaufscharts befestigt waren. In einem Regal aus Plexiglas stapelten sich DVDs und CDs. Blessing war nicht bemüht, sein Telefongespräch knapp zu halten. Es schien um die Kosten für ein Musikvideo zu gehen. Derweil musterte Sebastian den Mann genauer: Mitte zwanzig mochte er sein. Seine Haare hatte er mit viel Gel in Richtung Zimmerdecke getrimmt, aber die Frisur war eigentlich zu glamourös geraten und schuf einen starken Kontrast zu den eher durchschnittlichen Gesichtszügen. Doch seine Augen leuchteten, wie es Karstinger beschrieben hatte.

»Einen Kriminalkommissar habe ich mir anders vorgestellt«, sagte Blessing, nachdem er aufgelegt hatte.

»Wie denn?«, fragte Sebastian.

»Na ja, man sieht die ja ab und zu im Fernsehen. Im *Tatort* zum Beispiel.« Blessing lachte laut. Der berufliche Megaerfolg hatte dem jungen A&R offenbar eine unbekümmerte Leichtigkeit und eine Aura von Unangreifbarkeit verliehen.

»Sie sind also wegen des armen Jacks hier«, stellte er fest.

»Genau…«

»Entschuldigung, Herr Fink, können wir uns vielleicht auch woanders unterhalten?« Blessing warf einen schnellen Blick auf die Uhr. »Ich muss dringend ins Studio, die warten schon auf mich. Könnten wir unterwegs sprechen?«

Sebastian wollte eben sein Gegenüber darauf hinweisen, dass polizeiliche Ermittlungen Vorrang vor allem anderen haben. Aber dann dachte er, vielleicht wäre es gar nicht so schlecht, Maik Blessing außerhalb der URC zu befragen. Menschen waren außerhalb ihres Büros meistens offener, also stimmte er zu. Blessing schnappte sich eine Jacke, die über seinem Stuhl hing, und ging vor. Abrupt blieb er gleich wieder stehen und zeigte auf die Tür. »Schauen Sie mal.«

Auf dem allgegenwärtigen Plakat, das Jack mit dem Saxophon zeigte, stand in krakeliger Schrift geschrieben: *Für Maik, den Vater meines Erfolgs. Dein DJ Jack.*

Blessing wirkte auf einmal traurig. Das Strahlen war von seinem Gesicht gewichen, als hätte jemand einen Vorhang zugezogen. Auf dem Weg zu den Aufzügen sinnierte der junge Manager: »Ich habe noch gar nicht begriffen, dass Jack tot ist. Ich sehe ihn ja ständig im Fernsehen und auf Plakaten. Und vor der Beerdigung habe ich richtig Bammel.«

Blessing hatte jetzt den Gesichtsausdruck eines kleinen Jungen. »Ich war noch nie auf einer Beerdigung«, sagte er leise. »Sie?«

Sebastian hielt abrupt die Luft an. Blessings Frage hatte ihn kalt erwischt.

Er sah das Begräbnis. So viel Grün und so viel Schwarz. Die vielen, hohen Bäume und darunter die in Schwarz gehüllten Menschen mit aschfahlen Gesichtern. Der Friedhof nass und kalt. Sebastian war der siebenjährige Junge. Er stand zwischen seiner Mutter und dem Vater, hielt ihre Hände, und als er einmal zu ihnen hochblickte, waren sie wie Fremde. Er schaute schnell wieder runter und sah vor sich, tief unten und so weit weg, den kleinen Sarg, in dem Klara lag. Das Begräbnis seiner Schwester in Tellenhorst war das erste und einzige gewesen, dem er beigewohnt hatte. Seither hatte er Beerdigungen gemieden.

Sebastian war froh, dass er auf Blessings Frage nicht antworten musste, da der Musikmanager gleich weitersprach: »Es ist unglaublich, seit Jack tot ist, sind die Verkäufe von *Savoy Blues* noch einmal kräftig angestiegen. Jeden Tag 10 000 CDs und Downloads zusammen. Das sind phantastische Zahlen, die natürlich glücklich machen … sollten. Jacks Musik lebt weiter.«

Und damit auch Maik Blessings persönlicher Erfolg, dachte Sebastian, während sie in den gläsernen Lift stiegen.

Gerade als die Tür sich schloss, sprang ein Mann hinzu, der stark nach Zigarettenqualm roch.

»Hallo Gregor«, sagte Blessing.

»Tja …«, murmelte der Mann. »So schnell kann's gehen, was?« Dann wandte er sich ab.

Sebastian musterte den Mann. Er mochte vielleicht Ende dreißig sein. Seine Gesichtshaut war gräulich, vermutlich eine Folge des Zigarettenkonsums. Sein Körper war in ein enges, rotes T-Shirt gequetscht, unter dem sich kleine Speckrollen abzeichneten.

Der Mann, den Blessing Gregor genannt hatte, guckte ziellos in der kleinen Kabine umher. Er wirkte sehr nervös. Als sein Blick Sebastian streifte, bemerkte der, dass sein Lid über dem linken geröteten Auge zitterte.

Blessings Auto war direkt vor dem Gebäude geparkt. Offenbar wurde dieser Platz für seinen silbernen Audi-Roadster freigehalten.

»Ihr Parkplatz ist wohl ein besonderes Privileg?«, fragte Sebastian, während er sich festgurtete.

»Den habe ich, solange Jack in den Charts ist. Hat Karstinger mir versprochen.« Blessing drückte einen Knopf, und das Verdeck des Wagens schob sich über ihre Köpfe nach hinten. »Also nicht mehr lange«, ergänzte der junge Musikmanager und fuhr los.

»Mit Jack hätten wir noch viele Top-Ten-Hits hingekriegt, da bin ich sicher«, meinte der Mann, während er das Auto schnell und sicher durch den Verkehr steuerte. Seine hochgegelten Haare hielten dem Fahrtwind stand, während Sebastians blonde Strähnen durcheinandergewirbelt wurden.

»Erzählen Sie mal ein bisschen über Jack«, forderte Sebastian.

»Jack war ein echt guter Typ. Professionell in jeder Hinsicht. Foto-Shootings, Videodreh, alles kein Problem. War nicht eitel, der alte Herr. Die jungen Stars sind immer krass umständlich. Jeder will irgendwas Spezielles, weil sie ja alle so besonders sind. Die Jungs übrigens noch mehr als die Mädchen. Aber Jack? Nicht die Spur. Ich war mit ihm in Köln bei einer Musiksendung fürs Fernsehen. Er war rührend, er freute sich über alles. Über seine Kabine zum Beispiel, weil da ein Korb mit Früchten stand. Jeder Star bekommt so eine kleine Kabine, wo er sich aufhalten kann, bis er zu seinem Auftritt gerufen wird. Jack freute sich, weil er in seinem Korb Kiwis fand. Die meisten Stars suchen erst mal, was in ihren Körben fehlt. Völlig unkompliziert, der Alte. Wenn zum Beispiel die Aufzeichnung seines Auftritts schief lief, weil ein Kameramann gepennt hatte – kein Problem. Jack hat alles noch einmal wiederholt, genau so, wie wir es besprochen hatten. Andere hätten erst einmal gezickt, geheult oder was weiß ich.«

Für einen kurzen Moment hielt Maik Blessing mit einem traurigen Ausdruck im Gesicht inne.

»Woher kannten Sie Jack Menzel eigentlich?«, fragte Sebastian. Überraschend zögerte der Mann. »Weiß ich nicht mehr genau.«

»Wann haben Sie sich denn das erste Mal gesehen?«, hakte Sebastian nach.

»Vor einem Jahr etwa ...«, antwortete Blessing. »Jetzt weiß ich's wieder: Bei ihm zu Hause war's.«

»In Osnabrück?«

»Ja, genau.«

»Wie wohnte Jack denn dort?«, fragte Sebastian.

»Spießiges Häuschen mit kleinem Garten und bunten Gartenmöbeln. Im Wohnzimmer eine riesige Glotze und so eine monumentale braune Ledergarnitur.«

Blessing kannte Jacks Zuhause offenbar tatsächlich, sonst hätte er es nicht so genau beschrieben. Das war ja leicht nachprüfbar. »Und wie kam es zur ersten Begegnung?«, fragte Sebastian.

»Ein Bekannter hat uns zusammengebracht«, sagte Blessing, nachdem er wieder gezögert hatte.

»Da sind wir auch schon«, meinte er im nächsten Moment fast erleichtert, als er das Auto auf den Hinterhof eines alten Fabrikgebäudes steuerte.

»Wer war eigentlich der Mann im Aufzug?«, fragte Sebastian den Talentscout, bevor sie das Musikstudio betraten.

»Wer?«

Sebastian sah in Blessings Blick, dass er genau wusste, wen Sebastian meinte.

»Ach, der«, sagte er dann. »Das war Gregor Gellz. Ist einer der Älteren bei uns. So, jetzt gehen wir mal rein.«

»Und warum war er so aufgebracht? Was meinte er mit dem Satz: ›So schnell kann's gehen‹?«

»Das war natürlich auf den Tod von Jack bezogen. Der gönnt mir den Erfolg nicht. Bei uns werden demnächst wieder ein paar Leute entlassen. Gregor wahrscheinlich auch. Der ist ausgebrannt, hat keine Ideen mehr.«

Blessing schwieg. Es war ihm anzusehen, dass ihn irgendetwas an dem Fall beunruhigte, und Sebastian würde noch dahinterkommen.

Im Studio saßen zwei dicke Männer vor einem Mischpult, das aus einem Wust von Knöpfen und Reglern bestand. In einem schalldichten kleinen Raum, von den beiden Tontechnikern durch eine Scheibe getrennt, stand eine junge, dunkelhäutige Frau und sang ein langsames Lied in das Mikrophon. Ihre tiefe Stimme drang sanft aus mehreren Lautsprechern. Sie war die Künstlerin, deretwegen der Musikmanager ins Studio fahren wollte.

»O.k., Mira«, unterbrach einer der beiden Männer die Sängerin. »War gut diesmal. Wir machen eine Pause.«

Mira legte vorsichtig den Kopfhörer beiseite und strich sich prüfend über das Haar.

»Wie weit seid ihr?«, fragte Blessing die Tontechniker.

Sie sahen einander an, als hätten sie zuvor etwas besprochen, wären aber uneinig darüber, wer den Anfang machen sollte. Dann rückten sie mit der Sprache raus: Sie wollten noch etwas mehr Zeit für die Produktion von Miras CD. Blessing dagegen wollte Zeit und Geld sparen. Als sich nach kurzer Diskussion ein Kompromiss abzeichnete, trat Mira ein. Sie und Blessing tauschten Küsschen. Aber Sebastian meinte, zwischen beiden eine innigere Verbindung erkannt zu haben. Es war der wissende Blick gewesen, den Mira dem Musikmanager zugeworfen und den er entsprechend erwidert hatte.

»Ich muss etwas mit dir besprechen«, sagte sie zu ihm.

»Gehen wir nach hinten«, antwortete Blessing. »Es dauert nicht lang, Herr Fink«, sagte er, als er das Zimmer verließ. »Ich fahre Sie dann auch wohin Sie wollen.«

Der junge Musikmanager ging mit dem Kommissar ziemlich locker um, was Sebastian zu missfallen begann. Er wollte aber die Gelegenheit nutzen, Eindrücke rund um den Mann zu sammeln. Deswegen ließ er Blessing zunächst einmal gewähren.

Während die Tontechniker in ein Gespräch vertieft waren, ging Sebastian in Gedanken die letzten Erkenntnisse durch: das viele Geld, die Menschen, die an dem Erfolg von *Savoy Blues* beteiligt waren. Im Zentrum der alte Musiker, von dem alles abhing. Der die Quelle eines enormen Geldflusses war. Die weiteren Top-Ten-Singles, von denen Blessing im Auto gesprochen hatte, die nun nicht mehr produziert werden konnten. Vielleicht aber war diese Information auch nur eine gezielte Ablenkung. Denn dass Maik vom Tod Jacks zunächst und unmittelbar enorm profitierte, war ja offensichtlich. Der zornige Gregor und Blessings ausweichende Antworten. Und dann der große Auftritt bei *Wer gewinnt …?;* Jacks Angst vor jemandem im Publikum. Gab es Kämpfe im Haifischbecken der Musikbranche, die Jack Menzel zunächst unterschätzt hatte und deren Auswirkungen er später ausgeliefert war?

Plötzlich standen Mira und Blessing, beide mit einem breiten Grinsen, wieder im Raum. Sie wirkten etwas fahrig.

»Geht's weiter?«, fragte einer der Tontechniker.

»Yes!«, rief Mira.

Der Produzent hob den Daumen. Blessing lachte schallend. Auf dem Weg zur Aufnahmekabine riss die Sängerin ein kleines Tischchen um. Kichernd stellte sie es wieder auf und verschwand hinter der schalldichten Tür. Sebastian hatte genug gesehen. Er blickte auf die Uhr, es war Zeit, ins Büro zu fahren.

Kurz darauf saßen Sebastian und Maik Blessing wieder im silbernen Cabrio. Blessing fuhr Sebastian zum Polizeipräsidium. Die Musikanlage hatte er aufgedreht, lauter als auf der Hinfahrt. Es lief ein Stück mit einem hämmernden Beat. Blessing fuhr schnell. Zu schnell. »Ist echt sexy, die Mira, oder?«, schrie der Mann gegen den Fahrtwind und die Musik an. »Die hat 'ne steile Karriere vor sich. Wir drehen erst mal ein cooles Video in Kapstadt am Strand. Dafür habe ich schon den richtigen Regisseur. Ist spezialisiert auf Knappe-Höschen-Shots. Waren Sie mal in Kapstadt?«

»Ich war noch nie in Afrika«, antwortete Sebastian.

»Ist geil dort. In Kapstadt, meine ich. Super Frauen am Strand.«

Sebastian beobachtete den Manager von der Seite: Seine Bewegungen waren hektisch. Auf der Stirn glitzerten Schweißperlen. Hatte Blessing Drogen genommen?

An einer roten Ampel stoppte Blessing das Auto mit einer Vollbremsung – die Ampel hatte er erst im letzten Moment gesehen. »Uuuupsi-Dupppsi!«, rief er.

Einige Fußgänger schauten verärgert herüber. Blessing schien die Passanten überhaupt nicht wahrzunehmen.

»Drehen Sie die Musik etwas leiser, und fahren Sie etwas langsamer«, sagte Sebastian streng.

Maik Blessing sah Sebastian überrascht an, zuckte die Schultern und drückte einen Knopf an seinem Lenkrad. Die Musik schien von den Lautsprechern eingesogen zu werden, bis nur noch leise Bässe wahrzunehmen waren.

»Gefällt Ihnen nicht?«

»Im Moment nicht. Ich möchte lieber, dass Sie sich aufs Fahren konzentrieren.«

Ein paar Minuten später kam der silberne Audi vor dem Polizeipräsidium zum Stehen. Die restliche Fahrt war ruhig verlaufen. Maik Blessing hatte sich offenbar wieder im Griff.

Sebastian ging mit Jens zum Mittagessen in die Cafeteria. Die Untersuchungen im Park-Hotel hatte Jens abgeschlossen. Alle Gäste waren überprüft. »War leider kein Verdächtiger dabei«, sagte er zwischen zwei Bissen.

Sebastian berichtete von seinem Ausflug zur United Record Company. Im Nachhinein kam es ihm vor, als hätte er ein paar Stunden auf einem anderen Planeten verbracht. Jetzt war er sich sicher, dass Maik Blessing und Mira gekokst hatten. Aber das verschwieg er Jens. Es war unverantwortlich gewesen, Blessing ans Steuer zu lassen und selbst noch mitzufahren.

»Guten Tag, die Herren!«, sagte eine energische Stimme. Sebastian und Jens sahen auf und blickten in ein rundes Gesicht. »Leider kann ich mich nicht zu Ihnen setzen. Bin schon verabredet.« Die große, etwas füllige Frau im blauen Kostüm, an dessen Revers eine goldene Brosche prangte, zwinkerte den beiden im Vorbeigehen zu.

»Wer ist denn das?«, flüsterte Sebastian.

»Das ist Frau Börnemann aus der Verkehrsabteilung.«

»Ach, so sieht die aus. Ich hab neulich kurz mit ihr telefoniert.«

»Ist ein Original«, meinte Jens. »Sie geht gerne mal mit jungen Männern zum Kaffee in die Cafeteria. Hab ich auch mal mit ihr gemacht. Die ist lustig. Wird dich sicher auch mal ansprechen.«

»Wir haben schon telefoniert.«

»Siehste…«

»Es ging um ein Blitzerfoto. Aber es stimmt: Kaffee hat sie auch erwähnt. So, zurück zur Arbeit… Es gab einen kleinen Vorfall im Aufzug«, fuhr Sebastian fort und erzählte Jens von dem Wortwechsel zwischen Maik Blessing und Gregor Gellz. »Ein unangenehmer Typ, dieser Gellz. Blessing und er haben kein gutes Verhältnis. Aber ich weiß noch nicht genau, weshalb. Blessing war ziemlich wortkarg, als ich ihn auf den Kollegen ansprach.«

»Willst du ihn dir nicht mal vorknöpfen?«, fragte Jens.

»Natürlich. Jetzt gleich.« Sebastian trank noch sein Glas aus und ging in sein Büro, um Gregor Gellz zu kontaktieren.

Ein milder Wind fuhr ihnen in die Haare.

»Ist mir ganz lieb, dass wir uns hier treffen konnten«, sagte Gregor Gellz mit rauher Stimme. Es war Abend geworden, nur noch wenige Gäste saßen im Café Cliff, und ihr friedliches Gemurmel wurde nur vom gelegentlichen Plätschern des Wassers begleitet. Eine Kellnerin stellte zwei Bier auf den Tisch am Ende des Stegs, der weit auf die Alster hinausreichte. Von der Nervosität, die Gellz im Aufzug beherrscht hatte, waren nur noch fahrige Bewegungen geblieben. Sein Gesicht wirkte etwas aufgedunsen, die braunen Haare getönt.

»Zu Jack könnte ich Ihnen viel erzählen«, begann Gregor Gellz. »Sehr viel. Aber ich bin nicht sicher, ob ich das darf.«

»Dann fangen Sie doch mal bei sich selbst an«, schlug Sebastian vor. Er verzichtete darauf, Gellz auf seine Auskunftspflicht gegenüber einem Kriminalbeamten hinzuweisen. Er hatte das Gefühl, dass Gellz offen sprechen würde.

»Ich will mal so sagen«, meinte Gellz, »mein Problem ist die Vier.«

Sebastian sah den Musikmanager verständnislos an, der noch einmal bestätigend nickte. »Sie haben richtig verstanden: Die Vier ist es. So einfach. Und so schwierig: Ich bin einundvierzig. In der Musikbranche steht man ab vierzig auf der Abschussliste. Ich habe es oft beobachtet, es läuft immer gleich ab: Nach dem dreißigsten Geburtstag beginnen die Aasgeier über einem zu kreisen. Man braucht dann unbedingt Erfolge, nur die halten sie davon ab, vom Himmel herabzustoßen. Die meisten Leute in unserer Branche sind lange vor ihrem vierzigsten Geburtstag verschwunden.«

Gellz schwieg, und Sebastian hörte vom Wasser her das Kommando: »Eins, zwei, drei …« Acht Männer führten kraftvoll ihre Ruder und ließen ein schmales Boot am Steg vorbeigleiten.

Der sichtlich angeschlagene Musikmanager nahm das Geschehen um sich herum nicht wahr. Er zog kräftig an seiner Zigarette und blies den Rauch in die Abendluft. »Solange man im Musikbusiness zu den Jungen gehört, kann man sich einen Durchhänger erlauben. Aber mit der Vier vorne braucht man permanenten Erfolg, sonst ist es nur eine Frage der Zeit, bis es peng macht und die Kugel auf einen zufliegt. Daran denkt man, wenn man nachts versucht einzuschlafen. Und wenn man morgens aufwacht. In der Musikbranche zu arbeiten, ist wie an einem perversen Schönheitswettbewerb teilzunehmen, bei dem der Verlierer am Ende erniedrigt und vor aller Augen gelyncht wird.«

Gellz blickte mit leeren Augen auf das Wasser. Sein Blick blieb an einem Schwan hängen, der sich dem Steg näherte. Der schmale weiße Kopf erschien am Rande des Holzstegs. Gellz riss ein Stück Brot ab und warf es dem Vogel hin. Es landete auf dem Steg. Mit einem Flügelschlag erhob sich der Schwan aus dem Wasser, streckte seinen langen Hals und schnappte das Brot. Gregor Gellz lächelte. Doch bald hatte sich seine Miene wieder verdüstert. Er trank einen Schluck Bier und sprach dann weiter:

»Am liebsten würden sie einen aufs Altenteil abschieben. Noch lieber würden sie einen gleich ganz loswerden. Und am allerbesten fänden sie eine Art Selbstauflösung.«

Sebastian empfand Mitleid mit dem alternden Musikmanager. Wahrscheinlich hatte der sich in den guten Jahren mit teuren Autos und Mädchen vergnügt und nie an die Zeit danach gedacht. Er war dem Zauber der neunziger Jahre erlegen, als die Bäume noch in den Himmel wuchsen.

»Herr Gellz«, Sebastian wollte dem Gespräch eine Wendung geben, »kommen wir zu Jack Menzel. Woher kannten Sie ihn?«

Gregor Gellz lachte verbittert: »Jedenfalls nicht über Maik Blessing...«

»Wie meinen Sie das?«

»Dazu darf ich nichts sagen, Herr Fink. Betriebsgeheimnis.«

Sebastian wunderte sich: Der früh gealterte Musikmanager hatte doch ohnehin nichts mehr zu verlieren. Und jetzt bot sich die Gelegenheit, seinem Rivalen eins auszuwischen. Gellz zögerte einen Moment. Aber dann begann er zu erzählen: »Es war natürlich andersherum«, meinte er. »Ich habe die beiden miteinander bekannt gemacht. Jack Menzel kenne ich schon seit zwanzig Jahren. Ende der achtziger Jahre war ich schon ein großer Fan der Swingmusik. Das war damals nicht sehr weit verbreitet. *Live acts* gab es nur ganz selten. Eines Tages landete ich auf einer Swingparty: Die Männer waren in großkarierten Anzügen, die Frauen in geblümten Kleidern erschienen. Jack Menzel war der Saxophonist der Band, die dort spielte. So lernte ich ihn kennen. Wir haben uns von da an öfter getroffen und miteinander angefreundet. Trotz des großen Altersunterschieds – Jack war schon über sechzig, ich zwanzig – verstanden wir uns gut. Zwar haben wir uns nicht geduzt, aber das lag wohl an seiner Generation. Er lud mich zu sich nach Osnabrück ein, wo er mit seiner Frau in einem kleinen Haus wohnte. Jack hat mir dort das Saxophonspielen beigebracht. Viele Wochenenden habe ich in seinem Garten gesessen und geübt; die Nachbarn werden heute noch mit Grausen daran denken.« Gellz' Miene hatte sich aufgehellt, ein Lächeln huschte über sein Gesicht.

»Zur selben Zeit jobbte ich in einer kleinen Plattenfirma. Ich rutschte in die Musikbranche, stieg auf und wurde A & R bei der United Record Company. Das bin ich bis heute…«

Gellz trank einen Schluck Bier und sah Sebastian an: »So, jetzt habe ich Ihnen meine halbe Lebensgeschichte erzählt.«

Aber er hat an der entscheidenden Stelle aufgehört, dachte Sebastian: Was war zwischen den beiden A&Rs, zwischen ihm und dem Kollegen Blessing, vorgefallen? Gerade als Sebastian ihn bitten wollte weiterzuerzählen, stand Gellz mit einer entschuldigenden Geste auf und verschwand in Richtung Toilette. Sebastian überlegte unterdessen weiter, was wohl passiert sein mochte. Was hatte die Freundschaft zwischen dem alten Jack und Gregor Gellz zerbrechen lassen?

Als der Schwan seinen Hals reckte, um den Steg nach weiterem Futter abzusuchen, warf Sebastian ihm ein Stück Brot zu.

»Können Sie nicht lesen?«, hörte er eine schrille Stimme in seinem Rücken. »Bitte nicht füttern – steht doch da vorn!«

Sebastian hatte das Schild nicht bemerkt. Bei der Gelegenheit orderte er bei der genervten Kellnerin ein weiteres Bier für den Musikmanager; er hatte das Gefühl, dass etwas mehr Alkohol die Zunge von Gellz lockern konnte.

Tatsächlich nahm er, als er zurückkam, sogleich einen großen Schluck von dem frischen Bier und meinte: »Der Blessing, das ist ein ganz mieser Typ. Der kokst, bis ihm der Kopf zerspringt, und schleppt irgendwelche Weiber ab, denen er mit seinem Beruf und seinem Gehabe imponiert. Na gut. Ich war früher genauso. Aber bei uns gab es noch eine Art Ehrenkodex.« Gellz musterte Sebastian fragend, wie um zu sehen, ob er ihn verstehe. »Also, ich sag es mal ganz direkt: Wir haben uns niemals angepisst. Soll heißen, wir haben uns nie gegenseitig ein Projekt weggeschnappt... verstehen Sie?«

»Sie meinen, Maik Blessing hat Ihnen eine Idee geklaut?«
Gregor Gellz nickte.

Sebastian wartete, ob sein Gegenüber von sich aus erzählen würde. Der trank sein Bier aus und ließ den Krug auf den Holztisch krachen.

»Kennen Sie *Mambo Nr. 5* von Lou Bega? Ein Megahit war das, im Jahr 1999. Ein altes Jazzlied, neu produziert in Deutschland und weltweit erfolgreich. Ich habe Jack vorgeschlagen, etwas Ähnliches zu versuchen mit einem Swingklassiker: dass wir das zusammen produzieren und er dann mit dem Song auftreten würde. Er war begeistert. Wir einigten uns auf *Savoy Blues*.« Gellz zog wieder heftig an seiner Zigarette. »Ich habe dann gleich mit den Planungen begonnen. Tja, und in der Zeit ist mir ein dicker Fehler unterlaufen: Ich habe Blessing mit Jack bekannt gemacht... Ein paar Tage später dachte ich, mich trifft der Schlag: Auf einem Meeting informierte uns unser Boss Jeff Karstinger, dass Blessing ein Swingprojekt mit Jack starte... Jack sollte allerdings nicht Saxophon spielen, sondern hinter den Plattentellern stehen und den Song *Savoy Blues* neu zusammenmixen. Das war Blessings einziger eigener Beitrag zu meiner Idee. Darauf erfand man die Legende vom ›ältesten DJ der Welt‹ und den Namen ›DJ Jack‹. Ein gutes Stück braucht ja ein gutes Marketing und eine gute Story. Aber auf die Idee wäre ich auch noch gekommen.«

Gellz schnaubte. Er konnte seine Wut nur schwer unterdrücken.

»Warum haben Sie sich denn nicht gewehrt?«, fragte Sebastian.

»Ich war einfach sprachlos. Als ich Blessing später zur

Rede stellte, behauptete er, Jack wolle das Projekt nur mit ihm machen. Dann habe ich Jack darauf angesprochen, und der hat es wiederum auf Blessing und Karstinger geschoben. Ich weiß bis heute nicht, was wirklich passiert ist…«

Gregor Gellz blies den Zigarettenrauch weit in die Luft und schaute aufs Wasser. Sebastian konnte an seinem Blick erkennen, dass Gellz sehr wohl wusste, was damals passiert war: Er hatte zwar die richtige Idee gehabt, aber alle Beteiligten waren sich einig gewesen, dass Gellz für die Umsetzung nicht der Richtige war. Auch Jack hatte lieber auf das frische Pferd gesetzt, den jungen Freund um der späten Karriere willen verraten. Und der Erfolg hatte ihnen Recht gegeben. Doch – Erfolg hin oder her – inzwischen hatte Jack das womöglich mit seinem Leben gebüßt. Wenn da tatsächlich ein Zusammenhang bestand. Sicher war sich Sebastian nicht. Denn was sollte dann Karl Perkenson, der tote Postbote, damit zu tun haben? Wo war hier die Verbindung, mal abgesehen davon, dass die beiden im selben Jahr geboren waren?

Während Sebastian überlegte, war Gregor Gellz mit bitterer Miene fortgefahren, den kometenhaften Aufstieg von Jack Menzel zum Superstar zu beschreiben. Sebastian hatte nur mit halbem Ohr zugehört, er kannte die Geschichte ja schon. Aber plötzlich horchte er auf. »Warten Sie mal«, unterbrach Sebastian. »Sie sagten eben, Sie seien bei ›Wer gewinnt…‹, wo Jack auftrat, als Zuschauer dabei gewesen?«

»Natürlich«, antwortete Gellz. »Das war doch ein Ereignis.«

Sebastian hielt die Luft an. Hatte er gerade die Person entdeckt, die im Publikum gesessen und Jack den Schock verpasst hatte? Sebastian versuchte sich nichts anmerken zu lassen und ließ Gellz, der nun die glücklichen Tage seiner beruflichen Erfolge heraufbeschwor, zunächst weitererzählen: »Mir selber ist es ein paarmal gelungen, Künstler bei *Wer gewinnt...?* zu platzieren. Danach sind deren Platten immer sofort an die Spitze der Charts geschossen.«

Bevor der Musikmanager weiter abschweifen konnte, sagte Sebastian: »Mit Jack waren Sie dann wohl wieder versöhnt, so dass der sich gefreut haben wird, Sie im Publikum zu wissen, als Zeuge seines großartigen Erfolges?«

»Nee«, antwortete Gellz. »Jack wusste nicht, dass ich im Publikum saß. Ich hatte die Karte von Maik Blessing bekommen, der kurzfristig absagen musste. Eigentlich nett, könnte man meinen, aber der Blessing ist ein absolutes Arschloch. Der hat sich irgendwas dabei gedacht. Keine Ahnung was, aber ist mir auch egal.«

Entweder, überlegte Sebastian, ist Gregor Gellz ein guter Schauspieler, oder er hat tatsächlich keinen Schimmer. Sebastian dachte an Lenz' Vermutung, dass jemand im Publikum gesessen habe, mit dessen Erscheinen Jack nicht gerechnet hätte. Sebastian wusste jetzt, dass Jack den ehemaligen Freund nicht erwartet hatte, aber hatte er ihn überhaupt wahrgenommen?

»Dann hatten Sie wohl einen guten Platz?«, fragte Sebastian.

»Ja, ziemlich weit vorne. In der vierten Reihe.«

»Hat Jack Sie gesehen?«

»Keine Ahnung. Er hat zwei, drei Mal in meine Richtung geguckt. Aber da saß ich ja nicht alleine. Weiß nicht, ob er mich erkannt hat.«

Die Antwort brachte Sebastian nicht weiter. Es half nichts, er musste es direkt angehen.

»Herr Gellz«, sagte er bestimmt. »Wir haben festgestellt, dass Jack, unmittelbar bevor er die Bühne verließ, nach einem Blick ins Publikum zutiefst verstört schien.«

Gellz sah Sebastian ratlos an. »Das habe ich nicht bemerkt. Aber wenn Sie darauf hinauswollen, dass es meinetwegen war – das wäre möglich. Es wird ihm peinlich gewesen sein, mir zu begegnen. Ist ja klar, nach der ganzen Geschichte.«

Gellz nestelte eine Zigarette aus der Packung. Sebastian wusste, dass ihr Gespräch nun eine unangenehme Wendung nehmen würde. Nachdem sein Gegenüber sich die Zigarette angezündet hatte, stellte Sebastian die Frage: »Können Sie mir sagen, wo Sie nach der Show waren?«

Gellz zögerte. »Zu Hause. Wieso?«

»Gibt es dafür Zeugen?«

»Bitte?« Der Blick des Mannes verdunkelte sich. »Warum fragen Sie?«

»Gibt es Zeugen oder nicht?«

»Moment mal.« Gellz wurde unruhig. »Nein. Ich war allein. Ich bin früh ins Bett gegangen.«

»Herr Gellz«, sagte Sebastian. »Das war ein nettes Gespräch, aber ich muss Sie leider festnehmen.«

Gellz sah Sebastian entgeistert an. »Sind Sie verrückt geworden?«

»Ich meine es ernst. Wir fahren jetzt auf die Wache. Wenn Sie wollen, können Sie von unterwegs Ihren Anwalt anrufen.«

»Ich glaub, ich spinne …« Gellz' Hände zitterten. Er

setzte an, um etwas zu sagen, doch er bekam kein Wort über seine Lippen. Auch war er ziemlich bleich geworden. Plötzlich kippte er zur Seite und krachte auf den Holzsteg.

»Mein Gott, was ist denn passiert?«, fragte die herbeigeeilte Kellnerin.

»Vermutlich ein Schwächeanfall«, antwortete Sebastian.

»Soll ich den Notarzt holen?«

»Das erledige ich«, sagte Sebastian. Er wählte Jens' Nummer, bat ihn, sofort zu kommen und einen Krankenwagen zu bestellen. Dann half er der Bedienung, Gellz in stabile Seitenlage zu bringen. Nachdem der Mann allmählich wieder zu sich gekommen war, sah er mit flatternden Lidern zu der Kellnerin auf.

»Geht's wieder?«, fragte die Frau.

»Wo bin ich?«, antwortete Gellz mit leiser Stimme.

»Hat er zu viel Bier getrunken?«, wandte die Bedienung sich an Sebastian.

»Wahrscheinlich«, log er. »Aber ich glaube, es ist wieder in Ordnung. Sie können uns allein lassen.«

»Wenn Sie meinen.« Die Frau griff nach ihrem Tablett und ging. Mühsam rappelte Gellz sich hoch. Er wirkte fahrig und konfus.

»Wir fahren jetzt ins Präsidium. Der Polizeiarzt wird Ihnen etwas für den Kreislauf geben«, versuchte Sebastian ihn zu beruhigen.

Gellz antwortete mit einem kraftlosen Lächeln.

»Du machst Sachen…«, meinte Jens, als sie beide in Sebastians Büro erschöpft auf die Stühle sackten. »Ob das als Verdachtsmoment wirklich ausreicht?«

»Was sollte ich sonst tun?«, antwortete Sebastian. »Wenn er der Täter ist, dann weiß er jetzt, dass wir nah an ihm dran sind. Und der ist absolut instabil. Unberechenbar in dieser Situation. Es ist besser, dass wir ihn jetzt erst mal festhalten. So kann er nicht untertauchen und sich nichts antun. Ich werde ihn morgen noch mal verhören. Er scheint kein gutes Alibi für den Zeitpunkt von Jacks Tod zu haben.«

Jens schüttelte unentschieden den Kopf. »Hoffentlich gibt das keinen Ärger.«

12

E s war noch ziemlich früh. Er hatte gerade sein Büro betreten, als das Telefon klingelte. »Herr Fink«, sagte
eine Frau, »die Zeit für einen gemeinsamen Kaffee ist gekommen!« Es war eine leicht rauchige Stimme, die Sebastian bekannt vorkam, die er aber nicht sofort einordnen
konnte.

»Ich merke schon, Sie erkennen mich nicht«, fuhr die
Stimme fort. »Darf ich Sie erinnern an unsere Verabredung?
Verkehrspolizei…«

»Frau Börnemann…«, sagte Sebastian.

Zunächst hatte er es merkwürdig gefunden, dass die Frau
aus der Verkehrsabteilung ihn gleich am Morgen schon anrief. Andererseits war es jetzt noch nicht so hektisch. Zehn
Minuten später saß Sebastian in der Cafeteria Hella Börnemann und ihrem großen Stück Apfeltorte gegenüber. Es war
ihr Frühstück, wie sie nebenbei bemerkte. Er selbst hatte
zwar keinen Appetit, aber aus Höflichkeit hatte er ein Stück
Marmorkuchen genommen. Sebastian wusste von Anna,
dass Frauen ungern alleine aßen, weil sie sich dann gefräßig
vorkamen. Bei Hella Börnemann schien das anders zu sein.
Die ältere Kollegin, die ihren fülligen Körper in ein blaues
Kostüm gezwängt hatte, aß ihren Kuchen genussvoll, mit
großen Bissen. »Ich kenne alle hier im Präsidium«, sagte sie,

nachdem sie runtergeschluckt hatte. »Schließlich bin ich seit dreißig Jahren hier.« Bevor Sebastian darauf etwas erwidern konnte, beugte sie sich, nach rechts und nach links blickend, zu ihm herüber und flüsterte verschwörerisch: »Wir fallen hier übrigens auf.«

Sebastian sah sich um: Am Nachbartisch las ein Mann in irgendwelchen Aufzeichnungen. Auf der anderen Seite hatten sich ein paar Uniformierte niedergelassen und unterhielten sich angeregt. Hinter Frau Börnemann saßen zwei jüngere Frauen über ihrem Kaffee. Es wirkte nicht so, als würde sich irgendjemand für Börnemann und Sebastian interessieren.

»Wie kommt es eigentlich, dass Sie es so schnell zum Hauptkommissar geschafft haben, Herr Fink?«, fragte Börnemann.

»Herr Lenz wurde pensioniert, und ein anderer Kommissar, der für die Stelle vorgesehen war, hatte kurzfristig abgesagt. Ich hatte mich gerade beworben, und deshalb hat man mich gleich zu einem Vorstellungsgespräch gebeten.«

»Glück muss man haben.« Hella Börnemann zog eine Augenbraue hoch: »Aber man muss auch was dafür tun. Also, fleißig sein, meine ich. Ermitteln Sie denn schon?«

»Es ging sofort los.« Sebastian merkte, dass er aufpassen musste, mit der Frau nicht in einen allzu freundschaftlichen Umgangston zu verfallen. Überhaupt war es erstaunlich, mit welcher Selbstverständlichkeit sie aus einer fast mütterlichen Position mit ihm sprach.

»Und?«, fragte Börnemann nach.

»Dazu darf ich nichts sagen.«

In dem Moment standen die beiden jungen Frauen auf

und schoben geräuschvoll ihre Stühle an den Tisch. Frau Börnemann warf den beiden einen missbilligenden Blick zu. »Das geht auch leiser«, schimpfte sie, als sie sich Sebastian wieder zugewandt hatte.

»Haben Sie denn schon den Herrn Pinkwart kennengelernt?«, fragte die Börnemann dann. »Ist nämlich auch ein Schnellfahrer«, fügte sie augenzwinkernd hinzu.

Das wunderte Sebastian nicht. Wenn Pinkwart schon im Alltag seine Launen nicht im Griff hatte, wie sollte er es dann beim Autofahren schaffen.

»Der Paul Pinkwart«, erzählte Frau Börnemann weiter, »ist ja ein bedeutender Mann geworden in den letzten Jahren. Seit die DNA-Analysen so wichtig geworden sind. Neunzig Prozent aller Fälle werden mittlerweile durch dieses Verfahren aufgeklärt. Manche Kommissare behaupten sogar, die Arbeit wäre dadurch langweilig geworden.«

Sebastian erstaunte die Sachkenntnis der Frau aus der Verkehrsabteilung. Der Name Pinkwart hatte ihn aber auch an seine Arbeit erinnert. »So, ich muss wieder hoch«, sagte er dann mit einem deutlichen Blick auf die Uhr.

»Moment. Ich hab noch was für Sie.« Aus der Seitentasche ihres Jacketts zog die Börnemann ein Foto und schob es Sebastian über den Tisch: »Das schenk ich Ihnen.«

Auf dem Blitzerfoto zog Sebastian eine furchtbare Grimasse. Der Apparat hatte ihn genau in dem Moment erwischt, als er niesen musste.

»Sie sind nicht zu erkennen«, meinte Frau Börnemann.

»Vielen Dank«, lachte Sebastian.

»Sie hätten behaupten können, ein anderer hätte in Ihrem Auto gesessen.«

»Die neue Regelung besagt doch, dass der Halter des KFZ zahlen muss, unabhängig davon, wer am Steuer saß«, wandte Sebastian ein.

»Richtig. War ein Test«, lächelte Frau Börnemann und stand auf. »Na dann ... an die Arbeit!«, sagte sie munter. »Ich wünsche Ihnen einen erfolgreichen Tag.«

Sebastian schüttelte ihre ausgestreckte Hand: »Das wünsche ich Ihnen auch, Frau Börnemann. Bis bald!«

Vor der Bürotür traf Sebastian auf Jens und bat ihn gleich herein. »Gibt es schon eine Antwort aus Norwegen?«, fragte Sebastian. »Haben die diesen Thorsten Helbiger befragt, ob er die Samstagnacht in Hamburg verbracht hat?«

»Bislang haben sie ihn noch nicht gefunden. Offenbar hat er sich privat eine Ferienwohnung gemietet, das macht es schwieriger, ihn zu finden.«

Als das Telefon klingelte, hoffte Sebastian, dass vielleicht doch die norwegischen Kollegen dran seien. Aber es war jemand ganz anderes: Der Anwalt von Gregor Gellz kündigte eine wichtige Aussage seines Mandanten an.

»Können Sie eine Andeutung machen?«, bat Sebastian und drückte auf die Mithörtaste.

»Das ist nicht möglich«, tönte es blechern aus dem kleinen Lautsprecher. »Am besten wäre es, wenn Sie gleich ins Untersuchungsgefängnis kämen, Herr Fink.«

Nachdem er aufgelegt hatte, sah Sebastian Jens an. »Was glaubst du? Was ist dem Gellz eingefallen?«

»Wahrscheinlich weiß er mehr über die Todesumstände von Jack, als er bislang zugegeben hat. Soll ich mitfahren?«

Sebastian nickte und griff nach seiner Jacke.

»Sie sind mir einer!«, begann Gellz angriffslustig. »Erst geben Sie ein Bier nach dem anderen aus, und grad als es gemütlich wird, nehmen Sie mich fest…«

Der Anwalt, ein blutarmer, dünner Mann mit aufgesprungenen Lippen, lächelte kühl. Die beiden saßen Sebastian und Jens in einem niedrigen Raum im Untersuchungsgefängnis gegenüber.

»Ja, so war das doch«, fuhr Gellz fort. Er wies mit dem Kinn in Sebastians Richtung. »Man sitzt friedlich mit ihm am Wasser, erzählt aus seinem Leben, und plötzlich sagt er: ›Das war ein nettes Gespräch, aber ich muss Sie leider festnehmen.‹ Diesen Satz werde ich nie vergessen.«

Der Anwalt schüttelte verständnislos den Kopf und wandte sich an Sebastian. »Ihre Begründung für die Festnahme würde mich sehr interessieren, Herr Fink.«

Die Situation war unangenehm. Sebastian musste davon ausgehen, dass Gellz und sein Anwalt einen Trumpf im Ärmel hielten, sonst wäre ihr Auftreten etwas vorsichtiger gewesen. Aber wie wollte Gellz sich aus seiner vertrackten Situation retten? Er hatte kein Alibi für die Nacht von Samstag auf Sonntag, aber einen guten Grund, sich an DJ Jack zu rächen. Sebastian faltete die Hände über dem Tisch und sprach mit ruhiger Stimme: »Herr Gellz, Sie werden verdächtigt, an dem Mord von Jack Menzel beteiligt gewesen zu sein. Deswegen musste ich Sie festnehmen.«

»Wer verdächtigt ihn denn? Und warum?«, knarzte der Anwalt.

»Ich bin der leitende Kommissar in dieser Angelegenheit, die Festnahme beruht auf meinem Verdacht«, antwortete Sebastian gereizt.

»Können Sie Ihren Verdacht denn begründen?«

Sebastian war in der Defensive, und das missfiel ihm. Er erklärte die Zusammenhänge, die zur Festnahme auf dem Alstersteg geführt hatten. »Das Entscheidende«, sagte Sebastian zum Schluss direkt an Gellz gewandt, »ist Ihr fehlendes Alibi. Deswegen sind Sie hier.«

Gregor Gellz und sein Rechtsbeistand tauschten einen wissenden Blick. Dann rückte der Anwalt seinen Stuhl zurecht und räusperte sich. »Mein Mandant hat Ihnen gesagt, in der Nacht von Samstag auf Sonntag habe ihn kein Mensch gesehen. Das Gegenteil ist richtig.« Bevor er weitersprach, legte er genüsslich eine Pause ein, ließ die Stille wirken und sah Sebastian dabei fest in die Augen. »Herr Gellz kann mehrere Zeugen benennen für die Zeit nach dem Ende der Show. Also von 23 Uhr bis zum nächsten Morgen um sechs.«

Sebastian warf Gellz einen überraschten Blick zu. Der verschränkte die Arme vor der Brust und wirkte plötzlich seltsam verlegen. »Das Ganze ist mir etwas peinlich…«, begann er. »Aber wir sind ja unter Männern, da kann ich das wohl erzählen: Nach DJ Jacks Auftritt in der Show war ich ziemlich down. Klar, wenn man zusehen muss, wie jemand mit einer geklauten Idee einen grandiosen Erfolg feiert. Ich bin also da raus und gleich nach St. Pauli gefahren, um mir einen hinter die Binde zu kippen. Ich war im Purgatory. Die Frau an der Bar kennt mich, die kann das bezeugen…«

Gellz sprach nicht weiter. Sein Blick schweifte im Raum umher und blieb schließlich an der Tischplatte hängen. Sebastian und Jens sahen sich an.

»Sie saßen doch nicht an der Theke bis morgens um sechs?«, fragte Jens.

»Wollen Sie meinen Mandanten vielleicht ausreden lassen?«, fuhr der Anwalt dazwischen.

Jens' Gesicht verfinsterte sich. Sebastian wusste, dass sein Kollege nicht der Geduldigste war und manchmal zu Wutausbrüchen neigte. Er gab ihm ein Zeichen, sich zurückzuhalten.

»Nein«, fuhr Gellz fort. »Im Purgatory war ich bis eins oder zwei, so genau weiß ich das nicht mehr. Die Barfrau wird sich vielleicht erinnern.«

Wieder stockte die Erzählung des Musikmanagers. Sebastian kannte das Purgatory, ein Laden in der Nähe des Hans-Albers-Platzes. Dort gab es reichlich Absturzkneipen. »Sie kamen also aus dem Purgatory raus«, sagte er, »und wohin gingen Sie dann?«

»Zur Dönerbude gegenüber«, antwortete Gellz wie aus der Pistole geschossen. »Ich weiß sogar noch, was ich dort gegessen habe...«

Jens hob die Augenbrauen. Der Anwalt atmete etwas tiefer ein. »Darum geht es hier nicht«, sagte Sebastian, der seiner Stimme etwas mehr Strenge untermischte. »Wir müssen wissen, wie lange Sie da waren. Ob Sie glauben, dass sich dort jemand an Sie erinnern kann. Und wo Sie danach hingingen.«

Gellz sah Sebastian mit großen Augen an. »Also gut«, meinte er und schaute in die Runde: »Sie kennen die Herbertstraße? Die kennen Sie doch alle, oder?«

Weder Sebastian noch Jens oder der Anwalt reagierten auf Gellz' Frage.

»Jedenfalls kenne ich die Herbertstraße, und ich kenne einige der Nutten dort. Und warum kenne ich die?« Gellz sah noch mal in die Runde, jetzt mit trotziger Miene. »So, nun wissen Sie, wo ich den Rest der Nacht verbracht habe.«

Der Anwalt versuchte vergeblich, ein neutrales Gesicht zu machen.

»Wir bräuchten die Namen der Frauen«, sagte Sebastian.

»Bekommen Sie natürlich«, warf der Anwalt ein.

Gellz wirkte nach seiner Aussage wie befreit. Er lehnte sich in seinem Stuhl zurück und grinste: »Susi hieß eine. Dann gab's noch 'ne Chantal... und eine Betty.«

»Jens«, sagte Sebastian. »Ich schlage vor, du gehst mit Herrn Gellz in die Herbertstraße und lässt dir die Damen vorstellen. Dann führst du die Befragung der Frauen durch. Das könnte reichen. Wollen Sie Ihren Mandanten begleiten?«, fragte er den Anwalt.

»Das wird wohl nicht nötig sein«, antwortete der mit verkniffenem Gesicht.

Auf der Rückfahrt schwiegen Jens und Sebastian. Als das Präsidium am Ende der Straße auftauchte, sagte Sebastian: »Es wäre ja zu schön gewesen, wenn wir den Fall so schnell gelöst hätten.«

»Was mich noch immer beschäftigt«, sagte Jens, »ist die Theorie, dass DJ Jack wahrscheinlich jemanden im Publikum gesehen hat und danach austickte...«

»Die Theorie ist vielleicht nicht mehr haltbar«, antwortete Sebastian. »Wenn Jack imstande war, seinen jungen Freund zu verraten, beweist das eine ziemliche Abgebrühtheit. Dem war es vermutlich total egal, ob Gellz im Publikum saß oder nicht. Es muss etwas anderes im Studio passiert sein.«

163

»Es gibt noch eine Variante«, meinte Jens.

»Nämlich?...«

»Gregor Gellz ist vielleicht nicht derjenige, den wir suchen... Womöglich saß noch jemand anderes im Publikum, der DJ Jack hätte erschrecken können.«

Sebastian atmete einmal durch. »Dann sollten wir den möglichst schnell finden, denn er könnte schon auf dem Weg zu seinem nächsten Opfer sein.«

Es gab eine Person, die Sebastian in dieser Angelegenheit sprechen musste – und zwar möglichst bald.

»Ach wissen Sie«, meinte die Stimme im Telefon, »ich komme einfach vorbei, ich war noch nie in einem Polizeipräsidium, das kann ich mir bei der Gelegenheit mal anschauen.« Sebastian stutzte. Diese Reaktion hätte er von Brigitte Mehldorn nicht erwartet.

Eine Stunde später stand sie in der Tür zu seinem Büro. Sebastians Blick fiel sofort auf die Farbe ihrer Haare. Waren sie schon wieder neu gefärbt? Nein, Frau Mehldorn hatte noch genau dieselbe tiefschwarze Haarfarbe. Die Frau wirkte entspannt. Sie schien sich von dem Schock über den Tod ihres Vaters einigermaßen erholt zu haben. »Ja, mir geht's ganz gut«, bestätigte sie, während sie sich aus ihrem Mantel schälte. »Wir haben angefangen, den Dachboden auszumisten – da kommen viele Erinnerungen hoch.«

Nachdem sie sich in den Besuchersessel gesetzt hatte, zündete sie sich eine Zigarette an. Sebastian ging ins Nebenzimmer, um einen Aschenbecher zu besorgen. Am Telefon hatte er Perkensons Tochter nur um ein Gespräch gebeten. Worum es ging, hatte er ihr zunächst nicht sagen wollen. Sebastian setzte sich auf seinen Platz, stützte seine Ellbogen auf den Tisch und begann: »Frau Mehldorn, Sie haben sicher vom Tod des Jack Menzel alias DJ Jack gehört?«

Die Frau wollte gerade an ihrer Zigarette ziehen, hielt aber inne: »Ja, warum? Hat das etwas mit dem Tod meines Vaters zu tun?«

»Dazu kann ich noch nichts sagen. Aber mich würde interessieren, ob Ihr Vater und Jack Menzel miteinander bekannt waren?«

Brigitte Mehldorn warf Sebastian einen misstrauischen Blick zu: »Nicht dass ich wüsste.«

»Ihr Vater hat also niemals über DJ Jack gesprochen?«

»Nein. Warum auch?«

»Na ja. In den letzten Monaten war Jack Menzel permanent in den Medien…«

Frau Mehldorn überlegte. »Ja, das stimmt. Aber mein Vater hat das wahrscheinlich gar nicht mitbekommen. Der guckte nicht viel Fernsehen, höchstens die Nachrichten.«

»Radio?«

Frau Mehldorn nickte. »Ja, doch, das kam vor. Der Pfleger stellte das Radio an, wenn er in der Wohnung meines Vaters war. Er hörte diesen Sender, der Klassik spielt – wie heißt der noch?«

»Klassikradio.«

»Richtig. Aber jetzt sagen Sie mir bitte, was das alles mit meinem Vater zu tun hat.«

Sebastian nahm einen Kugelschreiber und tippte damit sanft auf den Tisch. »Zu den Ermittlungen darf ich Ihnen nichts sagen. Ich kann Ihnen aber verraten, dass wir verschiedene Spuren verfolgen.«

Frau Mehldorn sah Sebastian ratlos an. Dann zuckte sie die Achseln und drückte ihre Zigarette aus. Schließlich kramte sie einen Lippenstift aus der Handtasche und zog sich die Lippen nach. Ihre Bewegungen wirkten schnell und geübt. Dennoch war es ihr nicht gelungen, das Lippenrot exakt aufzutragen. Ihr grell und unsorgfältig geschminkter Mund war Sebastian schon bei seiner ersten Begegnung mit der Frau aufgefallen, als sie nebeneinander in seinem Fiat Uno gesessen hatten.

»Wie gesagt«, nahm Brigitte Mehldorn den Faden wieder auf. »Mein Vater hat mir gegenüber nie über diesen... Menzel gesprochen. Ich hab zwar über ihn gelesen und im Fernsehen einige Berichte gesehen... hab noch gedacht, Mensch, so fit kann man in dem Alter noch sein. Gegen den war mein Vater eine traurige Figur. Aber das hätte ich ihm natürlich nicht unter die Nase gerieben.«

Nachdem Brigitte Mehldorn sein Büro wieder verlassen hatte, rief Sebastian Pia Schell an, die in Osnabrück auf der Suche nach einer Verbindung von Jack Menzel zu Karl Perkenson war. Sie kam gerade von Menzels Exfrau, von der Jack sich ein paar Jahre zuvor getrennt hatte, mit der er aber in Verbindung geblieben war. Pia schien an einer lauten Straße zu stehen. »Hörst du mich?«, schrie sie.

»Gut genug. Leg los.«

»Die Ex sagte, sie kenne Karl Perkenson.«

Wie elektrisiert richtete Sebastian sich in seinem Stuhl auf. »Ja, und?!«

Pia zögerte. Es klang, als würden direkt neben ihr Autos anfahren.

»Tja, also, es ist nicht sehr nett, so über jemanden zu reden, der einen gerade zum Kaffee eingeladen hat…, aber ich glaube, die Frau ist nicht mehr ganz klar im Kopf.«

Sebastian seufzte kurz. »Aber sie lebt doch allein?«

»Ja, ja. Es fällt erst mal auch gar nicht auf. Wir saßen in ihrem Wohnzimmer und unterhielten uns ganz normal, über ihre Balkonpflanzen, über Kosmetika, sogar über Politik – sie scheint sich für Politik zu interessieren. Sie hielt quasi ein Plädoyer für die Reform unseres Sozialsystems. Das hatte alles Hand und Fuß. Sie sprach über die Rolle des Privatfernsehens und den Niveauverlust der Fernsehprogramme. All solche Sachen. Aber dann fragte sie mich auf einmal, ob ich die Küche schon geputzt hätte…«

»Bitte?«

»Was sollte ich sagen?«, fuhr Pia fort, und sie klang wirklich etwas ratlos. »Ich antwortete, ich hätte ihre Küche nicht geputzt. Dann sah die Frau mich lange an und meinte ganz trocken, das wäre aber meine Pflicht gewesen. Ich war baff. Dann wechselte sie von sich aus das Thema und kam wieder auf Perkenson zu sprechen. Plötzlich meinte sie, er sei ihr Bruder…«

Sebastian runzelte die Stirn.

»Um es vorwegzunehmen«, sagte Pia, »ich habe das schon recherchiert: Sie hat keinen Bruder.«

»Verstehe. Aber das heißt nicht, dass sie Karl Perkenson *nicht* kannte.«

»Ich weiß. Morgen treffe ich einige alte Musikerkollegen von Jack. Mit denen habe ich schon am Telefon gesprochen. Die kennen Jack seit Jahrzehnten und scheinen ein gutes Erinnerungsvermögen zu haben.«

Sebastian verabredete ein weiteres Telefonat mit Pia für den nächsten Vormittag und legte auf.

Spätabends saß er allein vor dem Fernseher. Er hatte mit Anna und Leo zu Abend gegessen, und danach hatten sie Karten gespielt. Dann waren Leo und Anna nacheinander zu Bett gegangen.

Sebastian war gleichzeitig müde und aufgekratzt. Er überlegte, ob er eine Flasche Wein öffnen sollte. Vielleicht sollte er sich noch einige Notizen zum Stand der Ermittlungen machen. Andererseits hatte er in letzter Zeit wenig geschlafen, und diese Nacht wäre die Gelegenheit, ein paar Stunden nachzuholen, da er am nächsten Tag keinen frühen Termin hatte. Sebastian stemmte sich aus seinem Sessel, ging hinüber ins Schlafzimmer, blieb in der Mitte stehen und starrte ins Dunkel. Dann verließ er das Zimmer wieder und holte sich aus der Küche eine Flasche Rotwein.

Er hatte gerade sein erstes Glas ausgetrunken, als sein Handy klingelte. Es war selten, dass man ihn nach 23 Uhr noch anrief. Das Display des Handys zeigte eine unbekannte Nummer. Einen Moment überlegte er, das Ding einfach auszuschalten. Aber aus einer Mischung von Neugierde und Pflichtgefühl nahm er den Anruf doch an. »Gut, dass ich Sie erreiche«, begann eine aufgeregte Frauenstimme. »Ich stehe auf dem Dachboden meines Vaters ... Ich habe etwas gefunden, das Sie interessieren könnte.«

Brigitte Mehldorn hatte offenbar die späte Uhrzeit nicht bemerkt. Nachdem sie Sebastian ihren Fund offenbart hatte, beschloss er, sofort in die Lindenallee zu fahren.

Die Haustür von Nummer 78 war offen gewesen, wie Brigitte Mehldorn es gesagt hatte. Auch die Tür zum Dachboden stand auf, doch als Sebastian eintrat und »Hallo!« rief, bekam er keine Antwort. Der Speicher war groß und verwinkelt. Von der Decke hing eine Glühbirne, die den verstaubten Dachboden in ein trübes Licht tauchte. Sebastian tastete sich durch den ersten Gang. Der muffige Geruch von moderndem Holz stieg ihm in die Nase. Links und rechts von ihm lagen, nur durch Gitter voneinander getrennt, die einzelnen Dachbodenparzellen. In einem der Verschläge standen auseinandergenommene Möbel. Im nächsten stapelten sich verschnürte Plastiktüten. Im dritten lagerten Umzugskartons, säuberlich gestapelt. Eine Art Friedhof der Gegenstände. Sebastian sah sich um. Dies war ein Ort, an dem Vergangenheit verwahrt wurde, tausenderlei Dinge, einst geliebt, dann beiseitegeschoben. Ein letztes Mal wurden sie in die Hand genommen, um auf den Dachboden getragen und schließlich vergessen zu werden.

»Ach, da sind Sie ja.« Brigitte Mehldorns Gesicht schaute aus einer Tür am Ende des Gangs hervor. »Sehen Sie mal da«, meinte sie, nachdem Sebastian in Perkensons Kammer eingetreten war. Sie wies in die Ecke, wo eine Kommode aus schwerem Holz stand. Auf ihr lag ein flacher Gegenstand.

Sebastian stieg über einen Umzugskarton, dann sah er, was Brigitte Mehldorn meinte. Er nahm die verstaubte Schallplattenhülle in die Hand, auf der man deutlich Frau Mehldorns frische Fingerabdrücke erkennen konnte. ELEKTROLA-RECORDS schimmerte es in schwarzen Buchstaben unter der Staubschicht hervor.

»Ich hab mir erst gar nichts gedacht«, meinte die Mehldorn. »Es fiel mir nur auf, wie schwer so eine alte Platte ist. Aber als ich ›Louis Armstrong‹ las, machte es klick. Sie meinten doch, DJ Jack habe einen alten Swingklassiker von diesem Armstrong kopiert. Voilà. Hier haben wir ihn wieder. Wenn das kein Zufall ist.«

Sie hatte recht. Vermutlich hatten noch viele alte Menschen alte Schallplatten, die auf irgendwelchen Speichern lagen. Aber dass dieses Exemplar ausgerechnet bei Karl Perkenson wiederauftauchte, konnte ein wichtiger Hinweis sein. Sebastian nahm die Platte aus der Hülle. Sie hatte nicht einen Kratzer, wirkte wie neu. »*Tiger Rag* heißt das Stück, kennen Sie das?«, fragte er Frau Mehldorn.

»*Tiger Rag*… Nein. Sie?«

»Auch nicht, aber ich kenne mich mit dieser Musik sowieso nicht aus. Haben Sie noch weitere Schallplatten gefunden?«

»Es ist eigenartig«, meinte Frau Mehldorn. »Während ich auf Sie wartete, habe ich weitergesucht, aber es gibt wohl nur dieses eine Exemplar.«

Brigitte Mehldorn setzte sich auf einen Karton und legte die Hände in den Schoß. »Wieso bewahrte mein Vater eine einzelne Schallplatte auf?«

Sebastian schob die Scheibe in die Hülle zurück. »Besaß er denn einen Plattenspieler?«

Frau Mehldorn überlegte. Dann schmunzelte sie. »Früher hatten wir einen. Aber den habe nur ich benutzt. Der stand zuletzt in meinem Zimmer, und irgendwann ist er kaputtgegangen. Aber da war ich schon ausgezogen und hatte mir einen eigenen gekauft. Mein Vater hatte dann keinen mehr.«

Sebastian setzte sich der Tochter gegenüber auf einen Karton. »Frau Mehldorn, ich würde Sie gerne nach dem Verhältnis zu Ihrem Vater fragen…«

Mehldorn seufzte. »Na ja. Mit meiner Mutter war ich enger. Erst nachdem sie gestorben ist, hatte ich wieder mehr mit meinem Vater zu tun. In meiner Kindheit haben wir viel zusammen unternommen, waren sonntags auf dem Spielplatz und so. Aber später…« Mehldorn verstummte.

»Hat Ihr Vater Ihnen aus seiner Jugend erzählt?«, fragte Sebastian.

»Nein.« Brigitte Mehldorns Augen wanderten über die Kartons und weiter über die alten Holzdielen. »Wissen Sie«, sagte sie, »da war immer eine Distanz zwischen uns, die genau damit zu tun hat. Einmal habe ich ihn nach seinen Erlebnissen im Krieg gefragt. Da ist er ausgewichen. Irgendwie war klar, dass man ihn besser nicht danach fragen sollte. Der Krieg, überhaupt Papas junge Jahre, das war irgendwie… ein Tabu.«

»Ist er denn Soldat gewesen?«

»Ja, klar. Er war auch in Kriegsgefangenschaft in Russland, aber auch davon sprach er nie. Mit meiner Mutter wohl auch nicht.«

»Und die Zeit vor dem Krieg? Seine Jugend?«

»Er ist hier in Hamburg geboren und aufgewachsen, in Uhlenhorst. Er verglich manchmal den Stadtteil Eimsbüttel, wo er seit den fünfziger Jahren lebte, mit Uhlenhorst und war froh, dort nicht mehr zu wohnen. Hängt vielleicht mit irgendetwas von früher zusammen, ich weiß es nicht.« Brigitte Mehldorn seufzte.

Eine Weile noch saßen die beiden auf den Kartons, ohne

zu sprechen. Sebastian warf einen Blick in den benachbarten Bodenraum. In der Mitte stand ein leeres Aquarium, daneben ein verlassener Hamsterkäfig. Auf dem Käfig lag ein roter Plastikball. »Die Dinge waren einmal wichtige Bestandteile einer Kindheit«, sagte Frau Mehldorn nachdenklich. »Sie gehören Frau Tick. Ihre Eltern sind früh verstorben. Sie wohnt noch immer in derselben Wohnung.«

Die hübsche Stefanie Tick. Sie war Sebastian noch ein paarmal durch den Kopf gegangen. Er war sich nicht recht im Klaren, ob nur wegen ihrer attraktiven Figur oder weil sie vielleicht ein Geheimnis bewahrte. Er würde sie eventuell in den nächsten Tagen noch einmal aufsuchen.

Als Sebastian aus dem Haus trat, war es lange nach Mitternacht, und die Luft war abgekühlt. Er musste überlegen, wo er sein Auto geparkt hatte. Es fiel ihm schwer, sich zu konzentrieren – irgendetwas in seinem Unterbewusstsein wollte bedacht werden, das spürte er deutlich. Er kannte dieses Gefühl. Man hat etwas gesehen oder gehört, aber im Bewusstsein war es noch nicht angekommen. Es war wie das dumpfe Grollen eines entfernten Gewitters. Man weiß, dass es kommen wird, aber nicht genau, wann. Man ahnt, dass es heftig werden könnte, aber manchmal wandelt es sich unerwartet in einen feinen Regen.

Sebastian fuhr über große, leere Straßen. Leuchtende Punkte schnellten aus dem Dunkel auf ihn zu, sausten rechts und links vorbei. Plötzlich schlug er sich mit der flachen Hand auf die Stirn. Er steuerte das Auto entschlossen zur Seite und brachte es auf dem Grünstreifen zum Halten. Der Gedanke war ihm ganz unvermittelt gekommen: Er hatte einen wichtigen, vielleicht sogar entscheidenden Hinweis auf eine Verbindung zwischen Karl Perkenson und DJ Jack doch längst erhalten! Und zwar schon zu Beginn der Ermittlungen, nur hatte er ihm keine Bedeutung beigemessen. Sebastian schaltete den Motor aus; jetzt musste er sich konzentrieren. Er schloss die Augen und versuchte, Ordnung in die Bilder in seinem Kopf zu bringen. Er erinnerte sich, wie er an jenem Tag in Perkensons Wohnung gekommen war. Der vorherrschende Geruch: ungelüftete Klamotten. Unangenehm. Eine Atmosphäre, ähnlich wie auf dem Speicher, wo Vergangenheit in Kartons lagerte. Auch in Perkensons Wohnung schien die Vergangenheit in der Luft zu hängen und die Gegenwart schon lange nicht mehr dagegen anzukommen. Das einzig Lebendige waren die Männer von der Spurensicherung, die hochkonzentriert die Räume untersuchten. Sebastian erinnerte sich, wie er und Jens durch die Wohnung gegangen waren, ins Schlafzimmer, wo ein voller Aschenbecher auf dem Nachttisch stand, in die Küche, wo die Leiche gefunden worden war, ins Wohnzimmer, wo die aufgeschlagene Fernsehzeitschrift auf dem zerschlissenen Sofa lag. Vor seinem inneren Auge tauchte die vergilbte Tapete auf, an der Familienfotos hingen. Und da war noch was: Da war das Bild vom Postorchester, eine Aufnahme aus den sechziger Jahren. Eine Formation von acht Männern, mittendrin Perkenson mit seiner Gitarre. Sebastian lehnte seinen Hinterkopf an die Stütze des Autositzes. Draußen sausten zwei Autos vorbei, im Wageninnern war es still. Auf einmal fügten sich die Puzzleteile zusammen und ergaben einen Sinn: der alte Jack Menzel und seine Liebe zum Swing; sein Saxophonspiel zusammen mit Gregor Gellz in Osnabrück; der ehemalige Postbote Karl Perkenson und die Gitarre. Sebastian überlegte. Er hatte einmal ein Musical besucht, worin es um die Swingjugend ging, um junge Leute, die in der Nazizeit in Hamburg Swingmusik hörten, obwohl es verboten war. Hatten einige von ihnen nicht auch in kleinen Gruppen selber musiziert? Sebastian tippte mit zwei Fingern auf das Lenkrad. Hier könnte die Verbindung der beiden toten Männer sein. Auch wenn sie sich nach dem Krieg nie gesehen oder gesprochen hatten, so könnte das vor oder im Krieg anders gewesen sein. Es gab einige solcher Fälle, der Krieg hatte viele Gräben aufgerissen. Plötzlich hielt Sebastian inne. Seine Finger blieben still auf dem Lenkrad liegen. Welchen Stadtteil hatte Brigitte Mehldorn eben noch genannt? War es nicht Uhlenhorst? Sebastian strich sich mit den Händen über das Gesicht: Warum hatte er es nicht sofort bemerkt? Uhlenhorst – dort war auch Jack Menzel aufgewachsen. Die beiden mussten sich gekannt haben!

Wieder mal war der pensionierte Herr Lenz eine Hilfe für Sebastian gewesen. Ein Telefongespräch hatte gereicht. Sebastian hatte ihm vom Stand der Ermittlungen berichtet, worauf Lenz ihm empfahl, den Hamburger Universitätsprofessor Peter Binswanger, Spezialist für den Widerstand im Nationalsozialismus, aufzusuchen, der sich beim Thema Hamburger Swingjugend vermutlich auskennen würde.

Der Professor, ein leicht untersetzter Mann mit Halbglatze und Hornbrille, saß über eine Akte gebeugt in seinem unaufgeräumten Büro, in dem mehrere Fliegen umherflogen. Der Mann hatte Sebastians Eintreten nicht bemerkt. Sebastian versuchte, durch mehrmaliges Räuspern auf sich aufmerksam zu machen, aber der Professor reagierte nicht darauf – entweder war er schwerhörig oder sehr in Gedanken vertieft. Sebastian wollte noch mal an die Tür klopfen, als er sah, wie der Oberkörper des Professors sich langsam aufrichtete, seine Hand nach einer Fliegenklatsche griff und entschlossen auf das Fensterbrett schlug. Die Fliege war entwischt und flog aufgeregt hoch oben in der Ecke herum. Genervt schaute der Professor ihr nach. Als er den Blick wieder senkte, sah er Sebastian und erschrak.

»Entschuldigung«, bat Sebastian. »Ich wollte Sie nicht erschrecken. Sebastian Fink ist mein Name.«

Der Professor sah ihn über seine Brille hinweg ärgerlich an. Dann legte er die Fliegenklatsche zur Seite, atmete tief durch und fragte: »Wie war noch Ihr Name?«

»Fink. Ich komme von...«

»Ja, ja, Lenz. Er hat mich angerufen und einen Sebastian Fink angekündigt.« Der Professor stand auf und reichte Sebastian die Hand. Seine umständlichen Bewegungen standen in einem seltsamen Kontrast zu seinem faltenlosen Gesicht. Sein Alter wäre schwierig zu schätzen gewesen.

»Lenz sagte, Sie bräuchten Informationen zur Swingjugend...«

Sebastian nickte, und der Professor legte gleich los: »Die Swingjugend wird als Widerstandsbewegung im Dritten Reich angesehen, obwohl die Leute eigentlich unpolitisch waren. Ihr Widerstand ergab sich aus der Haltung, sich dem Gleichmacherprinzip der Nationalsozialisten in den Weg zu stellen. Wie Jugendliche eben so sind. Sie wollten einfach nur Swingmusik hören und spielen. Dafür wurden sie verfolgt, und wenn sie gefasst wurden, mussten sie harte Strafen über sich ergehen lassen. Einige von ihnen sind sogar im KZ gelandet. Wollen Sie eine Arbeit darüber schreiben?«

»Ich bin kein Student«, antwortete Sebastian, der sich wunderte, dass Lenz den Professor offenbar nicht richtig informiert hatte. Oder er hatte es doch getan, und Binswanger hatte es schon wieder vergessen. »Ich bin Kriminalkommissar.«

»Wie bitte?!« Professor Binswanger plumpste in seinen Stuhl zurück. »Da habe ich Sie ja vollkommen falsch eingeordnet, ich bitte um Entschuldigung. Worum geht es denn?«

»Das darf ich Ihnen leider nicht sagen. Erzählen Sie doch bitte weiter. Wie kamen die Jugendlichen denn ausgerechnet auf Swing?«

Der Professor legte sein Kinn auf den ausgestreckten Daumen. »Wissen Sie denn, was Swingmusik genau ist? Wie sie entstanden ist?«

Der Begriff war ihm geläufig, jeder kannte Swingmusik. Es gab ein Album von Robbie Williams, das ein großer Erfolg gewesen war. Aber Sebastian hatte keine Ahnung, woher sie kam.

»Also, man muss wissen, dass am Anfang der ganzen Sache der Jazz stand«, begann der Professor in einem Ton, als würde er eine Vorlesung halten. »Die Jazzmusik schwappte Ende der zwanziger Jahre von Amerika nach Europa. Hier wurde die Musik der Schwarzen von europäischen Künstlern aufgenommen. Aber anders als bei den Schwarzen, die mit wenigen Instrumenten auskamen, wurde die Jazzmusik in Europa von Orchestern gespielt. Dadurch veränderte sich die Musik. Die Europäer erfanden eigene Stücke, die melodischer waren, die im Grunde aber immer noch dem Jazz zuzuordnen sind. Die Leute tanzten dazu, eine richtige Tanzwut entstand, und das Tanzen nannte man Swingen. So bekam der neue Jazz den Namen Swing. So einfach können Begriffe entstehen, die sich dann um die ganze Welt ausbreiten und sich über Jahrzehnte halten. Und über siebzig Jahre später wissen viele gar nicht mehr, woher der Begriff genau stammt...«

Als wieder eine Fliege auf dem Fensterbrett landete, griff der Professor erneut nach der Klatsche. Doch die Fliege sauste davon. Binswanger schüttelte den Kopf und fuhr dann fort: »Die Swingjugend war ein Phänomen, das es in mehreren Großstädten Deutschlands gab, aber in Berlin und vor allem hier in Hamburg fand sie die meisten Anhänger. Auch was ihre Kleidung anging, entsprachen diese Jugendlichen nicht den Vorstellungen der Nationalsozialisten. Meistens trugen sie Anzüge im englischen Stil, mit Hut und so. Oder sie hatten lange Haare, das hat die Nazis sehr geärgert. Und dann haben sie ständig diese Musik gehört und teilweise auch in kleinen Formationen selber gespielt, was den Machthabern ebenfalls nicht passte. Später, im Krieg, wurde es verboten, Swing zu hören oder zu spielen, auch dazu zu tanzen war streng verboten. Die Jugendlichen setzten sich aber über diese Vorschriften hinweg. Aus diesem Grund wurden sie von der Gestapo verfolgt, verhaftet und in Gefängnisse oder kzs gesteckt.«

»Wie viele Jugendliche waren denn beteiligt?«, fragte Sebastian.

»Viele hundert hier in Hamburg. Wenn Sie es genauer wissen wollen, würde ich mal in der Bibliothek des Historischen Seminars im Philosophenturm nachsehen. Die haben da einige Bücher zu dem Thema.« Der Professor verstummte und warf einen langen Blick auf die geöffnete Akte vor sich. Sebastian verstand. Er bedankte sich für die Informationen und verabschiedete sich. In die Bibliothek würde er bald gehen und nach Büchern sehen. Vielleicht hatte er Glück, und es kämen irgendwo die Namen Perkenson oder Menzel vor. Gespannt war Sebastian jetzt auch darauf, ob Pia eventuell schon neue Informationen in Osnabrück erhalten hatte.

Er war gerade in sein Büro getreten, als Pia endlich anrief. »Ich habe heute mit drei ehemaligen Musikerkollegen von Jack gesprochen«, erzählte sie. »Sie haben in den Fünfzigern und Sechzigern mit Jack Musik gemacht. Aber den Namen Karl Perkenson hat keiner von denen jemals gehört.«

»Mist«, sagte Sebastian enttäuscht. »Frag dich bitte weiter durch, es muss doch jemand geben, der Karl Perkenson kannte!«

»Okay«, meinte Pia, aber Sebastian hörte ihr an, dass sie keine großen Hoffnungen hatte.

Nachdem Sebastian aufgelegt hatte, fiel ihm ein, dass das Alibi von Gregor Gellz noch immer nicht bestätigt war. Vor ein paar Stunden war Jens mit dem Musikmanager nach St. Pauli aufgebrochen, deshalb wählte er jetzt die Nummer seines Assistenten.

»Einen Moment«, sagte Jens. »Nur noch wenige Sekunden...«

Sebastian verstand nicht.

»Ist gleich so weit... drei, zwei, eins.«

Und dann schwang die Bürotür auf, und Jens stand da mit

seinem Handy am Ohr. »Ich war gerade auf dem Weg zu dir.«

Jens erzählte vom Besuch in der Herbertstraße. »Unser Mann war dort ziemlich bekannt, er grüßte links und rechts, scheint Stammgast dort zu sein.«

»Und was ist mit dem Alibi?«, fragte Sebastian.

»Ist wasserdicht«, sagte Jens. »Eine Chantal bestätigte, dass er eine halbe Stunde bei ihr war. Vier andere Nutten hatten ihn ebenfalls in der Nacht gesehen, genau zu der Zeit, als Jack Menzel im Park-Hotel umgebracht wurde. Gregor Gellz kann es definitiv nicht gewesen sein.«

Sebastian verschränkte die Arme vor der Brust und seufzte. »Heißt das etwa, dass wir wieder von vorne anfangen müssen?«

13

Er legte die Finger auf die Tastatur der alten Schreibmaschine, die seit Jahren unbenutzt im Schrank gestanden hatte. Jetzt, da er über die Vergangenheit berichten wollte, fielen ihm die tiefen Furchen auf, die das lange Leben in seine Haut gegraben hatte. Er war sich unsicher über die korrekte Anrede in dieser prekären Angelegenheit, also ließ er sie erst einmal weg. Wenn er den Brief zu Ende geschrieben hätte, würde sich die richtige Anrede vielleicht von allein ergeben.

Ich schreibe Dir von der Ostsee, wo ich lebe. Von meinem Wohnzimmer blicke ich auf den Strand und höre die Wellen, die das Meer an Land treibt. Die Regelmäßigkeit der Brandung erinnert an das unaufhaltsame Fließen der Zeit.

Jeden Morgen, noch bevor es dämmert, setze ich mich ans Fenster und beobachte den anbrechenden Tag. In diesen frühen Stunden holt mich die Vergangenheit ein. Dabei hoffte ich so sehr, dass die Zeit meine Erinnerungen verblassen lassen würde, aber das ist nie passiert. Manche Erinnerungen soll man wohl bewahren, sie sind unauslöschbar.

Bis heute bin ich mir unsicher, ob ich Dir überhaupt schreiben darf. Ich habe schon viele Anläufe genommen, viele halb beschriebene Blätter zerrissen. Aber heute will ich es tun, weil es meine Pflicht ist.

Ich will Dir erzählen von dem Tag, der mein Leben verändern sollte. Es war ein Tag im Juli, im heißen Sommer 1941. Ich war mit einem Mädchen verabredet, das ich schon seit einiger Zeit kannte. Wir gehörten zur selben Clique, aber wir hatten uns noch nie allein getroffen. Ich war so aufgeregt, wie Du Dir das vielleicht gar nicht vorstellen kannst. Wir hatten zuvor oftmals Blicke getauscht, und irgendwann habe ich mich endlich getraut, sie um ein Rendezvous zu bitten. Sie sagte zu und schlug als Treffpunkt einen stillen Platz am Elbstrand vor. Voller Erwartungen, aber auch etwas bange, radelte ich in Hamburgs Westen. Doch ausgerechnet an diesem Tag ging der Reifen kaputt, er war platt wie eine Flunder. Ich warf das Rad kurz entschlossen hinter ein Gebüsch und rannte los. Zwanzig Minuten bin ich gelaufen, das weiß ich noch ziemlich genau, denn sie stand da, zeigte mit dem Finger auf ihre Uhr und sagte: Mensch, Hein, auf die Sekunde! Ich konnte kaum antworten vor Erschöpfung, gab ihr die Hand, so wie wir es bis dahin gehalten hatten. Sie ließ jedoch meine Hand nicht wieder los, und wir sahen uns lange in die Augen. Diesen Moment habe ich bis heute nicht vergessen: die Sommerluft, die flimmernde Hitze über dem Wasser, die Laute der Natur ringsum. Und ihre Augen, tief und grün.

Wir spazierten an der Elbe entlang, die nackten Füße im warmen Sand. Es war das erste Mal, dass ich die Haut eines anderen Menschen bewusst spürte, und das erste Mal, dass das Gefühl von Liebe, das mich bis dahin eher verwirrt und verstört hatte, in Glück umschlug. Ich war in eine neue Welt eingetreten, fühlte mich stark, unverwundbar und empfand eine nie gekannte Freiheit. Die Nazis, der Krieg, die Angst – das alles war plötzlich weit weg.

Und dann hatte mein Mädchen eine Überraschung für mich. Sie sagte, dort, wo das Schilf besonders hoch wächst, dort solle ich suchen. Ich fand ein Koffergrammophon, und sie lachte, als sie mein verblüfftes Gesicht sah. Am Strand lag ein Holzboot, das schoben wir ins Wasser und hinterließen dabei eine lange Spur im Sand. Ich paddelte zu einer Stelle, an der die Strömung uns nicht mitzog, während sie das Grammophon auf dem Schoß hielt. Es gehörte ihren Eltern, sie hatte es einfach von zu Hause mitgenommen.

In der kleinen Bucht waren wir sicher vor der Welt. Sie legte eine Platte auf, und es erklang ein Stück von Benny Goodman. Die Musik, das glitzernde Wasser, der weite Himmel, ihre braunen Locken im milden Wind – ich fühlte mich wie im Paradies. Wir küssten uns, ihre Lippen waren warm und weich.

Ab diesem Tag waren wir unzertrennlich. Ich genoss es unendlich, ihre zarte Haut zu spüren, mit ihren Locken zu spielen, in ihre Augen zu sehen, so leuchtend, wie ich danach nie wieder welche gesehen habe.

Wir liebten den Jazz und den Swing, die »Niggermusik«, wie die Nazis geiferten. Schallplatten von unseren Lieblingsmusikern fand man in keinem Geschäft. Sie waren verboten. Aber unten am Hafen gab es eine kleine Musikalienhandlung, die hatte vorne im Laden das übliche

Sortiment von Instrumenten, Noten und Schallplatten, die dem Diktat der Zeit entsprachen. Doch wir wussten, dass der Besitzer auch anderes im Angebot hatte. Einmal, als wir in sein Geschäft kamen, schloss er aufgeregt die Tür ab und schob uns ins Hinterzimmer. Zwischen Kartons und allerlei anderen Platten zog er eine Originalaufnahme von Louis Armstrong hervor, den Tiger Rag! Eine Sensation war das damals. Der alte Mann warf das Grammophon an, und Louis Armstrongs Musik erfüllte den Raum. Mit einem Schlag befanden wir uns in einer anderen Welt. Mein Mädchen und ich tanzten einen Swing, der Ladenbesitzer wippte mit. Doch die Freiheit währte nur kurz. Kaum war der letzte Ton des Liedes verklungen, hörte man, wie jemand kräftig ans Schaufenster klopfte. Es war eine Stammkundin, eine stramme Nationalsozialistin, und sie musterte uns streng, während wir am Klavier saßen und vierhändig Bach spielten ...

Ein paar Tage später wartete ich am Hafen, in der Nähe des Geschäfts, bis ich sicher sein konnte, dass niemand mehr drin war. Dann trat ich ein und kaufte die Armstrong-Platte. Ich wollte sie meinem Mädchen zum Geburtstag schenken, ich war mir sicher, dass ich ihr damit eine Freude bereiten würde.

Entschuldige bitte: Ich kann jetzt nicht mehr weiterschreiben. Ich habe Schmerzen in den Fingern – sie sind das Tippen nicht mehr gewohnt. Ich werde diesen Brief aber heute noch zur Post bringen, weil die Zeit drängt. Morgen werde ich Dir einen zweiten Brief schreiben, denn es gibt noch einiges, das Du erfahren musst.

Er überlegte, mit welchem Namen er unterschreiben sollte. Er hatte nicht einmal eine Anrede, also musste der Brief doch zumindest eine Unterschrift bekommen. Es kamen zwei Namen in Frage: Hansen oder Rellingen. Er konnte natürlich den Nachnamen weglassen, das würde es einfacher machen. Nur mit seinem Vornamen zu unterschreiben – ob er sich das in dieser Situation erlauben konnte? Eine Weile saß der alte Mann reglos in seinem Stuhl und sah hinaus auf die See. Dann unterschrieb er den Brief mit »Hein Hansen«.

14

Wieder war es ein heißer Tag geworden. Seit Wochen glich ein Tag dem anderen, das Wetter in diesem Sommer war phantasielos. Er blickte in den Himmel, zwei strahlend weiße Wölkchen hingen im weiten Blau. Er schlenderte, die Hände in den Taschen, ein entspanntes Lächeln auf den Lippen, über den Campus. Als der Philosophenturm vor ihm auftauchte, zögerte er. Genau zehn Tage waren vergangen, seit er das letzte Mal in der Bibliothek des Historischen Seminars hoch oben im neunten Stock gewesen war. Seither hatte sein Leben sich komplett verändert. Zwar war er nach dem Mord an Perkenson fast in eine Krise geschlittert, doch seit dem zweiten, an Jack Menzel, fühlte er sich merkwürdig frei. Am Sonntag hatte er die Meldung von Jacks Tod im Radio gehört. Danach war er lange spazierengegangen und hatte mit Erstaunen eine tiefe innere Beruhigung bemerkt. In den folgenden Tagen hatte er sich manchmal ermahnen müssen, sich nicht zu einer gefährlichen Nachlässigkeit verleiten zu lassen. Er war ein paarmal im Supermarkt gewesen, hatte vom Schuster die neubesohlten Schuhe seiner Mutter abgeholt und sie ihr gleich in die Klinik nach Bersholm gebracht. Er hatte sich bemüht, seinen Alltag beizubehalten, und gemerkt, dass ihm seit dem zweiten Mord alles leichter gefallen war.

Die Bibliothek des Historischen Seminars, wo er vor den beiden Taten viele Tage und Stunden verbracht hatte, hatte er jedoch noch nicht wieder besucht. Sein Alltag hatte einen Bruch erlitten. Aber das würde sich bald wieder ändern. Er würde ohnehin ab dem Herbstsemester regelmäßig lernen müssen. Sein Leben als Student der Geschichtswissenschaften ging weiter, er hatte sechs Semester hinter sich, und nach eigener Einschätzung lagen noch etwa vier vor ihm.

Die Kurse für das Herbstsemester hatte er schon ausgesucht. Er hatte es stets so gehalten, dass er die Themen frühzeitig gut vorbereitete. In Zukunft wollte er es genauso tun. Heute Morgen hatte er daher entschieden, seine Besuche in der Bibliothek wiederaufzunehmen und sich in eines der neuen Themen – die Geschichte der Hanse – einzuarbeiten.

Die Bibliothekarin, die heute am Eingang saß, war eine andere als beim letzten Mal. Sie war deutlich jünger. Seit er an der Hamburger Uni studierte, saßen auf diesem Platz immer wieder neue Gestalten. Er war schon am Empfang vorbei, als hinter ihm eine laute, gepresste Stimme sagte: »Entschuldigung, Sie müssen sich eintragen.« Er verdrehte die Augen. Dass man sich eintragen musste, war offiziell Pflicht, aber es hielten sich nur wenige daran. Die anderen Frauen hatten bislang nie bemerkt, wenn er einfach an ihnen vorbeigegangen war. Besonders in den letzten Monaten, seit sein Plan sich zu entwickeln begann, hatte er es vermieden zu unterschreiben. Nicht nur hier, sondern ganz generell hatte er das Hinterlassen von Spuren zu vermeiden versucht, und es war ihm überraschend oft gelungen.

Drinnen saßen vereinzelt Studenten über die Lesetische gebeugt. Niemand sah auf, als er den Raum durchschritt. Er verschwand in einem der Büchergänge und kam mit vier Werken über die Hanse wieder raus. Sein Lieblingsplatz, direkt an der Fensterfront mit Blick auf die Stadt, war frei. Zufrieden setzte er sich, schob die Bücher an den Rand seines Tisches, wählte in Ruhe eines aus und schlug es auf. Er hatte sich schon immer gut konzentrieren können, aber heute brauchte er lange, bis er sich in die neue Thematik der Hanse vertieft hatte.

Wie viel Zeit inzwischen vergangen war, hätte er nicht sagen können. Und er hätte auch keinen Grund gewusst, warum er plötzlich den Gang hinunterschaute. Er hatte nichts gehört, es hatte auch keinen Anlass gegeben, genau in diesem Moment aufzusehen – gerade als die beiden Studentinnen am anderen Ende des Raums flüsternd verstohlene Blicke in seine Richtung warfen. Erschrocken wandte er sich ab, guckte in die andere Richtung, wo vor dem verlassenen Tisch der Bibliothekarin ein älterer, blonder Student stand und sich suchend umsah. Als er aus dem Augenwinkel wahrnahm, dass die beiden Frauen sich über ein Buch beugten, nutzte er die Gelegenheit, sie genauer zu mustern. Ein paarmal schon hatte er die beiden auf dem Campus gesehen, eine von ihnen erst kürzlich in der Mensa, an der Getränkeausgabe. Sie hatte ein rotes Cape angehabt, daran erinnerte er sich deutlich. Aber er hatte nicht den Eindruck gehabt, dass sie ihn wahrgenommen hatte. Warum also interessierten sich die Frauen für ihn? Hatten die beiden ihn in letzter Zeit heimlich beobachtet? Hinter seinen Plan konnten sie nicht gekommen sein. Hatte er heute vielleicht etwas Auffälliges an sich? Mit schnellem Blick überprüfte er seine Kleidung. Er tastete sein Gesicht ab – vielleicht klebte da irgendetwas? Krümel vom Mittagessen? Vorsichtig blickte er wieder zu den Frauen rüber. Ob sie konzentriert lasen oder dies nur vortäuschten, konnte er nicht erkennen.

Am liebsten wäre er einfach weggelaufen, so deutlich spürte er ein Gefühl von Gefahr. Er kam sich vor wie ein einsamer Läufer in der Savanne, den das heisere Gebrüll eines Löwen erstarren lässt, der aber nicht orten kann, aus welcher Richtung es kommt. Bliebe er stehen, bedeutete dies möglicherweise den Tod. Doch weiterzugehen könnte genauso gefährlich sein. Er kann also nichts tun, außer zu hoffen.

In seinem Hals machte sich der Hustenreiz bemerkbar. Hier in der Bibliothek durfte er keinen Hustenanfall bekommen! Er steckte schnell ein Bonbon in den Mund. Als der Reiz nachließ, konnte er wieder in Ruhe überlegen: Die Bibliothek jetzt zu verlassen wäre unklug gewesen. Wenigstens ein paar Minuten musste er noch ausharren, um nicht aufzufallen. Er stützte sich auf seine Ellbogen und bemühte sich, gleichgültig zu wirken. Währenddessen war die Bibliothekarin zurückgekehrt und sprach mit dem älteren Studenten, der ihr seinen Ausweis zeigte.

Eine der beiden Studentinnen blickte unterdessen wieder in seine Richtung. Er versuchte ruhig zu atmen. Eins war klar: Er hätte nicht herkommen sollen. Sein Instinkt hatte ihn seit den Morden an Perkenson und Jack unbewusst davon abgehalten, diesen Ort wieder aufzusuchen. Doch jetzt saß er hier. Er fuhr mit der flachen Hand ein paarmal über das rauhe Papier des alten Geschichtsbuchs, das vor ihm lag.

Dann zwang er sich weiterzulesen. Am Ende des Absatzes angelangt, bemerkte er, dass er vom Inhalt des Textes nichts aufgenommen hatte. Er schnaubte leise und fing noch einmal von vorne an. Er war gerade an das Ende der Seite gelangt, als er innerlich zusammenfuhr: Aus dem Augenwinkel hatte er bemerkt, dass eine der Studentinnen von ihrem Platz aufgestanden war und mit großen Schritten auf ihn zukam. Der jagende Löwe hatte den einsamen Läufer in der Savanne entdeckt, nun war er seinem Schicksal vollkommen überlassen.

Ihm blieb fast das Herz stehen. Nur noch wenige Meter trennten ihn von der Frau. »Du bist ein Mörder!«, würde sie gleich sagen. Sie kam näher. Er sah ihr jetzt geradewegs ins Gesicht. Noch näher. Ihr Blick wich dem seinen nicht aus. Dann ging sie jedoch überraschend an ihm vorbei und trat an ein Regal direkt hinter ihm. Mit dem Zeigefinger fuhr sie über die Buchrücken und zog ein Exemplar heraus.

Er atmete auf. Er hatte sich geirrt. Sein Feingespür war offenbar außer Takt geraten. Das war gefährlich, er musste sich zusammenreißen. Er durfte in diesen Tagen keinesfalls aus Nervosität auf sich aufmerksam machen. Eine Weile starrte er aus dem Fenster und kam dann langsam wieder zur Ruhe.

Obgleich er sich in den vergangenen Tagen ungewohnt wohl gefühlt hatte, waren seine Nerven durch die dramatischen Ereignisse der letzten Zeit wohl überempfindlich geworden. Das hatte er unterschätzt. Stress kann im Verborgenen wirken, ein Saboteur, der überraschend und plötzlich zuschlägt. In den kommenden Tagen würde er sich etwas schonen müssen.

Eine Weile wanderte sein Blick ziellos über die Dächer der Stadt. Jetzt erst fiel ihm auf, dass in einiger Entfernung, aber gut sichtbar, das Dach des Park-Hotels und darunter das oberste Stockwerk zu sehen waren. Er beugte sich etwas vor und kniff die Augen zusammen. Die Suite, in der DJ Jack am Samstag vor einer Woche einquartiert gewesen war, musste hinter den ersten drei Fenstern von links liegen. Er zählte weiter und erkannte den Balkon, auf dem er an jenem Samstagabend gestanden und mit sich gerungen hatte, ob er seinen Plan wirklich durchziehen sollte. Sein Blick wanderte zögernd weiter und blieb dann an der breiten Fensterfront hängen, hinter der sich das Schwimmbad des Park-Hotels befand. Für einen Moment sah er Jack vor sich, diesen alten Mann mit der bleichen, teigig wirkenden Haut. Er bemerkte aufsteigende Übelkeit. Er wollte jetzt nicht an Jack denken. Lieber rief er sich noch einmal die Minuten nach der Tat ins Gedächtnis. Das Erstaunen darüber, dass es möglich gewesen war, ungesehen einen Mord zu begehen und ein großes Hotel unerkannt zu verlassen. Er spürte, wie sich seine Gesichtszüge wieder entspannten.

Plötzlich zog er den Kopf ein. Was hatte die Bibliothekarin da gesagt? »Für die Kriminalpolizei machen wir natürlich eine Ausnahme.« Vorsichtig blickte er hinüber und sah, wie der blonde Mann dankend nickte.

Sein Magen zog sich zusammen, giftig schmerzend, als ob er Zitronensaft getrunken hätte. Er krümmte sich. Für einen Moment glaubte er, sich mitten in die Bibliothek übergeben zu müssen.

Seine Intuition hatte ihn also doch nicht getrogen, er befand sich tatsächlich in allerhöchster Gefahr. Aus dem Augenwinkel sah er, wie die Frau den Mann von der Kripo an ein Regal hinter seinem Rücken führte. Sein Herz begann zu rasen. Nur wenige Meter von ihm entfernt blätterte der Mann nun stehend in einem Buch. Er hatte sich von der Bibliothekarin genau zu jenem Regal führen lassen, wo er selbst in den letzten Monaten die Bücher über die Swingjugend herausgeholt hatte. Das Buch, in dem der Mann gerade las, war eines derjenigen, die auch er vor kurzem studiert hatte. Er konnte das Atmen des Kommissars hören. Mit der Hand fuhr er sich über die Stirn, kalter Schweiß blieb an seinem Handrücken kleben. Er fühlte sich wie am Rande eines Wirbelsturms. Noch stand er auf seinen Füßen, aber bald schon könnte er fortgerissen werden.

Er versuchte seine Gedanken zu ordnen. Er biss sich auf die Unterlippe, der Schmerz brachte ihn in die Wirklichkeit zurück. Er beugte sich wieder über sein Buch und begann zum dritten Mal den Absatz über die Hanse zu lesen. Nachdem er die nächste Seite durch hatte, wunderte er sich. Es war seltsam: Jetzt, wo die Gefahr so nahe und real war, gelang es ihm, sich auf den Text zu konzentrieren. Während andere vor der Vergangenheit flüchteten, flüchtete er sich *in* die Vergangenheit und kam so wieder zur Ruhe.

Er hatte schon vier Seiten gelesen, als der blonde Kommissar hinter seinem Rücken den Gang hinunterging und einen Stapel Bücher für die Ausleihe auf den Tisch der Bibliothekarin legte.

Als der Mann endlich verschwunden war, packte auch er seine Sachen und ging.

Als er den Campus verließ, entdeckte er ihn wieder. Der Mann von der Kriminalpolizei ging über die Straße und auf ein Eiscafé zu. Dort schlängelte er sich zwischen vollbesetzten Tischen durch und begrüßte schließlich einen kleinen Jungen und eine Frau, die einen Hut trug. Wahrscheinlich war das seine Familie. Wie hypnotisiert blieb er stehen. Er musste aufpassen, aber er befand sich in sicherer Entfernung. Außerdem waren die drei sehr miteinander beschäftigt.

Irgendetwas sagte ihm, er solle die drei weiter beobachten. Ob sie wohl irgendwo hier in der Nähe wohnten? Es könnte ganz nützlich sein, etwas über sie in Erfahrung zu bringen. Er überlegte. Noch heute musste er den dritten und letzten Teil seines Plans in die Wege leiten. Aber zunächst, entschied er, würde er warten, um dem Kommissar und seiner Familie später in sicherer Entfernung zu folgen.

Auf dem Tisch standen drei Eisbecher. Sebastian hatte seit langem kein Eis mehr gegessen, obwohl dieser Sommer bisher so heiß gewesen war. »Ich hab's einfach vergessen«, sagte er. Vor ihm stand ein Spaghettieis, in das er seinen Löffel versenkte.

»Letztes Jahr hast du dir jeden Tag ein Eis geholt, weißt du noch?«, sagte Anna.

Damals gab es in ihrer Straße einen kleinen Eisladen, und Sebastian hatte sich das tatsächlich angewöhnt. Erst nachdem der Laden hatte schließen müssen, war er von der Sucht befreit. »Dafür esse ich jeden Tag eine Tafel Schokolade«, murmelte Sebastian.

»Und Gummibärchen«, ergänzte Anna.

»Zucker ist schlecht für die Zähne«, warf Leo mit verschmierten Mund ein.

Anna strich ihrem Sohn über den Kopf: »Da hast du recht, mein Schatz.« Mit ihm hatte sie zwei Eis pro Woche verabredet. Aber nur im Sommer.

Nachdem sie ein paar Löffel vom Bananasplit gegessen hatte, fiel Annas Blick auf den blauen Beutel neben Sebastian. »Was ist denn da drin?«, fragte sie.

»Ich habe mir aus der Bibliothek ein paar Bücher über die Hamburger Swingjugend ausgeliehen. Ich muss mich da ein bisschen einarbeiten, könnte mir bei den Ermittlungen helfen.«

Anna sah ihn fragend an.

»Jack Menzel hat doch davon gesprochen, dass er und seine Freunde in der Nazizeit Swingmusik hörten und spielten, obwohl es verboten war. Das war die Swingjugend. Die Tochter des Postboten Karl Perkenson hat auf dessen Dachboden eine alte Schellackplatte gefunden, eine Aufnahme von Louis Armstrong. Wir müssen jetzt herausfinden, ob der Mann früher auch mit der Swingjugend zu tun gehabt hat, das könnte nämlich die Verbindung zu Jack gewesen sein. Ist nur eine Spur, aber der sollte man nachgehen.«

»Was ist denn eine Schellackplatte?«, fragte Leo.

Sebastian warf Anna einen hilflosen Blick zu. Wie sollte er das dem Jungen erklären?

»Ich weiß es auch nicht«, sagte Anna.

Sebastian hatte das auch erst kürzlich erfahren. Nun musste er es einer Erwachsenen erklären und zugleich einem Kind, das wohl noch nicht mal wusste, was eine Schallplatte war. Er entschied sich für eine ganz kurze Version: »Mit einer Schallplatte kann man Musik hören«, sagte er zu Leo. »Schellack ist das Material, aus dem früher die Platten hergestellt wurden, ganz schwere Dinger waren das.« Ob diese Antwort dem Kind wohl genügte?

»Was denn für Musik?«, fragte Leo.

Anna beantwortete ihrem Sohn aus Prinzip nahezu jede Frage, aber manchmal war sie dazu einfach zu müde. Deshalb lenkte sie jetzt seine Aufmerksamkeit auf das Eis, das ihm schon vom Löffel tropfte.

Nachdem sie gezahlt hatten, schlenderten die drei die Barthstraße entlang, wobei sie ab und zu vor kleineren Geschäften mit bunten Schaufensterauslagen stehenblieben. Von hier war es nicht mehr weit zum Benderplatz.

Dass ihnen in sicherer Entfernung ein Mann folgte, fiel weder Sebastian noch Anna, noch Leo auf.

15

Den Vormittag hatte er lesend zu Hause im Wohnzimmer verbracht. Jetzt lagen die Bücher, die er aus der Bibliothek des Historischen Seminars entliehen hatte, um das Sofa herum verstreut auf dem Holzfußboden. Auf dem Bildschirm des Computers, der in der Ecke stand, flimmerte die geöffnete Website einer Swinggemeinde. Sebastian stand in der offenen Küche und kochte sich einen Tee. Dann setzte er sich mit einer vollen Tasse an den Küchentisch und notierte sich ein paar Dinge zum Stand der Ermittlungen:

– *Verbindung von Karl Perkenson und Jack Menzel: Swingmusik?*
– *Jack womöglich Mitglied einer Band von damals. Perkenson auch?*
– *Swingmusiker wurden ins Gefängnis gebracht. Weitere Informationen in der Gedenkstätte Fuhlsbüttel?*

Die Straße zum Hamburger Airport kannte Sebastian von zahlreichen Flugreisen. In der Nähe lag das Gefängnis Fuhlsbüttel. Er steuerte sein Auto von der Flughafenstraße in eine kleine Nebenstraße, ließ rechts und links einige Häuser liegen, ein Stückchen Grün, einige Bäume. Dann sah er die hohe Mauer mit dem Stacheldraht. Das Gefängnis.

Als Sebastian die Autotür zuschlug, hallte es nach, aber das Echo wurde von der schweren Stille, die über dem Areal lag, schnell geschluckt. Die Gedenkstätte befand sich im ehemaligen Haupttor des Gefängnisses, das in den dreißiger und vierziger Jahren auch ein KZ gewesen war. In der Ecke des Eingangs, hinter einem Tisch, auf dem einige Bücher zum Verkauf auslagen, saß ein Mann mittleren Alters mit Brille und spitzem Bart. »Kommen Sie rein«, sagte er mit heiserer Stimme. »Die Ausstellung ist geöffnet.«

Sebastian schien der einzige Besucher zu sein. »Ich habe eine ganz konkrete Frage«, eröffnete er das Gespräch. »Waren in den vierziger Jahren auch Anhänger der Swingjugend hier inhaftiert?«

Der Mann nickte. »Wegen der Swingjugend kommt so gut wie nie jemand hierher«, sagte er. »Darf ich fragen, weshalb Sie sich für das Thema interessieren?« Über den Rand seiner Brille hinweg sah der Mann Sebastian aufmerksam an.

»Ich schreibe eine Arbeit zu dem Thema«, antwortete Sebastian, der sich zunächst nicht als Kriminalkommissar zu erkennen geben wollte, solange dies nicht unbedingt nötig war.

»Sie sind Student?«

Es war, nach dem Besuch bei Professor Binswanger, das zweite Mal innerhalb kurzer Zeit, dass er für einen Studenten gehalten wurde. Diesmal log er: »Ja.«

»Geschichtswissenschaften?«

Sebastian nickte.

»Bei Professor Sellbrück?«

»Richtig.«

Der Archivar rieb sich mit dem Zeigefinger an der Stirn

und murmelte: »Sellbrück… Sellbrück?« Dann hob er den Finger und rief: »Dellbrück heißt er. Mit D.«

»Ich dachte, Sie hätten Dellbrück gesagt«, log Sebastian noch mal.

»Da werde ich mal im Archivraum nachsehen, was wir an Akten zur Swingjugend haben.« Der Archivar wies mit dem Kinn nach oben. »Im ersten Stock sind die Ausstellung und der Leseraum. Es ist genug Platz – Sie sind der einzige Besucher im Moment. Die Akten bringe ich Ihnen hoch.« Bevor er das Zimmer verließ, drehte er sich noch einmal um: »Oder wollen Sie sich erst mal die Zelle ansehen? Wir haben hier eine nachgebaute Gefangenenzelle, originale Größe, originale Einrichtung.«

Sebastian stimmte zu. Es handelte sich um eine Einzelzelle von wenigen Quadratmetern. An der modrigen Wand stand eine Pritsche aus Metall, unter dem vergitterten Fenster ein kleiner Tisch aus morschem Holz und in einer Ecke eine Waschschüssel aus Blech. In so einem Verlies hatten Menschen Wochen und Monate verbracht, manche sogar Jahre. Mit verschränkten Armen stand Sebastian eine Weile nachdenklich im Raum. Dann trat er zurück in den Gang und erklomm die steinerne Wendeltreppe, die in den ersten Stock führte, wo ihm in der feierlichen Stille des Ausstellungsraums zahlreiche Gesichter entgegenblickten. Die meisten waren Studioporträts. Es gab auch Schnappschüsse aus dem Leben dieser Menschen, zu Zeiten, als das Leid, das auf sie zukam, noch unvorstellbar war. Eine dralle Frau sitzt beim Picknick in einem Park, zwischen Körben und Tellern, und winkt in die Kamera; ein Abiturient präsentiert strahlend sein Zeugnis. Daneben die gut ausgeleuchtete Studioaufnahme eines jungen Mannes im Anzug: Er lehnt sein Kinn auf die Hand und blickt selbstbewusst in das Objektiv – eine Erinnerung für die Familie? Die Freundin? Jetzt, siebzig Jahre später, erinnerte das Porträt weniger an das Leben des jungen Mannes als an das grausame Schicksal, das er hatte erleiden müssen. Der Bildlegende war zu entnehmen, dass er Jude war und in diesen Gemäuern gedemütigt und gefoltert wurde, bevor er in Auschwitz endete.

Sebastian schreckte aus seinen Gedanken auf, als der Archivar im Ausstellungsraum mit einem Stapel Akten im Arm erschien. »Ob das alles ist, was wir zum Thema Swingjugend haben, weiß ich nicht«, meinte der Mann. »Aber damit haben Sie erst mal genug zu tun.«

Er trug die Dokumente in den benachbarten Leseraum. Während Sebastian einen ersten Blick auf den Aktenberg warf, war der Archivar neben ihm stehengeblieben. »Professor Dellbrück ist ja schon lange an der Hamburger Universität«, sagte er nach einer Weile. »Der war schon zu meinen Zeiten dort. Also…« Der Mann legte den Finger auf die Schläfe, senkte den Kopf und schloss die Augen. Die tonlosen Wörter, die ihm über die Lippen kamen, verrieten, dass er rechnete. Auf einmal hellte sich seine Miene auf.

»Oktober 1978 begann ich mein Studium… das ging bis…«

Während der Mann überlegte, rückte Sebastian seinen Stuhl einmal geräuschvoll zurecht.

»…1983… im März«, schloss der Archivar und sah Sebastian erwartungsvoll an. Der nickte dem kauzigen Mann mit einem halbherzigen Lächeln zu und öffnete demonstrativ eine der Mappen. Eine Vertiefung der Unterhaltung wollte er vermeiden. Der Archivar verstand und zog sich zurück.

Er rieb sich kräftig die Augen. Vor ihm, auf dem Tisch verstreut, lagen Dokumente, Akten und Protokolle von Verhören. Eine abgründige Welt hatte sich ihm in den vergangenen zweieinhalb Stunden aufgetan, in der Demütigungen, Folter und Mord von scheinbar normalen Menschen an anderen normalen Menschen begangen worden waren. Sebastian schwirrte der Kopf. Er blätterte weiter, las immer wieder neue Namen und Zahlen. Doch irgendetwas irritierte ihn, etwas verlangte nach mehr Aufmerksamkeit, ja, schrie geradezu danach, es war, als hörte er jemand von weitem seinen Namen rufen. Sebastian blätterte zurück. Hatte er etwas überlesen? Einen Moment lang traute er seinen Augen nicht. Aber je länger er den Namen betrachtete, umso mehr trat er hervor, bis die Buchstaben wie eine Leuchtschrift strahlten: *Joachim Menzel* stand dort, klar und deutlich. Sebastians Herz schlug schneller. Er überflog die Seite mit gierigem Blick, und schon leuchtete der nächste Name auf: *Karl Perkenson*. Die Verbindung der beiden Männer lag vor ihm. Sebastian kam es so vor, als hätte er mit spitzen Fingern aus einer riesigen Lostrommel zwei Hauptgewinne herausgefischt.

Er vergewisserte sich, dass er noch immer allein im Raum war. Dann las er das Protokoll der Vernehmung.

Am 28. 8. 1941 um 02:50 gaben die Herren Joachim Menzel, geboren am 2. 6. 1923, Karl Perkenson, geboren am 10. 7. 1923, und Hein Hansen, geboren am 1. 10. 1923, alle wohnhaft in Hamburg Uhlenhorst, folgenden Sachverhalt zu Protokoll: Am Nachmittag des 27. 8. 1941 habe Frau Marga Viersen, geboren am 3. 7. 1923, wohnhaft in Hamburg Rotherbaum, sie zu einer wehrzersetzenden Veranstaltung in das Lokal Caricata in der Straße Große Bleichen 32 gelockt. Sie habe den Herren bedeutet, es handele sich um eine Informationsveranstaltung über die vorzügliche Arbeit der Deutschen Wehrmacht. Die Herren versichern, von dem tatsächlichen Ziel der Veranstaltung, nämlich der Untergrabung der Wehrhaftigkeit des deutschen Volkes durch das Hören von Niggermusik und entsprechendes Tanzen, nichts gewusst zu haben. Als ihnen die wahre Thematik der Veranstaltung bewusst geworden sei, hätten sie das Lokal unter Protest verlassen. Sie wurden von den Beamten der Geheimen Staatspolizei Schulz und Knebbelt, die ebenfalls Zeugen der Tanzveranstaltung waren, am Ufer der Außenalster festgenommen. Die drei Männer beteuern, sie hätten, wenn ihnen die Beamten nicht zuvorgekommen wären, die nächste Gelegenheit genutzt, den Vorfall der Polizei zu melden.

In den Unterschriften am Ende der Seite waren die Namen der drei Männer gut zu erkennen. Sebastian blätterte weiter zurück. Das Protokoll befand sich in einem schmalen Hefter über eine Marga Viersen. Deren Aussage zu dem Vorfall war ebenfalls enthalten. Hier klang der Vorgang anders. Die Frau sagte aus, sie hätte gewusst, dass auf der Veranstaltung Swingmusik gespielt worden wäre, allerdings hätte sie keine der anwesenden Personen namentlich gekannt. Von den drei Männern war im Protokoll ihrer Aussage keine Rede. Sebastian blätterte weiter und stieß auf eine

Todesurkunde. Am 5. Februar 1942 war Marga Viersen in der Haft gestorben. »Tod durch Krankheit« war die kurze Begründung. Er blätterte weiter, und schon beim nächsten Blatt stutzte Sebastian wieder. Es war eine Geburtsurkunde. Er musste das Datum zweimal lesen: 2. Februar 1942 ... Sebastian lehnte sich in seinem Stuhl zurück. Nur drei Tage vor ihrem Tod hatte Marga Viersen eine Tochter geboren: Sybille Viersen. Sebastian notierte sich die Namen von Mutter und Tochter. Dann nahm er die Akte aus dem Ordner und steckte sie in seine Tasche. Er saß einen Moment reglos da, während in seinem Kopf die Gedanken rasten.

»Perkenson, Menzel, Hansen«, sagte er leise. Zwei von ihnen in kurzer Abfolge ermordet, ohne eine Spur zu hinterlassen. Der Mörder musste ein Profi sein oder zumindest sehr professionell vorgehen. Denn immerhin hatte sich Jack als neuer Star nahezu permanent in der Öffentlichkeit bewegt. Der dritte Unterzeichner, Hein Hansen, befand sich demnach in höchster Gefahr. Wenn er überhaupt noch lebte.

Hektisch suchte Sebastian nach seinem Handy. Er bekam Jens gleich an den Apparat. »Frag bitte nicht. Finde heraus, ob und wo ein Hein Hansen lebt.«

Jens kommentierte kühl: »Hansen. Nicht gerade ein seltener Name... Hast du vielleicht noch ein Geburtsdatum?«

Sebastian schlug die betreffende Seite auf und las das Datum vor. All die Namen, die er in den vergangenen Stunden aufgenommen hatte, die Schicksale, die Greueltaten ... In Sebastians Kopf rasten Wörter und Zahlen im Kreis, wie kleine Gegenstände in einem Wirbelsturm.

»Okay. Ich schau, was ich machen kann«, meinte Jens. »Wo bist du eigentlich?«

Sebastian seufzte. Es drängte ihn, Jens von den Eindrücken der letzten Stunden zu berichten. »Das erkläre ich dir später«, sagte er stattdessen.

»Geht's dir gut?«, fragte Jens vorsichtig.

»Ja, ja.«

Am anderen Ende war es kurz still. »Okay. Bis später«, sagte Jens dann und legte auf.

Sebastian saß noch einen Moment mit aufgestützten Ellbogen am Lesetisch und starrte an die Wand. Welch unfassbare Dinge in dieser Stadt geschehen waren!

Als kurz darauf von draußen der Lärm eines Rasenmähers durch die geschlossenen Fenster drang, begann Sebastian die Akten zusammenzuräumen. Er dankte dem Archivar und verließ die Gedenkstätte. Draußen roch es nach frisch geschnittenem Gras. Auf einem kleinen Trecker fuhr ein Gärtner über die Grünflächen vor der Gefängnismauer. Sebastian setzte sich in sein Auto und warf den Motor an. Dann hielt er inne. Ihm war etwas eingefallen. Warum war er nicht längst darauf gekommen?! Sebastian lief zur Gedenkstätte zurück. Der Archivar, der es sich bei einem Kaffee gemütlich gemacht hatte, sah überrascht auf. »Ich muss etwas wissen«, platzte es aus Sebastian heraus. »Sie sagten, für die Swingjugend würde sich kaum jemand interessieren...«

Der Mann nickte.

»Hat vor mir noch jemand anderes die Akten eingesehen?«

Der Archivar schüttelte den Kopf.

»Bestimmt nicht?«

»Nein. Garantiert nicht.«

Sebastian ließ die Schultern hängen. Der Archivar musterte ihn fragend und sagte in väterlichem Ton: »Befürchten Sie, ein anderer Student könnte auch eine Arbeit über die Swingjugend schreiben?«

Sebastian schüttelte verneinend den Kopf. »Sind Sie denn immer hier?«, fragte er.

»Ja«, antwortete der Archivar, doch gleichzeitig schien er selber zu merken, dass das nicht ganz stimmte. Der Mann wandte den Blick zur Seite. Nach einem Moment des Zögerns sprach er weiter: »Zumindest fast immer. Ganz selten kommt ein Ersatz. Neulich war der Herr Knauer mal da.«

»Wann genau?«

»Vor drei Wochen ungefähr. Aber ich kann Sie beruhigen: Der sagt mir immer, was hier los war. Wegen der Swingjugend war niemand hier. – Ganz sicher«, wiederholte er, nachdem er Sebastians zweifelnden Blick bemerkt hatte.

Sebastian überlegte. Aber der Archivar kam ihm zuvor: »Ich versteh schon: Ich frag ihn noch mal, zur Sicherheit.«

Sebastian schrieb seine Telefonnummer auf einen Zettel und reichte ihn über den Tisch.

Als er zwei Minuten später sein Auto schnell rückwärts aus der Parklücke lenkte, wäre er beinah in den Trecker gefahren. Der Gärtner gestikulierte schimpfend, Sebastian fuhr einfach davon. Seine Gedanken kreisten schon um den dritten Namen: Hein Hansen. Sebastian fragte sich, ob Jens inzwischen zu ersten Informationen gekommen war.

Nervös klopfte Sebastian mit den Fingern auf seinen Schreibtisch. Die Sekretärin hatte gesagt, dass Jens auf dem

Weg zu ihm sei. Kurz darauf stand er mit einem Fax in der Hand in der Tür: »Bei der Meldestelle haben sie schnell gearbeitet. Es gibt vierundzwanzig Hein Hansens in Deutschland. Einen in Hamburg. Aber der ist 1955 geboren.«

»Das ist der Falsche. Wir suchen jemanden im Alter von Karl Perkenson und Jack Menzel, geboren 1923.«

Während Jens' Finger über die Liste fuhr, erzählte Sebastian ihm vom Besuch in der Gedenkstätte. Jens schaute nur kurz auf. Entweder begriff er die Tragweite von Sebastians Beobachtungen nicht, oder Sebastian gelang es nicht, sie zu vermitteln. Vielleicht musste man es selber erleben, um zu verstehen: die Zelle und die Fotos ansehen, die Protokolle lesen, die Atmosphäre in den Gemäuern des Gefängnisses spüren.

Jens' Finger kam auf einer Zeile zu ruhen. »Der älteste Hansen auf dieser Liste ist im Jahr 1930 geboren.«

»Sind auf der Liste denn nur die heute noch lebenden Hein Hansens verzeichnet?«, fragte Sebastian.

»Nein. Hier sind auch einige, die schon gestorben sind.«

Jens sah mit zusammengezogenen Augenbrauen auf die Liste. »Aber keiner, der im Jahr 1923 geboren wurde.«

Eigenartig, dachte Sebastian. Die Daten auf dem Protokoll, das er gelesen hatte, mussten stimmen. Schließlich waren auch die Geburtsdaten von Karl Perkenson und Jack Menzel richtig vermerkt. Er begann gedankenverloren an einem Fingernagel zu kauen. »Vielleicht ist der Mann im Krieg umgekommen?«

Jens faltete das Fax zusammen. »Oder…«, sagte er, »vielleicht hat der Mann den Krieg überlebt und einen anderen Namen angenommen…«

Sebastian sah Jens zustimmend an. »Das könnte sein. Damit hätte er quasi sein eigenes Todesurteil unterschrieben, denn wenn uns sein Name nicht bekannt ist, können wir ihn nicht schützen.«

»Der Mörder kann ihn vielleicht auch nicht finden«, entgegnete Jens.

Sebastian ging zum Fenster und überlegte. »Du hast recht. Aber es besteht auch die Möglichkeit, dass der Mörder die Identität von Hein Hansen auf einem anderen Weg herausbekommen hat…«

»Und wir können nur warten, bis die nächste Todesmeldung eintrifft«, ergänzte Jens resigniert.

Sebastian lehnte sich mit verschränkten Armen ans Fensterbrett und starrte auf den Boden. Anna und Leo waren ihm plötzlich in den Sinn gekommen. Zunächst wusste er nicht, warum. Anscheinend sehnte er sich einfach nach einem Tag Ruhe in familiärer Geborgenheit.

Aber an Ruhe war jetzt nicht zu denken. Er war dafür verantwortlich, dass kein weiterer Mensch umgebracht würde. Es war, wie Lenz gesagt hatte: Der Kommissar und der Mörder lieferten sich ein Marathonrennen, mal ist der eine schneller, mal der andere. Die Entfernung zum Ziel ist unbekannt, es kommt nur aufs Durchhaltevermögen an.

Nachdem Sebastian der Meldestelle den Auftrag übermittelt hatte, alle Daten über Marga Viersen und ihre Tochter Sybille herauszugeben, ging er mit Jens hinunter in die Cafeteria, um einen Kaffee zu trinken.

»Es dreht sich alles um Marga Viersen«, sagte Sebastian, als Jens mit dem Kaffee an den Tisch kam. »Laut Protokoll haben die drei jungen Männer sie quasi ausgeliefert. Aber ob das, was im Protokoll steht, so stimmt, kann man nicht wissen. Schließlich wurde es von der Gestapo verfasst. Die Verhörmethoden waren brutal. Aber was immer damals wirklich geschehen ist – die Vergangenheit hat die Männer nach über sechzig Jahren doch noch eingeholt. Wahnsinn!«

Am frühen Abend kam Jens mit den Ergebnissen der Meldestelle. Sie waren enttäuschend. Weder zu Sybille Viersen noch zu Hein Hansen gab es Auskünfte.

»Sie sind noch dran«, erklärte Jens. »Aus irgendeinem Grund dauert das länger. Ich weiß nicht, warum. Spätestens morgen früh werden wir die Informationen haben.«

16

Heute Morgen schmerzten die Gelenke noch mehr als sonst. Er seufzte, als er sich auf den Stuhl vor seinem Schreibtisch niederließ. Es war noch früh, und über der See hing dichter Nebel. Lange blickte er in die Ferne, wo das Licht eines Fischkutters sich langsam dem Horizont näherte, bis es verschwand. Dann legte er die Finger auf die Tastatur der alten Maschine und begann zu tippen.

Lieber Junge,

Karl Perkenson, Jack Menzel und ich besuchten damals am Ende der dreißiger Jahre das gleiche Hamburger Gymnasium. Wir waren eng miteinander befreundet und verbrachten auch nach der Schule jede freie Minute miteinander. Zu der Zeit galt unsere Leidenschaft natürlich hauptsächlich den Mädchen. Aber nicht nur. Die andere Leidenschaft, die uns verband, war die Swingmusik. Unsere Idole waren Teddy Stauffer, Benny Goodman, der gute alte Duke Ellington und natürlich das Glenn Miller Orchestra. Wir waren sechzehn Jahre alt und nicht zu bändigen, hatten lange Haare, was von den Nazis nicht gern gesehen wurde, und kämmten sie mit viel Brillantine nach hinten. Wir trugen dunkle Nadelstreifenanzüge oder karierte Sakkos, immer bewusst eine Nummer zu groß. Dazu einen weißen Seidenschal und natürlich einen eingerollten Regenschirm. Der war eigentlich Unfug, aber er gehörte halt dazu. Unsere Hosen waren weit, und die Schuhe hatten oft eine helle Kreppsohle. Diese Mode hatten wir uns aus englischen und amerikanischen Filmen abgeguckt, heute kann man über sie nur lachen. Aber wir waren stolz darauf, anders auszusehen als die anderen Jugendlichen mit ihren Kurzhaarschnitten und den schwarzen Halstüchern.

Jack besaß ein eigenes Koffergrammophon und ein paar Schallplatten von englischen und amerikanischen Jazz- und Swingmusikern. Diese Musik war verboten, weil die Komponisten jüdisch waren oder schwarz. Aber das kümmerte uns nicht.

Ich erinnere mich noch gut an den Sommertag im Jahr 1939, als Karl, Jack und ich uns in voller Montur einschließlich Koffergrammophon und Schallplatten auf den Weg zum Stadtpark machten, wo wir den Nachmittag verbringen, Musik hören und tanzen wollten. Unterwegs trafen wir auf eine Streife der HJ, die uns finster musterte. Nur wenige Straßen weiter wurden wir von einem vorbeifahrenden Radler mit einer gepfiffenen Swingmelodie begrüßt – das war damals ein Erkennungszeichen unter uns, der Junge war also ein Swingboy. Du siehst, es gab damals in Hamburg sehr unterschiedliche Einstellungen zum Leben und der politischen Realität. »Swing Heil!«, rief Jack, der Mutigste unter uns, dem Radler noch hinterher. Im Stadtpark legten wir dann die Swingplatten auf.

208

Einige andere Swingboys und -girls kamen zu uns herüber, und wir tanzten unter freiem Himmel. Spaziergänger warfen uns missbilligende Blicke zu; sie hielten uns wohl für verzogene Jugendliche.

Auf dem Nachhauseweg wurden wir von einer Streife der HJ angegriffen. Aber wir hatten ja unsere Regenschirme dabei – damit konnten wir die Jungs in die Flucht schlagen, allerdings bekamen wir auch einige Schrammen ab. Zu Hause mussten wir unseren Eltern das Geschehene beichten, da unsere Verletzungen nicht zu verbergen waren. Sie machten sich Sorgen um uns, große Sorgen. Wir würden von der Schule verwiesen werden, hieß es immer wieder. Aber unsere Eltern sahen auch, dass in dieser dunklen Zeit der Swing unser einziger Spaß war. Am Abend gingen wir schön artig ins Bett. Aber nur, um uns in der Nacht heimlich wieder davonzuschleichen. Dann trafen wir uns mit anderen Swingboys und -girls am Dammtorbahnhof, wo die Lage besprochen wurde: In welcher Bar, in welchem Tanzcafé spielt heute die beste Band? Und dann ging es los ins Faun-Tanzkasino am Gänsemarkt oder ins Café Bismarck in St. Pauli. Oder in die größeren Tanzpaläste: Wie oft sind Karl, Jack und ich ins Café Heinze am Millerntor geschlichen, wo es eine gläserne und von unten beleuchtete Tanzfläche gab, auf der Hunderte Leute tanzten, unter ihnen übrigens viele Frauen mit kurzen, engen Kleidern und grellem Make-up, was uns natürlich begeisterte. Wenn eine Razzia der Polizei stattfand und dabei die Musik kontrolliert wurde, schwenkte das Orchester binnen Sekunden von Jazz auf deutsche Heimatmusik um.

Lieber Junge, du siehst, dass es für uns junge Männer und Frauen eine sehr abenteuerliche Zeit war. Aber es war auch hart. Die meisten Mitschüler machten, was von ihnen verlangt wurde. Man sollte in die HJ eintreten, sich die Haare kurz schneiden und sich anpassen. Deutsche Musik sollten wir hören und nicht diese »Niggermusik«, wie die Nazis den Swing schimpften. Aber Jack, Karl und ich waren nicht davon abzubringen, das war klar.

Wir hörten nicht nur Swing, wir spielten ihn auch. Na ja, wir versuchten es, so muss man es wohl eher sagen. Jack spielte Saxophon, mehr schlecht als recht, Karl hatte eine Gitarre, und ich besaß ein kleines Schlagzeug. Selbst in den ersten Monaten des Krieges trafen wir uns noch regelmäßig und spielten unsere Musik, mit Betonung auf unsere, denn was wir da spielten, war für anderer Leute Ohren wahrscheinlich schlimmer als Katzengejammer.

Die große Wende in unserem von jugendlichem Leichtsinn gekennzeichneten Leben kam an einem Abend im März 1940. Das Tanzverbot in öffentlichen Lokalen galt bereits. Nur Tanzveranstaltungen in »geschlossener Gesellschaft« waren noch erlaubt. In diesem Rahmen hatten schon viele geheime Swingpartys stattgefunden, und an jenem Abend sollte die ganz große Fete steigen. Im Curiohaus an der Rothenbaumchaussee gab es einen großen weißen Saal, und der war dafür mehr als geeignet. Dort tanzten etwa 500 Swingboys und -girls zu den Klängen von Heinz Beckmann und seiner Band. Die Stimmung war phantastisch – besser konnte man sich von der furchtbaren Realität des Krieges nicht ablenken.

An diesem Abend stand ein Mädchen am Rande der Tanzfläche, das uns sofort auffiel. Sie schien allein hergekommen zu sein, und ihre leuchtend grünen Augen sprühten vor Energie. Ja, das war Marga, von der ich Dir in meinem ersten Brief schon berichtet habe. Wir luden sie ein, sich an unseren Tisch zu setzen, und sie verbrachte schließlich den ganzen Abend mit uns. Marga tanzte voller Hingabe, und auch wir schwangen, von ihr angesteckt, so wild das Tanzbein, als hätten wir da schon gewusst, dass es das letzte Mal sein würde. Die Stimmung steigerte sich noch, als Heinz Beckmann zu später Stunde *Biggy Linster, Call me a Baby* und *Summernight Blues* spielte. Aber dann passierte es: Mit einem Schlag flogen die Saaltüren auf, und Gestapo und HJ-ler stürmten den Saal. Die Musik verstummte, die Polizei erklärte die Veranstaltung für beendet. Sie bauten mit Tischen und Stühlen Barrikaden, so dass niemand rauskonnte, und darauf folgte die Ausweiskontrolle. Die meisten von uns waren nicht volljährig und durften zu später Stunde nicht hier sein. Viele wurden festgenommen. Die Mitglieder der Band wurden direkt von der Bühne abgeführt. Haftbefehle gab es nicht, es herrschte Willkür.

Karl, Jack und ich hatten großes Glück: Marga, die schon mehrere Konzerte im Curiohaus besucht hatte und sich in dem Gebäude gut auskannte, führte uns von der Polizei unbemerkt zu einer entlegenen Toilette, wo wir durch das Fenster hinauskletterten und über die Hinterhöfe verschwanden.

Viele Swingboys und -girls wurden mit der grünen Minna abtransportiert und ins Untersuchungsgefängnis zum Verhör gebracht. Von da kamen sie meist ins Jugendgefängnis, wo sie oft ziemlich lange blieben.

Manche tauchten erst nach Monaten wieder aus dem Gefängnis auf und waren total verängstigt. Man hatte ihnen noch schlimmere Strafen angedroht, falls sie sich je wieder erwischen lassen sollten.

Es waren harte Zeiten für alle jene, die sich den Vorstellungen der Nazis nicht anpassen wollten. Einige unserer Freunde waren nach der Razzia im Curiohaus von der Schule verwiesen worden. Doch ich – ich dachte nicht an Gefängnis, Schulverweis, Verhöre oder Verfolgung. Mein erster Gedanke an jedem Morgen galt Marga. Tagsüber war sie oft mit mir und meinen Freunden zusammen, und wenn sie nicht in meiner Nähe war, sehnte ich mich nach ihr. Es ist sicher schwer vorstellbar, dass man in Kriegszeiten glücklich sein kann. Aber wenn man verliebt ist, dann ist man immer und überall glücklich.

Nach ein paar Wochen bemerkte ich jedoch, dass Karl ebenfalls ein Auge auf Marga geworfen hatte und mit mir um ihre Gunst wetteiferte. Die Schallplatte *Tiger Rag,* die ich Marga zum Geburtstag schenken wollte, war jedenfalls, kurz nachdem ich sie in der Musikalienhandlung am Hafen gekauft hatte, plötzlich verschwunden und tauchte nicht wieder auf. Ich werde nie erfahren, ob Karl dahintersteckte. Egal, viel wichtiger war es für mich, dass Marga sich für mich entschied.

Ich kann jetzt nicht weiterschreiben. Die Erinnerungen quälen mich zu sehr.

Durch mein Fenster kann ich den weiten Himmel über dem Meer sehen, der nun eine andere Farbe bekommt. Das tiefe Grau wird von hellen Streifen durchzogen. So ist es jeden Morgen. Es sei denn, die Nacht war sternenklar, aber das kommt an der Ostsee nur selten vor.

Ich werde mich bald wieder melden.

Hein Hansen

17

Er rollte seinen Bürostuhl vor das geöffnete Fenster und blickte auf die hohen Pappeln, deren Blätter schon am frühen Vormittag erschlafft im warmen Wind hingen. Das frische Grün war im Laufe des Sommers einem dunkleren Farbton gewichen. Sebastian schloss die Augen und atmete die frische Morgenluft tief ein. Er sehnte sich zurück nach der Zeit, als er noch frei von beruflichen Verpflichtungen gewesen war. Ein junger Mann, der die Welt schon ein bisschen kannte und sich die Menschen, mit denen er zu tun hatte, aussuchen konnte. Im Rückblick wirkten manche Zeiten leichter. Sebastians Gedanken wanderten automatisch weiter zurück in seine Vergangenheit. Jene Zeit war alles andere als leicht gewesen. Seine Jugend war von einem Schock überschattet gewesen – die tote Schwester, die erfolglose Suche nach dem Täter. Sebastian hatte sich bis heute nicht davon erholt. Aber seit er die Laufbahn eines Kommissars eingeschlagen hatte, ging es ihm in der Hinsicht besser. Jede Zeit hatte ihre Anforderungen, und man konnte ihnen nicht ausweichen. Wie man sein Leben bewertete, blieb einem selbst überlassen. Sebastian strich sich mit der Hand über die Stirn, fuhr mit den Fingern über sein Gesicht. Es passierte ihm oft, dass Zweifel ihn an den Rand einer Depression drängten. Dann versuchte er sich mit rationalem Denken davon zu überzeugen, dass er sein Leben positiv werten müsse. Schließlich engagierte er sich für etwas Gutes: für Gerechtigkeit – was konnte es Sinnvolleres geben?

Jens kam ins Büro gestürmt und riss ihn aus seinen Gedanken. »Ich habe Neuigkeiten«, verkündete er. »Die Tochter von Marga Viersen lebt, und zwar in Hamburg. Sie heißt Sybille Schoppmann. 1962 hat sie einen Bert Schoppmann geheiratet. Acht Jahre später wurden sie geschieden, den Namen hat sie behalten. Sie ist frühpensioniert und lebt in der Werderstraße 5.«

»Die Frau muss ich sprechen«, sagte Sebastian entschlossen. »Am besten gleich. Hast du ihre Telefonnummer?«

Sebastian stand im Stau. Die Sonne knallte auf das Dach, im Auto war es brütend heiß. Sybille Schoppmann hatte sich nicht gemeldet, Sebastian hatte entschieden, trotzdem sofort in die Werderstraße zu fahren. Vielleicht würde er Frau Schoppmann doch dort antreffen oder zumindest etwas über sie in Erfahrung bringen.

Er parkte sein Auto am Anfang der prachtvollen Werderstraße und ging zu Fuß an den großbürgerlichen Häusern vorbei. Es war wunderbar ruhig in dieser Gegend. Alte Eichen säumten die Straße. Es fuhren kaum Autos, und es waren wenig Menschen zu sehen.

Das Haus Nummer fünf war nicht ganz so prächtig wie die benachbarten Bauten. Der Verputz bröckelte, die Balkone waren von rostigen Geländern umfasst. Sebastian trat an die Außenklingel, drückte zweimal bei Schoppmann und wartete. Vergeblich. Während er überlegte, was er als Nächstes tun sollte, nahm er durch die Türscheibe eine Bewegung im Treppenhaus wahr. Die Tür ging auf, und eine ältere Dame mit Hut trat heraus. Sie zog einen Einkaufstrolley hinter sich her. »Zu wem wollen Sie?«, fragte sie.

»Zu Frau Schoppmann«, sagte Sebastian.

»Oh…« Die alte Dame zog ein mitleidiges Gesicht, während ihre wachen Augen Sebastian musterten. Für einen Moment hatte es ausgesehen, als wollte sie etwas sagen. Stattdessen fragte sie: »Wer sind Sie denn?«

»Ein alter Bekannter von Sybille Schoppmann.« Die Frau schien unschlüssig, ob sie dem Fremden trauen konnte. »Können Sie mir sagen, wo ich Frau Schoppmann finden kann?«, hakte Sebastian nach.

Bevor die Frau mit gesenkter Stimme antwortete, schaute sie sich um. »Nein. Das weiß ich leider nicht.« Dann zog sie den Trolley die Stufen herunter und verschwand um die Straßenecke.

Sebastian hatte, von der Frau unbemerkt, mit dem Fuß die Haustür aufgehalten. Er stieg hinauf in den dritten Stock des Hauses. Auf einem silbernen Klingelschild an der hohen Tür aus massivem Holz stand: *Sybille und Hans Schoppmann.* Sebastian stutzte. Hatte die Frau neu geheiratet und der Mann hatte ihren Namen übernommen? Davon hatte Jens nichts gesagt. Sebastian trat dicht an die Tür. Er lauschte. Aus dem Inneren der Wohnung war kein Laut zu vernehmen. Er klingelte noch einmal. Nichts. Er würde sich was anderes überlegen müssen. Vielleicht sollte eine Polizeistreife später noch einmal nachsehen, während er noch einmal versuchen würde, die Frau telefonisch zu erreichen. Ein Handy besaß sie offenbar nicht, und einen Anrufbeantworter hatte sie auch nicht angeschlossen.

Auf dem Weg nach unten überlegte Sebastian, ob er Frau Schoppmann eine Notiz mit seiner Telefonnummer hinterlassen sollte. Falls sie innerhalb der nächsten paar Stunden nach Hause käme, wäre auch die Möglichkeit gegeben, dass sie ihn gleich anriefe. Dass er von der Polizei wäre, würde er aber unterschlagen. Seinen Notizblock hatte er im Auto vergessen. Er ging deshalb die Straße hinunter, setzte sich in seinen Wagen, schrieb die Notiz und kehrte wieder zurück. Im Eingang angekommen, hörte er, wie sich oben eine Tür öffnete und jemand ins Treppenhaus trat. Ein Schlüsselbund klimperte, eine Tür wurde zugeschlossen. Kurz darauf kam ein dunkelhaariger, junger Mann die Treppe herunter. Er trug Jeans und ein hellblaues Hemd. Als er Sebastian im Treppenaufgang stehen sah, erschrak er.

»Haben Sie eben bei mir geklingelt?«, fragte der Mann.

»Wer sind Sie denn?«, fragte Sebastian zurück.

Der Mann stutzte. »Schoppmann heiße ich.« Sebastian irritierte, dass ihm das Gesicht des Mannes irgendwie bekannt vorkam. Aber er konnte es nicht einordnen.

»Hans Schoppmann?«, fragte Sebastian.

Der Mann nickte.

»Ja, ich habe geklingelt.« Sebastian zeigte seinen Ausweis: »Kriminalkommissar Sebastian Fink. Ich muss Frau Schoppmann sprechen.«

»Das tut mir leid. Sie ist grad nicht hier.«

»Wissen Sie, wann sie kommt?«

»Nein, leider nicht.« Er reichte Sebastian die Hand. »Ich bin übrigens ihr Sohn.«

Ihr Sohn? Davon wusste Sebastian nichts. »Können wir in Ihre Wohnung?«, sagte er.

»Worum geht's denn?«

»Das sag ich Ihnen, wenn wir oben sind.«

»Sicher. Kommen Sie.«

Sebastian war es vorgekommen, als hätte der Mann kurz gezögert. Aber das konnte auch Einbildung gewesen sein.

Die Wohnung der Schoppmanns war eine typische Hamburger Altbauwohnung: Vorne lagen drei große, ineinander übergehende Räume. Nach hinten führte ein langer Gang, wo sich kleinere Zimmer anschlossen. Im Eingangsbereich stand eine schwere, ziemlich heruntergekommene Kommode mit einer rissigen Oberfläche.

»Wie lange wird es denn dauern? Wollen Sie ablegen…?«, fragte Hans Schoppmann

»Ich hab nur ein paar Fragen«, sagte Sebastian. »Können wir uns einen Moment setzen?«

Schoppmann nickte und führte Sebastian ins Wohnzimmer. Vor den Fenstern hingen leichte Vorhänge, die das Licht von draußen abhielten. Deswegen ist es hier so dunkel, dachte Sebastian. Jetzt fiel ihm das gleichmäßige Ticktack der hohen Standuhr in der Ecke auf, das die Stille, die in der Wohnung herrschte, noch verstärkte. Auch die Uhr hatte ihre besten Tage lange hinter sich. Schoppmann bat Sebastian, auf dem Sofa Platz zu nehmen. Er selbst zog sich einen Ledersessel heran und setzte sich mit einem erwartungsvollen Blick.

»Wo ist Ihre Mutter?«, fragte Sebastian.

Schoppmann ließ ein paar Sekunden vergehen, bevor er antwortete. »Also gut. Ich weiß nicht, ob ich das sagen muss, und auch nicht, ob meiner Mutter das recht ist. Jedenfalls: Sie ist in einer Klinik für psychosomatische Krankheiten.«

»Was ist denn mit Ihrer Mutter los?«, fragte Sebastian.

In dem Moment erhob sich das blecherne Geräusch eines Uhrrades, das in ein anderes greift, und es folgten drei Schläge. Sebastian sah auf seine Uhr. Es war Viertel vor zehn. Die alte Standuhr hatte pünktlich geschlagen.

»Meine Mutter hatte einen Nervenzusammenbruch«, sagte Schoppmann seufzend. »Derzeit ist sie in Bersholm, einer Klinik in der Nähe von Kiel. Da wird sie noch ein paar Tage bleiben müssen.«

»Dem Klingelschild nach wohnen auch Sie hier...«

»Ja. Ich bin Student. Die Uni ist um die Ecke, das ist ganz praktisch. Und... meine Mutter braucht oft Hilfe. Meine Hilfe, ich muss hier wohnen. Wenn ich verreist bin, geht meine Mutter in die Klinik. Ich war gerade ein paar Wochen weg.«

Sebastian hatte sein Gegenüber etwas genauer gemustert. Seine grünen Augen waren groß und hell, die Nase gerade und fein geschnitten, das glatte Haar dunkel und voll. Inzwischen kam er Sebastian nicht mehr so bekannt vor wie im ersten Moment. Es war wie mit Namen oder Wörtern: Je länger man über sie nachdenkt, umso fremder wirken sie.

»Wohin waren Sie denn verreist?«, fragte Sebastian.

Schoppmann setzte gerade zu seiner Antwort an, als er auf einmal heftig husten musste. »Entschuldigen Sie«, brachte er noch hervor. Aus der Hosentasche zog er ein Päckchen Hustenbonbons und steckte sich eins davon in den Mund. »In Japan«, sagte er.

Die Antwort überraschte Sebastian. Hätte er das Reiseziel des Studenten erraten müssen, wäre er nie auf Japan gekommen.

»Waren Sie da im Urlaub?«

Schoppmann nickte. »Was ist denn eigentlich passiert?«, fragte er.

Sebastian hatte ursprünglich die Mutter sprechen wollen und war auf das Gespräch mit dem Sohn nicht vorbereitet. Er überlegte, wie weit er ihn in die Ermittlungen einbeziehen sollte. Währenddessen hielt Schoppmann seinen Blick reglos auf Sebastian gerichtet. Irgendetwas daran war Sebastian unangenehm. Der Student hatte die Ausstrahlung eines Menschen, der nicht anwesend war. Etwas Düsteres umgab ihn.

Sebastian überlegte. Wenn er mit der psychisch labilen Mutter sprechen wollte, sollte der Kontakt am besten über den Sohn laufen. »Ist Ihre Mutter derzeit vernehmungsfähig?«, fragte Sebastian. »Ich müsste dringend mit ihr sprechen.«

»Ich glaube nicht, dass das möglich ist«, antwortete Hans Schoppmann. »Wie ich schon sagte, es geht ihr schlecht. Sie ist seit fast vier Wochen in der Klinik. Ich habe sie vor meiner Abreise dorthin gebracht. Meine Reise war lang geplant, ich wollte sie nicht absagen. Ich wusste meine Mutter in guten Händen, sie war schon oft in der Klinik. Sie leidet unter Verfolgungsangst.«

Für einen Moment wandte der Sohn den Blick ab. Jetzt bemerkte Sebastian, dass es in der Wohnung nicht nur dunkel, sondern auch ziemlich kühl war.

»Könnten Sie mir jetzt endlich sagen, worum es geht?«, sagte Schoppmann.

Sebastian beugte sich vor. »Herr Schoppmann, kennen Sie eigentlich Ihre Familiengeschichte?«

Der Student sah ihn staunend an.

»Sie wissen, dass Ihre Großmutter mütterlicherseits im KZ Fuhlsbüttel gestorben ist?«

Hans Schoppmann wirkte wie vom Blitz getroffen. »Wie kommen Sie denn *darauf*?!«

Die Reaktion überraschte Sebastian: »Sie wussten das nicht?«

Der Student richtete sich kopfschüttelnd im Sessel auf. »Nein. Und ich kann es auch nicht glauben. Wie kommen Sie darauf?«

»Was wissen Sie denn über Ihre Großmutter?«

Schoppmann atmete einmal tief durch und wandte seinen Blick zum ersten Mal für längere Zeit ab. »Nicht viel«, sagte er schließlich, und seine Stimme klang unsicher. »Ich weiß, dass sie 1943 beim Hamburger Brand umgekommen ist.«

»Woher haben Sie diese Information?«, fragte Sebastian, der sah, dass Schoppmanns Hände leicht zitterten.

»Das hat meine Mutter mir erzählt«, antwortete der leise.

Schweigen breitete sich aus, nur das Ticken der Standuhr war zu hören.

»Waren Sie mal in der Gedenkstätte Fuhlsbüttel?«, fragte Sebastian in behutsamem Ton.

Der Student schüttelte den Kopf. »Die kenne ich nicht.«

»Sie ist im Gebäude des Gefängnisses. Dort gibt es Unterlagen über ehemalige Inhaftierte. Ich habe eine Akte über Ihre Großmutter gefunden. Vielleicht sollten Sie sich die mal ansehen.«

Schoppmann zögerte. »Ich weiß nicht… wozu sollte das gut sein? Herr Fink, ich möchte jetzt wissen, warum Sie hier sind.«

Schoppmann hatte die Frage mit einem strengen Unterton gestellt, und Sebastian hatte plötzlich das Gefühl, dass es besser wäre, nichts über die Ermittlungen zu verraten, bevor er nicht Sybille Schoppmann vernommen hatte. Der Sohn könnte sonst einiges durcheinanderbringen. Er wollte gerade antworten, da ratterten wieder die Räder im Uhrkasten, es folgten zehn Schläge.

Währenddessen saßen sich Sebastian und sein Gesprächspartner still gegenüber.

»Wenn Sie wollen, fahre ich mit Ihnen morgen früh zu meiner Mutter«, schlug Schoppmann dann vor.

Das Angebot kam überraschend.

»Okay«, sagte Sebastian. »Ich hole Sie um neun Uhr ab.«

Sie standen auf, Schoppmann nahm seine Tasche unter den Arm, dann verließen die beiden die Wohnung. Als sie aus dem Haus traten, empfand Sebastian die warme Sommerluft als wohltuend.

»Wohin geht's jetzt?«, fragte er mit einem Blick auf Schoppmanns schwarze Tasche.

»Uni.«

»Sind nicht Semesterferien?«

»Ich muss eine Arbeit schreiben.«

»Was studieren Sie?«

»Japanologie.«

»Ach, deswegen Japan... Interessant.«

Einen Moment noch standen sie sich gegenüber. Von den alten Eichen der Werderstraße ging ein gleichmäßiges Rauschen aus. Aufgetriebenes trockenes Laub umspielte ihre Füße.

Dann reichte Hans Schoppmann Sebastian die Hand. »Auf Wiedersehen.«

»Bis morgen«, antwortete Sebastian, als er einschlug.

Schoppmann lächelte abwesend, aber sein Händedruck war fest.

18

Die Mittagspause verbrachten die Einwohner Hamburgs in diesen sommerlichen Tagen draußen. Auf den Terrassen der Restaurants und Cafés tummelten sich die Menschen.

Im Stehcafé in der Nähe des Präsidiums war dagegen nicht viel los. Sebastian stand an der Theke, er hatte sich für ein Wurstbrötchen entschieden. Sein Handy klingelte in dem Moment, als die Verkäuferin das fertige Päckchen auf den Tresen legte. Er fischte das Telefon zusammen mit dem Portemonnaie aus seiner Hosentasche. Das Display zeigte keine Nummer, und Sebastian ärgerte sich: Warum unterdrückten manche Leute ihre Nummer?!

»Sebastian Fink?«, fragte eine Männerstimme.

»Ja. Wer ist denn da?«

»Bernd Suxdorf hier. Ich muss gestehen, Sie hatten recht…«

Sebastian überlegte schnell. Die Stimme kannte er, aber den Namen hatte er noch nie gehört, da war er sich sicher.

»Hallo?«, fragte die Stimme.

»Ja, ich bin dran«, antwortete Sebastian, während er der Verkäuferin die Münzen über den Tresen reichte.

»Ich sagte, Sie hatten recht. Ich habe mich geirrt. Tut mir leid. Wissen Sie, es ist so: Erinnerungen geraten einem manchmal durcheinander, wenn man hier viel Zeit verbringt.«

»Wo verbringt?«, fragte Sebastian.

»Hier auf meinem Posten. Ich...«

Das Gespräch war unterbrochen. Zwei-, dreimal tutete es, dann war es still. Sebastian warf einen ärgerlichen Blick auf das Handy. Während er darauf wartete, dass das Telefon erneut klingelte, ging er auf dem Bürgersteig hin und her und versuchte die Worte von diesem Bernd Suxdorf einzuordnen. Sebastian fuhr sich durch die Haare. Was hatte der Mann gesagt? Auf seinem Posten geraten Erinnerungen durcheinander, wenn man dort viel Zeit verbringt... Was sollte das bedeuten?

Das Handy in der einen Hand, das Brötchen in der anderen, machte er sich auf den Weg zurück zum Präsidium. Das Display zeigte wieder keine Nummer an, als sein Handy endlich losträllerte. Er nahm das Gespräch an und hörte am anderen Ende so etwas wie ein Kichern.

»Wer ist da?«, fragte Sebastian gereizt.

»Oh, Sie sind verärgert, das kann ich verstehen«, antwortete die Stimme. »Mir war eben das Kabel aus der Büchse gerissen, das passiert manchmal. Entschuldigung.«

»So, jetzt verraten Sie mal, wer Sie sind!«

Der Mann räusperte sich. »Sie sind aber streng heute. Ich habe Sie ganz anders in Erinnerung. Apropos Erinnerung: Gedenkstätte Fuhlsbüttel. Ich bin's, der Archivar.«

Ach, der Archivar... Sebastian atmete auf. An den Mann erinnerte er sich sehr gut. »Entschuldigen Sie. Ich bin ein bisschen gestresst. Was gibt es denn?«

»Ich sagte ja schon, Sie haben recht gehabt. Sie wollten

doch wissen, ob vor Ihnen jemand die Akten zur Swingjugend angesehen hat?«

Sebastian hielt die Luft an.

»Das hatte ich verneint«, fuhr Suxdorf fort. »Eben habe ich mit dem Kollegen gesprochen, der mich neulich vertreten hat, der Herr Knauer. Er hatte mir nichts von der Swingjugend gesagt. Aber als ich ihn direkt danach fragte, erzählte er, dass hier tatsächlich jemand gewesen sei.«

»Wer war das denn?« Sebastian spürte, wie Adrenalin in ihm hochschoss.

»Ein junger Mann… Vielleicht war es auch ein Student, so wie Sie, dann hätten Sie nun doch Konkurrenz bekommen.«

»Name!«, forderte Sebastian.

Am anderen Ende war es kurz still. »Sie sind heute aber ungeduldig«, sagte der Mann vorwurfsvoll.

»Hören Sie«, schimpfte Sebastian. »Es handelt sich hier um einen Mordfall, und es gilt einen weiteren Mord zu verhindern.« Während er das sagte, fiel Sebastian ein, dass er dem Archivar bei ihrer Begegnung in der Gedenkstätte seinen Beruf verschwiegen hatte. Er versuchte das Gespräch in einem ruhigen Ton weiterzuführen: »Herr Suxdorf, ich hatte Ihnen nicht gesagt, dass ich von der Mordkommission bin. Kriminalkommissar Fink ist mein Name.«

»Das meinen Sie doch nicht im Ernst?«, erwiderte der Archivar, fuhr aber gleich fort: »Also gut. Ich kenne den Namen des Mannes nicht, ich könnte aber den Kollegen Knauer noch mal darauf ansprechen, der ist gerade auf dem Weg hierher in die Gedenkstätte.«

»Hat er ein Handy?«, fragte Sebastian hastig.

»Hat er nicht.«

»Dann soll er mich sofort anrufen, wenn er bei Ihnen ist. Wann wird das sein?«

»Ich schätze mal, so in einer halben Stunde…«

»Hab's mir noch mal überlegt: Ich komme zu Ihnen, und zwar gleich«, sagte Sebastian und legte auf.

Archivare sind spezielle Menschen, dachte Sebastian auf dem Weg zur Gedenkstätte Fuhlsbüttel. Sie verbringen viel Zeit in der Vergangenheit und wirken überfordert mit den Geschwindigkeiten der Gegenwart.

Als Sebastian die Räume der Gedenkstätte erneut betrat, war der zweite Archivar schon da. Er war älter als der erste, schlank und hatte ein strenges, kantiges Gesicht. »Knauer«, sagte er mit ausgestreckter Hand.

»Sebastian Fink… Kurz vor mir hat jemand die Akten über die Swingjugend eingesehen? Wer war der Mann?«, fragte Sebastian direkt.

Herr Knauer hob die Augenbrauen. »Zunächst einmal möchte ich Sie bitten… nicht in diesem Ton. Sie befinden sich in einer Gedenkstätte.«

Sebastian platzte jetzt der Kragen. Er hielt dem Archivar seinen Kripoausweis vors Gesicht: »Antworten Sie sofort auf meine Frage!«

Der Archivar sah ihn erschrocken an. »Seinen Namen hat der Mann mir nicht genannt…«

»Haben Sie ihn denn nicht gefragt?«

Der Archivar schüttelte den Kopf. »Wir fragen normalerweise nicht nach den Namen unserer Besucher. In diesem Fall habe ich das auch nicht getan.«

»Wie sah der Mann aus?«

Knauers Augen wanderten zur Decke, während er überlegte. »War ein junger Mann. So alt wie Sie ungefähr. Nein, eher etwas jünger. Schwer zu sagen. Irgendwo zwischen fünfundzwanzig und fünfunddreißig.«

»Größe?«

»Auch wie Sie... Er hatte dunkle Haare.«

»Lang?«

»Nein. Kurz waren sie aber auch nicht.«

»Haben Sie mit ihm gesprochen?«

»Warum sollte ich?«

»Mich hat Herr Suxdorf auch gefragt, ob ich Student sei«, wandte Sebastian ein.

»Mag ja sein. Aber ich spreche selten mit den Leuten. Könnte aber ein Student gewesen sein. Aber auch was anderes, es kommen die unterschiedlichsten Leute hierher. Und Sie sind ja gar kein Student, wie ich Ihrem Ausweis entnehmen durfte.«

Sebastian versuchte sich zu beruhigen. Er verschränkte die Arme und ging ein paar Schritte auf und ab.

»Haben Sie nicht gesagt, hier hätten nur selten Menschen Informationen über die Swingjugend verlangt?«, fragte Sebastian den ersten Archivar Suxdorf.

»Es kommen viele, die sich für Verfolgte interessieren: Juden, Kommunisten, Homosexuelle. Aber über die Swingjugend will eigentlich nie jemand etwas wissen.«

Während Suxdorf antwortete, schien Knauer plötzlich etwas eingefallen zu sein. Er zog die Augenbrauen zusammen und fuhr mit dem Finger über sein Kinn. »Moment mal... Ich glaube, ich muss mich korrigieren...«

Sebastian und Suxdorf sahen ihn gespannt an.

»Der Mann hatte nicht *direkt* nach der Swingjugend gefragt…«

Sebastian stemmte die Hände in die Seiten. Wenn sich die Geschichte jetzt als Irrtum herausstellte, würde er die Beherrschung verlieren.

»Es war anders«, fuhr der Mann fort. »Der Besucher fragte nach einem Namen…«

»Marga Viersen?«, schoss es aus Sebastian raus.

»Richtig. Den Namen fand ich dann unter der Rubrik Swingjugend – so kam ich drauf –, und da habe ich dem Herrn die entsprechenden Akten gebracht.«

»An welchem Tag war der Mann hier?«

»Warten Sie.« Knauer legte den Finger auf die Stirn, genau so, wie Sebastian es bei seinem Kollegen beobachtet hatte. »Am selben Tag habe ich meine Tochter vom Flughafen abgeholt… das war also… vor drei Wochen.«

»Ich danke Ihnen«, sagte Sebastian. Sein Puls ging schnell. »Ich muss Sie bitten, mit ins Präsidium zu kommen; wir müssen ein Phantombild anfertigen.«

Knauer hatte keinen großen Widerstand geleistet. Er war mit Sebastian ins Auto gestiegen und saß jetzt im ersten Stock des Präsidiums beim Phantombildzeichner. Unterdessen rief Sebastian sein Team ins Besprechungszimmer, um die neusten Erkenntnisse zusammenzutragen. Pia, die von Jens über die letzten Entwicklungen, den Fund des Protokolls und die Suche nach Hein Hansen, informiert worden war, saß neben Sebastian am oberen Ende des langen Besprechungstisches. Jens lehnte am Fensterbrett. Beide sa-

hen Sebastian erwartungsvoll an. »Hast du die Frau Schoppmann gesprochen?«, fragte Jens mit drängendem Unterton.

Sebastian schüttelte vorsichtig den Kopf. »Ich habe ein
ganz dummes Gefühl…«, sagte er.

»Was ist denn los?«, fragte Jens ungeduldig. Sebastian
starrte auf die Tischplatte und versuchte seine Gedanken zu
ordnen.

»Jens«, sagte er dann bestimmt. »Prüf doch bitte nach,
ob an der Uni ein Hans Schoppmann im Bereich Japanologie eingetragen ist.«

»Wer ist denn Hans Schoppmann?«

»Das ist der Sohn von Sybille Schoppmann. Bitte beeile
dich.«

Nachdem Jens losgezogen war, sagte Pia: »Die Frau hat
einen Sohn? Das müsste dann doch der Enkel dieser Marga
Viersen sein…«

»Eben. Von dem wusste ich nichts, als ich vorhin zu der
Wohnung fuhr, um Sybille Schoppmann zu sprechen. Und
dann habe ich nicht schnell genug geschaltet. Der ist natürlich hochverdächtig. Ganz kurz ist mir das durch den
Kopf geschossen, aber irgendwie hat er sich meinem Verdacht wieder entzogen.« Sebastian berichtete Pia von dem
Gespräch mit Hans Schoppmann. »Der war eigenartig, aber
auch kooperativ. Er wäre gerade von einer Reise zurückgekehrt, das erzählte er von sich aus. Von Japan. Er sagte,
er wüsste nichts von der Geschichte seiner Großmutter.
Das fand ich merkwürdig, aber unter den besonderen Umständen auch gut möglich. Und schließlich hat er von sich
aus vorgeschlagen, dass er mich morgen zu seiner Mutter
brächte, die krank und in einer Klinik bei Kiel untergebracht

ist. Also, entweder hat der mit der Sache gar nichts zu tun, oder aber er ist sehr intelligent und total abgebrüht. Dann hätte er das alles erzählt, nur um etwas Zeit zu schinden und sich auf den Weg zu Hein Hansen zu machen.« Sebastian stand abrupt auf: »Wir müssen was tun!«

»Moment«, bremste Pia. »Der Hansen ist doch gar nicht auffindbar...«

»Also, ich sag dir eins: Wenn Hans Schoppmann der Täter ist, den wir suchen... nach all dem, was der schon geschafft hat, gelingt es dem womöglich auch, die Identität von Hein Hansen zu knacken.«

»Lass uns doch noch einen Moment abwarten, was der Jens herausfindet«, meinte Pia.

Sebastian sah ein, dass sie recht hatte. Er setzte sich wieder und klopfte nervös mit den Fingern auf den Tisch.

Kurz darauf betrat Jens mit ernstem Gesicht den Raum: »Wie kamst du auf Japanologie?«

»Weil... was ist denn los?«, fragte Sebastian hektisch.

»Im Fachbereich Japanologie gibt es keinen Hans Schoppmann. Aber es gibt einen im Historischen Seminar.«

»Ich bin mir sicher, dass er von Japanologie gesprochen hat...«

Plötzlich schlug Sebastian mit beiden Händen auf den Tisch. »Das Phantombild! Das müsste längst fertig sein!«

Die drei liefen hinunter in den ersten Stock. Die Zeichnung, die nach den Beschreibungen des Archivars angefertigt worden war, lag bereits auf dem Tisch. Sebastian hatte Herzklopfen, als er sich dem Bild näherte.

»Jetzt haltet euch fest«, sagte er, während er es betrachtete. »Den Mann kenne ich.«

Mit Blaulicht kämpften sich die Polizeiwagen durch den dichten Hamburger Verkehr. In einem der Autos saßen Pinkwart und seine Leute. Im zweiten fuhr eine Spezialeinheit, die die Wohnungstür der Schoppmanns aufbrechen würde. Im dritten saßen Jens, Pia und Sebastian. Er hatte per Autotelefon die Anweisung gegeben, das Fahndungsbild an alle Dienststellen im nördlichen Raum zu senden. Außerdem hatte er in die Wege geleitet, dass der Campus nach Hans Schoppmann abgesucht würde.

Während sie durch die Stadt rasten, schossen Sebastian Bilder der Begegnung mit Hans Schoppmann durch den Kopf. Ihm fiel die schwarze Tasche ein. Darin könnte der Student Insulinfläschchen und Spritzen transportiert haben. Er sah Schoppmann wieder vor sich, wie er sich vor dem Haus von ihm verabschiedet hatte. »Auf Wiedersehen«, hatte er gesagt. Es hatte etwas Befremdliches gehabt, das war Sebastian jetzt klar. »Er hat alles erlogen!«, brach es aus ihm heraus. »Japan!« Sebastian schlug sich kräftig gegen die Stirn.

Die Spezialeinheit hatte Mühe, die Wohnungstür der Schoppmanns zu öffnen, die Schlösser waren erstaunlich stabil. Mit einem gewaltigen Krachen flog sie endlich auf, und die schwerbewaffneten Polizisten stürmten hinein. Sebastian war sich inzwischen jedoch sicher, dass die Wohnung leer war. Die Männer suchten jeden einzelnen Raum ab, fanden aber niemand. Nun war klar, dass Hans Schoppmann schon einen erheblichen Vorsprung hatte.

Sebastian, Pia und Jens sahen sich in der Wohnung um. Der Sessel, in dem Schoppmann beim Gespräch mit Sebastian gesessen hatte, stand noch genauso da. Auf dem Sofa lag das orange Kissen in der Position, in der Sebastian es hinterlassen hatte. Sebastian ließ sich auf die Lehne sinken. Er fühlte sich elend. Der Mörder hatte ihm an dieser Stelle gegenübergesessen, und Sebastian war auf ihn reingefallen. Unfassbar! Angst kroch in ihm hoch. Angst, dass er seinem Job nicht gewachsen sein könnte. Sebastian kam sich vor wie ein Fahrschüler, der sich nach bestandener Führerscheinprüfung das erste Mal mit seinem Auto auf die Straße wagt. Er will auf eine ruhige Landstraße. Aber dann findet er sich bei Sturm und Regen auf einem vielbefahrenen Autobahnkreuz wieder.

»Sebastian?« Es war Jens, der ihn gerufen hatte. »Komm mal bitte.«

Als Sebastian in das Badezimmer trat, stand Jens dort mit einer Spritze in der Hand. Wortlos tauschten sie einen Blick. »Schau mal.« Jens wies auf einen Karton unter dem Waschbecken.

»Das sind Insulinflaschen«, erklärte er.

Pinkwarts Kopf erschien in der Badezimmertür. »Wenn wir hier einigermaßen vernünftig auf Spurensuche gehen sollen, würde ich vorschlagen, dass die Wohnung geräumt wird.«

»Wartet noch einen Moment«, sagte Sebastian. »Ich muss kurz nachdenken.« Er ging ins Wohnzimmer, wo es ein wenig ruhiger war.

»Er ist auf dem Weg zu Hein Hansen«, sagte Sebastian zu Pia, die hinzugekommen war. »Er kennt dessen Identität, da bin ich mir sicher.«

Pias besorgte Miene verriet, dass sie das Gleiche dachte.

Sebastian trat ans Fenster, schob den Vorhang beiseite und schaute hinunter auf die Straße.

»Guck mal.« Pia, die hinüber zum Esstisch gegangen war, musterte ein Papier, das sie in ihren Händen hielt.

»Lag auf dem Tisch. Hier steht was über die Swingjugend. Scheinen zwei Briefe zu sein…«

Sebastian sah sich eines der Schreiben an. Was ihm zuerst auffiel, war das Fehlen einer Anrede. »*Ich schreibe Dir von der Ostsee*«, stand da. Sebastians Blick suchte sogleich nach der Unterschrift. »Der Brief ist von Hein Hansen«, rief er aus. »Aber die Adresse fehlt.« Enttäuscht ließ er die Schultern hängen.

»Sieh mal. Hier ist noch ein dritter Brief…« Pia reichte ihn ihm, und Sebastian überflog ihn schnell. Plötzlich begannen die Blätter in seiner Hand zu zittern. Für einen kurzen Moment glaubte er seinen Augen nicht zu trauen. Dann rief er: »Kommt her!«

»Was ist los?«, fragte Jens aus einem anderen Zimmer.

»Hier ist die Adresse! Hein Hansen… heißt jetzt Heinrich Rellingen… er wohnt Piekentwiete Nummer 6… Timmendorfer Strand. Wir müssen sofort los!«

19

Fahr du!« Sebastian hatte Pia den Autoschlüssel zugeworfen. Er selbst musste unterwegs telefonieren, und trotz Blaulicht brauchten sie fast zehn Minuten durch den Hamburger Großstadtverkehr, bis sie die Autobahn erreicht hatten. Sebastian hatte die Polizei in Timmendorf kontaktiert und ein Einsatzkommando zur Piekentwiete beordert. Er hatte die Beamten gewarnt, dass sie dort mit größter Wahrscheinlichkeit auf einen zweifachen Mörder treffen würden. Nervös fuhr sich Sebastian durch die Haare. Es ging um Minuten, vielleicht Sekunden. Lebte Hein Hansen noch, oder war er vielleicht schon tot? Womöglich wurde er in diesem Moment getötet?

Auf der A1, die sich von Hamburg durch die norddeutsche Landschaft bis nach Puttgarden erstreckt, gab Pia Vollgas. Blaulicht, Blinkhupe, heulende Sirene; die Autos vor ihnen wichen zur Seite wie fließendes Wasser.

Sebastian rief im Präsidium an und fragte nach Reaktionen auf das Phantombild. Der Beamte erklärte, dass es zwar Reaktionen gegeben habe, jedoch keine ernstzunehmenden. Auch die Suche auf dem Campus hatte kein positives Ergebnis gebracht. Kein Wunder, dachte Sebastian bedrückt.

Im Moment konnte man nichts machen. Bis sie in Timmendorf waren, würde es noch mindestens dreißig Minuten dauern. Sebastian nahm den Brief mit der Adresse aus der Tasche und las ihn jetzt sorgfältig:

Mein lieber Junge,

ich will Dir in meinem dritten Brief berichten, wie es nach der Razzia im Curiohaus im März 1940 mit uns weiterging.

Wir waren knapp davongekommen, aber der Druck der Polizei verschärfte sich nun deutlich. Wir durften so gut wie gar nichts mehr, weder Swing hören noch spielen oder tanzen. Aber wir waren nicht kleinzukriegen. Karl, Jack und ich kannten viele Gleichgesinnte, mit denen wir weiterhin heimliche Swingabende feierten. In den elterlichen Wohnungen, sofern die Eltern es erlaubten oder sie verreist waren. Manchmal in einem Keller oder auch im Hinterzimmer einer Kneipe. Wir schmuggelten ein Koffergrammophon durch die Hamburger Straßen bis zum Ort der geheimen Party. Die Schallplatten versteckten wir unterm Mantel oder in einer Tischdecke.

Dass wir von der Polizei und der HJ beobachtet wurden, wussten wir. Wir sahen darin nichts anderes als ein Katz-und-Maus-Spiel. Rückblickend würde ich sagen: Das war die schönste Zeit meines Lebens. Aber in Wahrheit war es ein Tanz auf dem Vulkan, und die Folgen sollten wir mit aller Härte zu spüren bekommen.

Im Spätsommer 1941 gab es ein jähes Erwachen, jedenfalls was uns Jungs anging. Eine wahre Verhaftungswelle hatte eingesetzt. Viele unserer Freunde verschwanden für Wochen und Monate in Gefängnissen und KZs. Wenn sie wieder rauskamen, waren sie völlig verstört.

Dann kam der Tag, an dem mein Leben eine neue Wendung nahm. Einer meiner Cousins, der kurz zuvor aus der Haft entlassen worden war, wurde tot am Elbstrand aufgefunden. Er hatte sich aus Angst vor einer erneuten Verhaftung erschossen. Nach diesem Ereignis fand ich wieder zurück in die Realität. Ich begriff, dass wir zu leichtsinnig handelten. Wir konnten uns die Aufsässigkeit längst nicht mehr leisten. Ich versuchte die anderen Jungs und Marga davon zu überzeugen, dass wir auf unsere Musik verzichten sollten. Aber Marga wollte davon nichts wissen. Sie glaubte, unsere Liebe zueinander und die zur Musik wäre stärker als die Realität. Von da an war sie es, die die geheimen Treffen organisierte.

Der Sommer war heiß, doch erst Ende August hatten die Temperaturen in Hamburg ihren Höhepunkt erreicht. Die Nächte waren wolkenlos, tagsüber stand die Hitze über der Stadt. Ganz genau erinnere ich mich an den Abend, der unser letzter werden sollte. Marga hatte einen spektakulären Plan. Es ging um eine Swingparty in einer Tanzbar, mitten in der Stadt. Ein gewagtes Unternehmen – die Gefahr, dass die Gestapo uns erwischen würde, war groß. Aber Marga hatte alles genau durchdacht: Wir Jungs sollten abwechselnd am Eingang Wache schieben. Sobald wir sehen würden, dass die Gestapo im Anmarsch wäre, sollte das Live-Orchester auf Heimatmusik umschwenken. Obwohl ich große Angst hatte, machte ich mit, ich wollte kein Feigling sein. Nur einmal kam eine Streife der Gestapo vorbei. Von einer Sekunde zur anderen spielte die Band deutsche Heimatmelodien. Nachdem die Streife wieder weg war, ging es weiter mit Swingmusik. Die Party war eine der besten, die wir erlebt haben.

Am Ende des Abends waren wir alle erschöpft und glücklich, und am meisten war es Marga. Bevor wir uns trennten, küssten wir uns lange. Für ein paar Minuten war alle Angst weg. Es gab keinen Krieg, keine Nazis, keinen Terror. Danach ging Marga nach Rotherbaum, wo sie wohnte, während Karl, Jack und ich an der Alster entlang nach Uhlenhorst marschierten. Wir waren auf halbem Wege, als neben uns die grüne Minna hielt. Die drei Gestapoleute von der Streife, die unsere Party kontrolliert hatte, sprangen heraus. Wir wurden ins berüchtigte Gestapo-Hauptquartier im Stadthaus gebracht. Dort wurden wir ins gleißend helle Licht der Verhörlampen gesetzt. Bevor sie uns überhaupt eine Frage stellten, wurden wir erst mal windelweich geprügelt, auf den Kopf, ins Gesicht und in den Bauch. Dann erst wollten die Gestapoleute wissen, wer den Swingabend organisiert hätte. Wir antworteten nicht. Daraufhin schlugen sie so auf uns ein, dass ich glaubte, ich würde sterben. Und, glaube mir, es wäre mir sogar recht gewesen. Ich weiß nicht, wie lange sie so auf uns einprügelten. Durch meine geschwollenen Augenlider konnte ich nur noch verschwommene Bilder wahrnehmen. Aber ich erkannte die blutverschmierten Gesichter von Karl und Jack, und mir war klar, dass ich ebenso aussah. Dann sagte einer der Männer, wir sollten zugeben, dass Marga unsere Anführerin sei. Sie hätte uns doch zu dem Swingabend überredet. Wir bräuchten das nur zu bestätigen, dann würden sie uns in Ruhe lassen. Ansonsten gäbe es noch ganz andere Möglichkeiten, die Wahrheit aus uns herauszupressen. Karl gab flüsternd zu Protokoll, ja, Marga sei unsere Anführerin gewesen. Jack sagte nichts, aber er nickte. Ich wusste, dass alle Anwesenden nun mich ansahen und auf meine Antwort warteten. Ich wusste auch, dass Margas Schicksal nun von mir abhing. Ich hätte jetzt widersprechen müssen, es wäre ihre einzige Chance gewesen, aber es kam kein Wort über meine Lippen. Im nächsten Moment bekam ich einen Schlag, heftiger als alle zuvor, und ich fiel in Ohnmacht.

Wir wurden dann getrennt und mussten in den Kriegsdienst. Was aus Karl und Jack wurde, wusste ich nicht. Ich für mein Teil landete an der Ostfront. Es war die Hölle. Was ich dort erlebte, aber auch was zuvor passiert war, habe ich in jenen Wochen und Monaten verdrängt. Es war ein stummes Überleben, von Minute zu Minute. Ich war zu einem Menschen geworden, der alles nur geschehen ließ.

Als ich Jahre später aus der Kriegsgefangenschaft zurückkehrte, habe ich geheiratet und wurde Vater einer Tochter. Erst Jahre später erfuhr ich von Margas furchtbarem Schicksal im KZ Fuhlsbüttel. Auch, dass sie kurz vor ihrem Tod eine Tochter bekommen hatte, die nun in einem Heim lebte.

Und hier habe ich ein zweites Mal versagt: Ich habe mich nicht gemeldet. Denn ich konnte und wollte mich nicht mehr mit der Vergangenheit auseinandersetzen.

Die Nachkriegszeit war schwer, ich war ständig damit beschäftigt, Essen für meine kleine Familie aufzutreiben. Ich nahm jede erdenkliche Arbeit an und versuchte uns so eine Zukunft zu sichern.

Die Freundschaft mit Karl und Jack lag unter dem Schutt des Krieges begraben. Ich habe die beiden nie wieder getroffen. Jack habe ich vor kurzem das erste Mal wieder gesehen – im Fernsehen. Es war unglaublich, er sah noch genauso aus wie früher, wenn er mit leuchtenden Augen auf seinem Saxophon spielte. Dabei war so viel Zeit vergangen. Ein ganzes Menschenleben. Und doch scheint die Zeit stehengeblieben zu sein. Vielleicht ist aber auch die alte Zeit wieder zurückgekehrt.

Von Karl hatte ich überhaupt nichts mehr gehört. Bis vor ein paar Tagen. Da las ich in der Zeitung einen kurzen Bericht über seinen mysteriösen Tod. Man sagt ja, dass die Zeit die Wunden heilen würde. Heute weiß ich, dass dem nicht so ist.

Lieber Junge, ich habe Dir ja schon geschrieben, dass ich von meinem Fenster einen wunderbaren Blick auf die Ostsee habe. Oft gehe ich auch ans Meer spazieren. Nicht am Strand, da ist es jetzt im Sommer zu voll. Ich bin ziemlich wackelig auf den Beinen geworden. Ich gehe lieber die Promenade entlang, das ist leichter.

Bei meinem letzten Spaziergang war es ein kleiner Junge, der meine Vorahnungen bestätigte, dass die Vergangenheit nicht vergangen ist, sondern wieder auflebt. Der Junge lief zu einem Strandkorb, in dem seine Eltern lagen, und rief: »DJ Jack ist tot!«

Er hatte es gerade am Radio gehört. Ich blieb wie versteinert stehen. Aber dann trieb mich die Neugierde: Ich ging zu den Leuten mit dem Transistorradio und fragte, ob sie wüssten, was der Grund für DJ Jacks Tod war. Sie vermuteten einen Herzinfarkt, was bei jemandem in unserem Alter nicht ungewöhnlich ist. Aber ich wusste sofort, was tatsächlich passiert war. Ich wusste, dass Du sowohl Karl als auch Jack aufgesucht hattest und nun auf der Suche nach mir sein würdest.

Ich wusste aber auch, dass Du mich nicht finden könntest. Karl und Jack haben ihre Namen nach dem Krieg behalten. Ich dagegen habe einen anderen Namen angenommen. Über meinen alten Namen auf meine Spur zu kommen ist so gut wie unmöglich.

Auf dem Weg nach Hause habe ich an diesem Nachmittag beschlossen, Dir zu schreiben und Dich einzuladen.

Ich will nicht von meiner Schuld ablenken. Ich habe Dir in meinen Briefen versucht zu erklären, wie es dazu kommen konnte, dass Deine Großmutter Marga inhaftiert wurde. Aber es gibt etwas, das Du nicht weißt. Das will ich Dir von Angesicht zu Angesicht sagen. Deswegen gebe ich Dir meinen Namen und meine Adresse. Ich erwarte Dich.

Heinrich Rellingen (ehemals Hein Hansen),
Piekentwiete 6, Timmendorfer Strand

Sebastian faltete den Brief nachdenklich zusammen. Er schaute aus dem Fenster auf die vorbeiziehende Landschaft.

Als das Autotelefon klingelte, nahm Jens das Gespräch an. Vermutlich sprach er mit den Timmendorfer Kollegen.

Aus dem Augenwinkel nahm Sebastian wahr, dass Jens plötzlich erbleichte. »Okay«, sagte er betroffen. »Ich werde es weitergeben.«

Noch bevor Jens aufgelegt hatte, wusste Sebastian, was passiert war: Sie waren zu spät. Auch Hein Hansen war tot.

Auf der Piekentwiete, einer kleinen Straße am Rande des Ortes, standen mehrere Polizeiwagen vor einem Häuschen aus rotem Klinkerstein. Sebastian fühlte sich hundeelend. Er öffnete die Wagentür. Der salzige Geruch der Luft ließ ihn einmal tief durchatmen. Vom Strand her hörte man die Brandung, Kindergeschrei, Möwen, Musik. Es war erst wenige Tage her, dass er hier ganz in der Nähe zusammen mit Anna und Leo das friedliche Strandleben genossen hatte. Die Ausgehnacht saß ihm an jenem Sonntagnachmittag noch in den Knochen, aber die Sonnenstrahlen auf seiner nackten Haut wirkten Wunder. Lange hatte er im Korb gedöst, war dann am Wasser spazierengegangen und hatte mit Leo ein Wettschwimmen gemacht. Bis schließlich die Nachricht von DJ Jacks Tod übers Radio verbreitet wurde. Plötzlich fiel Sebastian etwas auf ... Natürlich! In seinem Brief erwähnte Hein Hansen einen Jungen, der gebrüllt hatte, dass DJ Jack tot sei. Das musste Leo gewesen sein. Und jetzt erinnerte sich Sebastian auch an den älteren Mann mit dem weißen Hut, der sich, wie er selbst, dem Strandkorb des rotverbrannten Muskelpakets genähert hatte. Er war Hein Hansen also begegnet, hatte neben ihm gestanden! Um Gottes willen! Plötzlich kam Sebastian der Satz in den Sinn, den der Alte damals gesagt hatte: *Man sollte im Leben nie etwas tun, das man später bereut.* Und nun war Sebastian wieder hier und stand vor dem Haus dieses Mannes. Er schluckte, als er sah, wie nun eine schwarze Limousine auf das Haus zurollte.

Sebastians Gedanken gingen zurück zu dem Moment, als er im Lesesaal der Gedenkstätte drei Namen unter dem Protokoll entdeckt hatte: Jack Menzel, Karl Perkenson und Hein Hansen. Der Startschuss war gefallen, der Wettlauf mit der Zeit hatte begonnen. Auch wenn anfangs unklar gewesen war, ob der dritte Mann überhaupt noch existierte, hatte Sebastian doch geahnt, dass er noch am Leben und gleichzeitig in höchster Gefahr war. Und nun? Sebastian seufzte. Die Zeit war abgelaufen, der Wettkampf entschieden, und der Leichenwagen kam vor Hein Hansens Haus zum Stehen.

Sebastian schüttelte fassungslos den Kopf. Wie hatte Hans Schoppmann es fertiggebracht, auch den dritten Mann zu töten?! Im letzten Brief war doch deutlich dargestellt, dass die drei jungen Männer damals zu ihren Aussagen stark gedrängt, wenn nicht gar gezwungen worden waren. Hatte Schoppmann das nicht verstanden? Wie hatte er das übersehen können? Er war doch offensichtlich intelligent. Oder war er verrückt? Oder beides?

Nachdem Sebastian Pia gebeten hatte, nach Hamburg in die Werderstraße zurückzukehren, um die Observierung von Schoppmanns Haus zu koordinieren, wollte Sebastian sich ein Bild vom dritten Tatort machen. In dem Moment trat ein kleiner, stämmiger Kriminalbeamter aus Lübeck aus dem Haus und begrüßte Sebastian per Handschlag.

»Sie hatten die Polizei benachrichtigt?«, fragte der Mann.

Sebastian bejahte, und der Lübecker begann direkt mit der Erläuterung der ersten Erkenntnisse aus dem Haus: Die

Leiche lag im Wohnzimmer auf dem Boden, der Tod sei vor höchstens einer halben Stunde eingetreten, der Tote habe eine Wunde am Hinterkopf, entweder von einem Schlag oder Sturz, vom Täter keine Spur. Das Gebiet sei weiträumig abgesperrt, doch noch sei ihnen niemand ins Netz gegangen. Während der Lübecker berichtete, spürte Sebastian, wie sich ein dumpfes Gefühl von Schuld und Scham in ihm ausbreitete. Mit jedem Satz des Beamten spülte das Gefühl, als leitender Kommissar versagt zu haben, wie eine Welle durch seinen Körper.

Am Ende seines Berichts angekommen, machte der Mann aus Lübeck eine fragende Handbewegung. »Woher wussten Sie, dass hier ein Toter…«

»Er geht aufs Konto desselben Täters, der auch Jack Menzel getötet hat«, erklärte Sebastian.

Der Mann sah ihn überrascht an. »Jack Menzel? Das ist doch dieser DJ Jack, der neulich gestorben ist? Der ist ermordet worden?«

Der Lübecker Kommissar war nicht auf dem Laufenden. Oder Sebastians Mitarbeiter und alle Eingeweihten im Hamburger Präsidium hatten dichtgehalten.

Sebastian nickte kurz. So kurz, dass dem Lübecker klar wurde, dass er jetzt nicht mehr von Sebastian erfahren würde.

»Wieso sind Sie sicher, dass es derselbe Täter war?«, fragte der Mann. »Sie haben den Tatort noch gar nicht inspiziert.«

»Sie haben recht«, stimmte Sebastian zu, »ich kenne auch das Opfer nicht. Ich weiß nur, wer der Mörder ist.«

Der Lübecker sah Sebastian verdattert an.

»Ich hätte das Opfer gerne ein paar Stunden früher kennengelernt, dann wäre der Mann jetzt noch am Leben«, erklärte Sebastian.

Was nutzte es, den Mörder zu kennen, wenn man ihn vom Morden nicht abhalten konnte? Sebastian war bewusst, dass ihm ein schwerwiegender Fehler unterlaufen war – er hätte sofort Hans Schoppmanns Identität überprüfen müssen. Und diese Erkenntnis hämmerte ihm nun, mit immer stärker werdenden Schlägen, wie ein Gummihammer auf den Schädel. Das Einzige, das er dem immer heftiger werdenden Gefühl der Ohnmacht entgegensetzen konnte, war Aktivität. Sebastian raffte sich auf und ließ sich zum Tatort führen.

Als er das Wohnzimmer von Hein Hansen alias Heinrich Rellingen betrat, fiel ihm sofort der weiße, frisch gesaugte Teppich auf. Jens stand vornübergebeugt und betrachtete den Toten, der auf dem Bauch lag. Um den Mann herum hatte der Teppich das Blut aufgesaugt, war rot und nass. Sebastian hätte den alten Herrn vom Strand nicht beschreiben können, viel zu kurz hatte er ihn gesehen. Aber jetzt, wo er vor ihm lag, erkannte er das Gesicht wieder.

»Da war nichts mehr zu machen«, sagte ein glatzköpfiger Mann an Sebastian gewandt. »Lange ist der aber noch nicht tot.«

Es war der Notarzt. »Könnten Sie feststellen, wodurch der Tod eingetreten ist?«, fragte ihn Sebastian, obwohl er die genaue Ursache ja schon ahnte.

»Zuerst dachte ich, er wäre ungünstig gefallen…«

»Das glaube ich nicht…«, erwiderte Sebastian.

»Ja, ja«, fuhr der Notarzt fort, »mittlerweile habe ich mitbekommen, dass Sie von einem Mord ausgehen. Wäre der Tote jedoch von einem Verwandten oder einem Nachbarn zufällig entdeckt worden, hätte ich ›Tod durch Unfall‹ attestiert, denn an der Schreibtischkante klebt eine Menge Blut.«

Sebastian warf einen Blick auf den Tisch, von dessen Kante offenbar etwas Blut auf den weißen Teppich getropft war. Ganz klar war der alte Mann dort aufgeschlagen.

»Die Gerichtsmedizin soll den Leichnam auf Insulin untersuchen«, sagte Sebastian.

Der Notarzt runzelte die Stirn. Er setzte zu einer Frage an, behielt sie dann aber doch für sich. Er hätte seine Grenzen überschritten.

Sebastian sah sich unterdessen um. Auf dem antiken Schreibtisch stand neben einer kleinen Lampe eine alte Schreibmaschine. Die Tasten waren größer als heutzutage üblich. Der Einzug musste mechanisch betätigt werden. Es war vermutlich jene Maschine, auf der Heinrich Rellingen alias Hein Hansen die Briefe über die Swingjugend und seine Freundin Marga geschrieben hatte.

Sebastian blickte aus dem Fenster. Die Sicht auf das offene Meer war für den Schreiber sicher inspirierend gewesen.

In den oberen Räumen des Hauses schien sich nichts Besonderes abgespielt zu haben. Kein Zeichen von Kampf oder Gewalt. Stattdessen eine säuberlich geordnete Abstellkammer, ein Bad mit blankpolierten blauen Kacheln, ein Schlafzimmer ähnlich einem gepflegten Hotelzimmer. Die Bettlaken glattgestrichen, das Fensterbrett staubgewischt. Eine Putzfrau war hier vermutlich vor nicht allzu langer Zeit zugange gewesen. Sebastian überlegte. Der Tathergang schien einfach zu rekonstruieren: Hans Schoppmann hatte Hein

Hansens Einladung angenommen. Und irgendwann – vielleicht sofort oder erst nach dem Gespräch – musste er dem alten Mann das Insulin gespritzt haben. Danach war Hansen vermutlich gestürzt. Möglich war auch, dass es zu einem Kampf gekommen war, bei dem Schoppmann den Alten überwältigt hatte. Vielleicht hatte der Notarzt recht, und Hansen hatte einen Schlag abbekommen und war bewusstlos zusammengesunken. Danach hat Schoppmann ihm das Insulin gespritzt, was zum eigentlichen Tod geführt hatte. Die Gerichtsmedizin würde das feststellen. Aber was nützte das noch? Das Entscheidende war doch: Hans Schoppmanns Rachefeldzug war abgeschlossen. Die Serie vollendet. Der Mörder ermittelt. Aber er lief noch immer frei herum. Sebastian schlug mit der Faust gegen die Wand.

Er musste seine Verfolgungstaktik ändern. Mit einem weiteren Mord war nicht zu rechnen, Eile war nicht mehr geboten. Im Gegenteil. Sie mussten besonnen vorgehen, denn die größte Gefahr war jetzt eine andere: Die überhastete Verfolgung konnte den Täter zu einer Kurzschlusshandlung verleiten. Sebastian und seine Leute mussten also in Ruhe und sorgfältig ihre Netze auswerfen und abwarten. Es würde nur eine Frage der Zeit sein, bis Schoppmann ihnen ins Netz ginge. Das zumindest hoffte Sebastian, denn ihm lag sein Versäumnis schwer in den Knochen.

Auf Hansens Nachttisch stand ein Wecker mit großem Ziffernblatt. Es war 13 Uhr 15. Sebastian entschied, nach Hamburg zurückzufahren und im Präsidium alle zusammenzutrommeln, um zu beraten, wie man unter den neuen Bedingungen am besten vorginge.

Gerade hatte Sebastian Hansens Schlafzimmer verlassen,

da blieb er abrupt auf der obersten Stufe der Treppe stehen. Warum, wusste er nicht. Es war eine Art von Reflex, als ob das Unterbewusstsein mit dem Körper direkt kommunizierte. Sebastian drehte sich um und warf noch mal einen Blick in das Schlafzimmer. Irgendetwas drängte ihn dorthin zurück. Er spürte es deutlich: Da war etwas, das er übersehen hatte. Sebastian stand eine Weile mit in die Seiten gestemmten Händen im kleinen Raum und sah sich um. Eine braune Schrankwand, wahrscheinlich ein Modell aus den Siebzigern, auch sie blank geputzt. Der weiße Teppich, der auch hier oben frisch gesaugt schien. An der Wand das Bild einer mittelmäßig gezeichneten Lilie. Sein Blick fiel schließlich auf einige Gegenstände, die auf dem Fensterbrett lagen und denen er zuvor keine Bedeutung beigemessen hatte. Da war ein runder Stein von violetter Farbe, daneben ein Bleistift und eine Packung Aspirin. Sebastians Blick wanderte zurück zu dem Stein. Er lag auf einem zusammengefalteten Stück Papier. Sebastian nahm es in die Hand und schaute es sich an. Es war die Einlasskarte für irgendeine Veranstaltung. Sebastian las. Dann rief er nach Jens.

»Sieveking-Arena«, las der Kollege von der Karte ab.

»Sieh mal das Datum«, meinte Sebastian.

Jens sah sich die Karte genauer an. »Ach«, sagte er »*Wer gewinnt...?*«

»Genau. Und schau mal, in welcher Reihe der Hansen gesessen hat.«

»Reihe drei.« Jens' Gesicht hellte sich auf. »Seinetwegen ist Jack also erschrocken.«

»Genau. Und danach ist Jack direkt aus der Halle geflüchtet und hat sich ins Hotel bringen lassen.«

Sebastian fiel das Gespräch mit Lenz wieder ein. Er hatte recht gehabt: Unter den Zuschauern musste nicht der Mörder selbst gesessen haben, sondern jemand, der Jack durch seine Anwesenheit klarmachte, dass er in Gefahr war.

Sebastian schaute hinaus auf die Ostsee, die sich unter der Mittagssonne in die unendliche Weite erstreckte. »Hansen ist vermutlich am Samstag nach Hamburg zur Show gefahren, um seinen alten Freund Jack, mit dem er seit Jahrzehnten keinen Kontakt mehr hatte, sprechen zu können. Er wollte ihn dazu bringen, sich Hans Schoppmann zu stellen.«

»Wie kommst du denn darauf?«, fragte Jens.

»Das ergibt sich doch aus dem Brief, von dem ich im Auto erzählt habe. Die drei Jungs sind mit brutalsten Methoden zu den Aussagen gegen Marga Viersen gezwungen worden. Wahrscheinlich auch dazu, das Protokoll zu unterschreiben. Was sie damals getan haben, ist aus der Situation heraus besehen völlig verständlich. Aber dass dadurch ihre Freundin nach Fuhlsbüttel kam und infolge der Haft verstorben ist, das hat die drei nach dem Krieg sicherlich gequält. Vielleicht nicht bewusst, denn am Anfang herrschte in Deutschland ja das große Schweigen, die Aufarbeitung fand erst viel später statt. Alle drei scheinen diese Episode radikal verdrängt zu haben. Jahre und Jahrzehnte. Aber irgendwo in ihnen steckte es, und deswegen wollten sie nicht daran erinnert werden. Das vermute ich jedenfalls.«

Sebastian setzte sich auf die Bettkante.

»Achtung«, warnte Jens. »Wegen Spurensuche…«

»Ach, das ist jetzt auch egal«, murmelte Sebastian. »Lass mich noch mal nachdenken… Hein wusste von der im Gefängnis geborenen Tochter und auch, dass diese später einen Sohn bekommen hatte. Man kann annehmen, dass auch Jack und Karl davon wussten. Als Perkenson umgebracht wurde, haben wohl beide – Hein und Jack – geahnt, was da im Gange war. Hein Hansen hat sich daraufhin seiner Vergangenheit gestellt und die Briefe geschrieben. Aber bei Jack war es anders. Gerade jetzt, da er endlich den großen Durchbruch hat, gefeiert und verehrt wird, erfährt er von dem mysteriösen Tod Karl Perkensons. Er ahnt sofort, was los ist, verdrängt das jedoch radikal. Das fällt ihm umso leichter, da er rund um die Uhr beschäftigt ist mit Interviews und Auftritten. Und dann der letzte Samstag: Jack ist der Star der größten deutschen Fernsehshow, die von fünfzehn Millionen Menschen gesehen wird. Für ihn ist es der Höhepunkt seines Lebens. Sein Auftritt gelingt, wie überhaupt alles in diesem Jahr, die Halle tobt, der berühmte Moderator ist tief bewegt. Besser geht es nicht. Ausgerechnet in diesem Moment springt Jack seine Vergangenheit, personifiziert durch Hein Hansen, direkt aus den vordersten Reihen entgegen. Da tickt Jack aus und will nur noch weg.«

»Und läuft seinem Mörder in die Arme«, ergänzte Jens.

Sebastian nickte. Eine Weile standen sie schweigend in dem kleinen Schlafzimmer.

Als sein Handy läutete, zog Sebastian es mit Schwung aus der Hosentasche.

Annas Stimme war ernst: »Ich bin ein bisschen beunruhigt, Sebastian...«

»Was ist denn los?«

»Leo müsste seit einer Dreiviertelstunde von der Klavierstunde zurück sein. Ich hab versucht, die Lehrerin anzurufen, aber die geht nicht ran.«

»Anna, das muss noch nichts bedeuten«, versuchte Sebastian sie zu beruhigen. Aber auch er hatte sofort ein mulmiges Gefühl. »Vielleicht hat er unterwegs einen Freund getroffen, und sie sind zur Eisdiele, wo wir neulich waren, zum Beispiel.«

»Das habe ich mir auch schon überlegt. Ich gehe vielleicht mal kurz rüber... Ich melde mich gleich noch mal.«

Nachdem sie das Gespräch beendet hatten, starrte Sebastian eine Weile mit ausdruckslosen Augen ins Leere. Er schluckte. Eine furchtbare Ahnung drängte sich in ihm hoch.

»Was ist?«, fragte Jens.

»Ich brauche sofort ein Auto. Kannst du mir eins organisieren?«

»Willst du mir nicht sagen, was los ist?«, entgegnete Jens ernst.

Er schüttelte den Kopf, und Jens sprintete los.

Sebastian ging im Schlafzimmer auf und ab und raufte sich die Haare. In seinem Kopf blitzten die absurdesten Vermutungen auf, doch er verstand nicht, wie das alles zusammenhängen sollte. Er sah Leo vor sich, und seine Angst begann bereits in Panik umzukippen. Hier in Hansens Haus hatte er nichts mehr verloren, er musste so schnell wie möglich nach Hamburg fahren.

»Das Auto ist da. Du bekommst einen BMW vom Streifendienst«, sagte Jens, der keuchend in der Tür stand. »Hier sind die Schlüssel. Steht draußen bereit.«

»Sag erst mal keinem etwas«, sagte Sebastian und nahm den Schlüssel. »Ich ruf dich nachher an.«

Besorgt und verständnislos sah Jens ihm hinterher.

Sebastian war froh, dass er schon losgefahren und allein im Auto war, als auf seinem läutenden Handy eine fremde Nummer aufleuchtete. Er wusste intuitiv, was jetzt kommen würde.

»Sebastian Fink«, meldete er sich, wobei er vergeblich versuchte, seine Stimme fest klingen zu lassen und seine Wut und Verzweiflung zu unterdrücken. »Ich bin allein – Sie können frei sprechen.«

»Hier ist Hans Schoppmann.« Der Mann sprach betont leise.

»Ich habe Ihren Anruf schon erwartet...«, sagte Sebastian, und das stimmte tatsächlich.

»Ich habe im Internet das Phantombild gesehen. Ziehen Sie es zurück«, flüsterte Schoppmann.

Gedanken rasten Sebastian durch den Kopf. Er wusste gar nicht, welche Einsatzzentrale das Bild veröffentlicht hatte. An ein Zurückziehen war nicht zu denken.

»Ich habe darauf keinen Einfluss«, antwortete Sebastian.

»Herr Fink«, sagte Schoppmann jetzt in normaler Lautstärke, und er klang auf einmal überaus freundlich. »Hier ist jemand, der mit Ihnen sprechen möchte.«

Sebastian hatte es geahnt. Seine Panik würde er jetzt unterdrücken müssen. Und zwar vollständig. Es kruschelte, dann sagte die helle Stimme: »Hallo Sebastian!«

Der Junge klang fröhlich, und Sebastian spürte einen schwachen Impuls der Erleichterung.

»Wie geht es dir, Leo?«, fragte er. Er hatte Mühe, es neutral klingen zu lassen. Fragen schossen Sebastian durch den Kopf: Wo hatte Schoppmann den Jungen aufgegriffen? Woher wusste Hans Schoppmann überhaupt, dass es im Leben von Sebastian Leo gab? Woher wusste er, wo sie wohnten?

»Mir geht's gut«, rief der Junge. »Bist du auch im Auto?«

»Ja. Wohin fahrt ihr denn?«, fragte Sebastian schnell.

»Wir fahren in ein Abenteuerland, und der Hans hat gesagt, dass Mama und du auch dahin kommen.«

Für einen Moment war Sebastian sprachlos. »Ja«, sagte er dann. »Mama und ich kommen auch dahin.«

Bevor er noch etwas sagen konnte, war Hans Schoppmann wieder dran. Jetzt sprach er wieder leiser – offenbar sollte Leo davon nichts mitbekommen: »Ziehen Sie das Bild zurück. Dann passiert dem Jungen nichts.«

»Lassen Sie Leo frei«, war das Einzige, was Sebastian herausbrachte. »Er hat doch nichts zu tun mit der Sache.«

»Er bleibt bei mir, bis ich in Sicherheit bin«, sagte Schoppmann. Dann brach die Verbindung ab.

Sebastian war während des Gesprächs wie mechanisch weitergefahren. Plötzlich fiel ihm ein, woher ihm Hans Schoppmanns Gesicht bekannt vorgekommen war: Er hatte ihn in der Bibliothek gesehen! Er hatte Sebastian mit einem merkwürdigen Blick angeschaut, aber Sebastian hatte dem keine Bedeutung beigemessen. Warum auch? Er war einer von vielen Studenten, die er bei seinen Nachforschungen auf dem Unigelände gesehen hatte. Vermutlich aber hatte Schoppmann mitbekommen, dass Sebastian sich als Kommissar ausgewiesen hatte. Und nach dem Besuch in der Bibliothek hatte sich Sebastian nebenan mit Anna und Leo in der Eisdiele getroffen. Hans Schoppmann musste ihn dort gesehen und ihm womöglich gefolgt sein. Anders war es nicht zu erklären.

Jetzt schoss Sebastian beißende Übelkeit in die Kehle, er schaffte es gerade noch, das Auto auf den Seitenstreifen zu lenken. Er sprang heraus und übergab sich in die Büsche. Dann stand er einen Augenblick schwankend am Rande der Autobahn, den Rücken den vorbeirasenden Autos zugewandt, vor ihm die weite, norddeutsche Landschaft: Felder, Kühe, ein krummer Zaun. Er nahm die Einzelheiten wahr, als könnte er sich an ihnen festhalten. Wehmütig bemerkte er das tiefe Blau des Himmels – er hatte sich noch nie so unglücklich gefühlt.

Ein Lastwagen donnerte an ihm vorbei. Sebastian nahm sich zusammen und griff nach seinem Handy. Er musste Anna sofort benachrichtigen … Oder vielleicht gerade nicht? Sebastian hatte Mühe, sich zu konzentrieren. Anna könnte durchdrehen, und niemand war bei ihr, der ihr helfen könnte. Also schonte er sie vielleicht besser.

Eins war klar: Er musste seinen Plan ändern. Anstatt nach Hamburg zu fahren, würde er sich jetzt um Leo kümmern. Sebastian beschloss, Jens doch einzuweihen. Er rief ihn an und bat ihn, zu Anna zu fahren, sie zu informieren und bei ihr zu bleiben.

Anschließend tippte Sebastian die Nummer des Präsidiums und bat darum, Schoppmanns Handy zu orten. Dann sank er auf den Autositz und starrte auf die Autobahn. Ja, so musste es sich abgespielt haben: Schoppmann war ihnen von der Eisdiele nach Hause gefolgt. Und dort hatte er Leo heute nach dem Klavierunterricht abgefangen. Irgendwie war es ihm gelungen, Leos Vertrauen zu gewinnen. Sebastian war kurz davor, sich noch einmal zu übergeben. Bilder begannen ihm durch den Kopf zu schießen: Leo auf einer

Schaukel, das schlafende Kind, Leo an der Hand von Anna am Ostseestrand. In den vergangenen zwei Jahren war Leo Sebastian ans Herz gewachsen. Zwar wusste Sebastian nicht, wie es sich anfühlte, Vater zu sein, aber es musste ähnlich sein wie das, was er für Leo empfand. So deutlich wie in diesem Moment hatte Sebastian das bislang nicht wahrgenommen.

Er musste sich zusammenreißen. Er kam sich vor wie der Pilot in einem abstürzenden Jumbojet. So viel Verantwortung fühlte er sich nicht gewachsen.

So absurd es auch schien, Schoppmann war ein Mensch mit Moral. Einem Kind würde er nichts antun. Das war die wichtigste Erkenntnis in diesem Moment. Die größte Gefahr bestand darin, dass die polizeiliche Suchaktion eine Kurzschlusshandlung bei Schoppmann auslösen würde. Die war jedoch nicht mehr zu stoppen. Zumindest aber musste eine Ringfahndung um jeden Preis vermieden werden. Das bedeutete, dass niemand von der Entführung erfahren durfte.

Sebastian atmete einmal tief durch. Was hatte Hans Schoppmann vor? Wohin wollte er flüchten? Was würde aus seiner Mutter werden? Sebastian hielt inne. Sybille Schoppmann. Die Bersholmer Klinik. Früher oder später würde der Sohn dort auftauchen. »Ich muss da hin«, sagte Sebastian laut zu sich selbst.

Über die Telefonauskunft fand er die Adresse der Klinik. Sie lag etwa hundertfünfzig Kilometer nördlich von Hamburg, hinter Kiel, nahe der dänischen Grenze.

Dann kam auch endlich der Anruf von der Ortung aus dem Präsidium. »Das Handy befindet sich in Hamburg«, sagte eine dröge Stimme. »In Stelling. Irgendwo in der Nähe vom Wreder Kreuz. Das Handy hat sich seit unserer Ortung nicht von der Stelle bewegt«, erklärte der Beamte am Telefon. Sebastian war klar, was das bedeutete: Nachdem Hans Schoppmann Sebastian angerufen hatte, hatte er das Handy aus dem Fenster geschmissen. Das Wreder Kreuz war auf dem Weg zur Autobahn, die nach Bersholm führte. Sebastian nickte, als hätte nicht er selbst, sondern ein anderer die Schlussfolgerung übermittelt.

Dann griff er nach der Straßenkarte, die auf der Rückbank des Wagens lag, und breitete sie auf dem Dach aus. Zur Klinik würde er am besten quer übers Land fahren. Eine Autobahn gab es nur von Hamburg dorthin. Der Umweg wäre zu weit. Hans Schoppmann, der vermutlich die Autobahn in den Norden genommen hatte, würde jedenfalls schneller sein.

Bevor er losfuhr, musste Sebastian noch ein paar Dinge bedenken. Ohne die Klinik zu kennen, versuchte er sich das Vorgehen auf dem Gelände auszumalen. Was ihm am meisten Sorge bereitete, war, dass Schoppmann ihn entdecken könnte, bevor Sebastian ihn gesehen hätte. Das konnte passieren, wenn Sebastian auf das Gebäude zuging und der Student zufällig aus dem Fenster guckte. Sebastian fuhr sich mit dem Handrücken über die Stirn. Er würde Hilfe brauchen.

Er wählte die Nummer von Pia. An der Werderstraße wurde sie jetzt nicht mehr gebraucht, die Observierung des Schoppmannschen Hauses war zumindest im Moment nicht vordringlich. Und sie war genau die Richtige, um ihn zur Klinik zu begleiten. Bevor sie irgendetwas sagen konnte, fragte Sebastian: »Kannst du sofort losfahren?«

»Ja«, antwortete Pia prompt. Sie hatte offenbar an seiner Stimme den Ernst der Lage sofort erkannt.

»Kommst du an ein ziviles Auto?«

Nach einem kurzen Moment des Überlegens bejahte sie auch diese Frage.

»Dann komm, so schnell du kannst, nach Billangen, das ist ein kleiner Ort in der Nähe von Kiel. Ruf mich an, sobald du auf der Autobahn bist, dann erkläre ich dir alles. Und, Pia, bitte, kein Wort zu irgendwem.«

»Klar. Bis gleich.«

Auf Pia war Verlass, und Sebastian war froh über die Unterstützung. Ein feines Lächeln kam ihm über die Lippen. Das Gefühl kam ihm fast fremd vor, so bitter waren die vergangenen Stunden gewesen.

Pia, die Rennfahrerin, kam nur wenige Minuten nach ihm auf dem Parkplatz am Ortsanfang an. Sebastian hatte ihr die Lage inzwischen am Telefon erläutert. Im ersten Moment hatte es Pia die Sprache verschlagen, aber als sie dem Auto entstieg, war an ihrem entschlossenen Gesicht abzulesen, dass sie für die bevorstehende Aufgabe gewappnet war.

Die beiden checkten ihre Waffen sowie die versteckten Mikrophone und berieten das weitere Vorgehen. In Bersholm mussten sie als Erstes in Erfahrung bringen, ob sich Hans Schoppmann und Leo tatsächlich in der Klinik befanden oder ob sie vielleicht schon weitergefahren waren. Das würde am besten Pia herausfinden, denn Hans und Leo hatten sie noch nie gesehen.

»Ich tue einfach so, als ob ich einen Klinikplatz für meine Mutter finden wollte«, sagte Pia. Über ihr Gesicht huschte ein mädchenhaftes Lächeln. »Das könnte ich bei der Gelegenheit tatsächlich mal herausfinden.«

Zwanzig Minuten später waren sie da. Sie parkten ihre Autos am Rande der Zufahrtsstraße, aber noch außerhalb der Sichtweite des Gutshauses. Es war ein altes Gebäude mit restaurierter Fassade, umgeben von üppigem Grün. Sebastian sah aus dem Auto Pia nach, die stramm auf das eingezäunte Anwesen zumarschierte. Die gewaltigen Eichen schienen gleichgültig auf sie herabzublicken, wie Elefanten auf einen kleinen Vogel.

Auf einmal kam ihr ein Auto entgegen. Sebastian war wie elektrisiert. In der Windschutzscheibe spiegelten sich die Baumkronen und der Himmel, Insassen waren von Sebastians Warte aus keine zu erkennen. War es Hans Schoppmann? Das Auto verlangsamte, und Sebastian hielt die Luft an, als es auf Pias Höhe zum Stehen kam und seine Kollegin sich dem heruntergleitenden Fahrerfenster zubeugte. Jetzt würden sich die versteckten Mikrophone, von denen Pia sich eins angeheftet hatte, bewähren. Über den Knopf im Ohr konnte Sebastian das Gespräch mitverfolgen.

»Kann ich Ihnen helfen?«, fragte eine Frauenstimme.

»Ich habe ein paar Fragen zur Klinik, wegen meiner Mutter…«, antwortete Pia.

»Da kommen Sie zu einer ungünstigen Zeit, wir haben jetzt keine Sprechstunde. Wer sind Sie denn, wenn ich fragen darf?«

»Pia Schell heiße ich…« Das war ihr richtiger Name.

»Ich bin Doktor Riedecken, die Leiterin der Klinik. Leider muss ich Sie bitten, ein anderes Mal wiederzukommen. Ich kann jetzt keine Ausnahme machen, ich muss los.«

Ohne Aufhebens zückte Pia ihren Ausweis und stieg in das Auto ein. »Kriminalpolizei Hamburg«, hörte Sebastian Pias strenge Stimme. »Bitte fahren Sie weiter und halten da vorne bei dem BMW.«

Das Auto rührte sich zunächst nicht. Dann begannen die auf der Windschutzscheibe sich spiegelnden Baumkronen langsam über das Glas zu fließen. Wahrscheinlich war Doktor Riedecken zunächst pikiert über den Befehlston gewesen, den Pia ihr gegenüber angeschlagen hatte.

Sebastian stieg schnell um, nachdem Frau Riedecken ihren Wagen in seiner Nähe angehalten hatte. Die Leiterin der Klinik entpuppte sich als eine elegante Dame um die Fünfzig, mit hochgesteckter Frisur und glitzernden Ohrringen. Etwas abschätzig sah sie nach hinten, wo Sebastian auf der Rückbank Platz genommen hatte und ihr seinen Ausweis entgegenhielt.

»Worum geht es denn?«, fragte sie kühl.

»Es geht um Sybille Schoppmann«, antwortete Sebastian. »Ist sie in der Klinik?«

»Soviel ich weiß, ja. Können Sie mir mal sagen, was los ist?«

»Ist ihr Sohn bei ihr?«

»Ja. Zusammen mit ihrem... das müsste wohl der Enkel sein. Sie sind etwa vor einer Stunde gekommen.«

Nachdem sie das gesagt hatte, wandte Frau Riedecken den Blick plötzlich ab. Mit den Fingern klopfte sie sanft auf ihre Handtasche. »Als ich eben losfuhr, habe ich ihr Auto aber nicht mehr gesehen«, sagte sie dann. »Vielleicht sind sie schon wieder fort. Soll ich mal nachfragen?«

Frau Riedecken zog ein kleines, rechteckiges Gerät aus

ihrer Tasche. »Ich kann Schwester Karin anpiepsen, die ist für Frau Schoppmann zuständig.«

»Hören Sie«, Sebastian legte seine Hand auf Frau Riedeckens Unterarm. »Schwester Karin darf nichts von unserer Anwesenheit erfahren. Kriegen Sie das hin?«

Ohne zu antworten, drückte die Leiterin der Klinik ein paar Knöpfe und hielt den Pieper ans Ohr.

»Aber Sie müssen mir anschließend sagen, was los ist«, forderte sie. Im nächsten Moment hielt sie, mit der Geste einer Chefin und zum Zeichen für sofortige Ruhe ihren Zeigefinger in die Luft. »Schwester Karin!«, sprach sie in strengem, aber nicht unfreundlichem Ton in das Gerät. »Ich mache mich gleich auf den Weg nach Hause und wollte wissen, ob noch Besucher im Haus sind... ah, ja... der Bruder von Frau Webel kann ruhig etwas länger bleiben, geht in Ordnung. Grüßen Sie ihn von mir. Was ist mit den Schoppmanns?« Riedecken zog die Brauen zusammen. »Wann denn?« Sie warf Pia einen Blick zu.

»Frau Schoppmann auch? Und wohin sind sie gefahren? Aha. Na gut. Bis morgen.«

Frau Riedecken schob das Gerät zurück in ihre Tasche. »Die sind vor einer halben Stunde wieder weggefahren.«

»Und wohin?«, fragte Pia.

Frau Riedecken machte eine entschuldigende Geste. »Das wusste Schwester Karin nicht. Die drei wollten einen Ausflug machen.«

»Wie lange?«

»Wusste sie auch nicht. Eigentlich erstaunlich, denn sie weiß sonst immer alles. Bei uns gibt es ein besonderes Vertrauensverhältnis zwischen Personal und Patienten. Es wäre eigentlich Schwester Karins Pflicht, darüber informiert zu sein.« Sie warf Sebastian einen fragenden Blick zu, als wollte sie wissen, wann sie endlich weiterfahren dürfe.

»Ich muss mit der Schwester sprechen«, sagte Sebastian.

»Wollen Sie den Pieper benutzen?«, fragte Riedecken.

»Bringen Sie uns lieber zu ihr.«

Die Leiterin hob missbilligend die Augenbrauen. Dann startete sie das Auto. »Irgendwann muss ich auch mal los. Ich habe einen Termin«, sagte sie, während sie das Auto umständlich wendete.

Pia blieb mit Doktor Riedecken in ihrem Bürozimmer und sorgte dafür, dass weiterhin niemand von der Anwesenheit der Polizei erfuhr. Schwester Karin musste eingeweiht werden, das war unumgänglich. Sebastian hoffte, dass sie mehr wusste, als sie gegenüber ihrer Chefin zugegeben hatte. Er bat die Schwester, ihn zu Sybille Schoppmanns Zimmer zu bringen. Die etwas feste, aber sportliche Frau mit der ausgewachsenen, blonden Dauerwelle ging mit schnellen Schritten voran. Unterwegs kamen ihnen mehrere traurige Gestalten entgegen, die weder Sebastian noch die Schwester wahrzunehmen schienen.

»Wie lange kennen Sie Frau Schoppmann schon?«, fragte Sebastian, nachdem er die Tür zu dem kleinen Zimmer hinter sich geschlossen hatte. Schwester Karin überlegte. »So zwei Jahre, denke ich. Sie ist regelmäßig bei uns.«

»Wohin könnten die drei gefahren sein?«

»Ich weiß es nicht.« Schwester Karin sah ihn hilflos an.

»Wie lange wollten sie wegbleiben?« Sebastian beobachtete die Frau aufmerksam.

»Sie wollten einen Ausflug machen.«

»Und warum sind hier überhaupt keine Sachen von Frau Schoppmann?«

Schwester Karins Blick wanderte hektisch im Raum umher und blieb schließlich am Nachttisch hängen. »Das Bild fehlt…«, murmelte sie erschrocken.

»Welches Bild?«

»Ein Foto ihrer Mutter. Es ist weg.«

»Frau Schoppmann hatte ein Foto ihrer Mutter auf dem Nachttisch?«

»Ja, immer. Ein Porträt der Mutter als junge Frau. Ein hübsches Bild. Neulich hatte ihr Sohn es mal einzupacken vergessen, da war sie richtig geknickt. Er hat es ihr dann ein paar Tage später gebracht. Seitdem stand es wieder hier.«

Schwester Karin ging auf den Schrank zu. Mit einem Ruck öffnete sie die Türen. »Tatsächlich. Es ist alles fort.«

»Wie gut kennen Sie den Sohn?«, fragte Sebastian.

»Gut wäre übertrieben. Er bringt seine Mutter immer hierher und holt sie wieder ab. Zwischendurch besucht er sie regelmäßig, wenn sie länger hierbleiben muss. Er kümmert sich mehr, als manch andere Angehörige es tun.«

»Was genau haben die beiden zu Ihnen gesagt, bevor sie wegfuhren?«, fragte Sebastian und fixierte die Krankenschwester aufmerksam.

»Der Sohn meinte, sie würden einen Ausflug machen, es könnte etwas länger dauern. Das ist alles. Aber was ist denn eigentlich passiert? Warum wollen Sie das alles wissen?«

»Es ist viel passiert. Haben Sie den Jungen gesehen?«

»Ja.«

»Wissen Sie, wer das war?«

»Ein Neffe von Frau Schoppmann.«

»Der war vorher nie hier, stimmt's?«

»Äh... nein, ich glaube nicht.«

»Und haben Sie sich nicht gefragt, warum?«

»Nein.« Schwester Karin sah Sebastian ratlos an. Und er sah ein, dass die Frage nirgendwohin führen würde.

»Haben Sie denn gesehen, wie die drei abgefahren sind?«

»Nein. Ich war nur kurz im Zimmer, als sie ankamen. Dann hat der Sohn das mit dem Ausflug gesagt, und ich habe den dreien viel Spaß gewünscht. Dann musste ich zu einem anderen Patienten.«

Sebastian wandte sich ab und biss sich auf die Unterlippe. Niemand hatte eine Ahnung, wohin die drei gefahren sein konnten. Das bedeutete, dass man doch über eine Großfahndung nachdenken musste, trotz aller Gefahren, die sie für Leo mit sich bringen würde. Sebastian seufzte leise.

»Schwester Karin!«, brach es kurz darauf aus ihm heraus – vielleicht trieb ihn Verzweiflung dazu, vielleicht erhoffte er sich Trost von der Schwester oder einfach eine weitere Chance, jedenfalls hörte er sich sagen: »Ich werde Ihnen den Hintergrund meiner Befragung erklären.« Dabei hatte er doch niemanden in der Klinik in die Sache einweihen wollen. Die Schwester sah ihn erwartungsvoll an.

»Hans Schoppmann ist ein Mörder.«

Mit einigen Sekunden Verzögerung, als traute sie ihren Ohren nicht, öffnete Schwester Karin den Mund und ließ ihn offen stehen.

»Er hat drei alte Männer umgebracht. Er hat ihnen Insulin gespritzt. Er glaubte, die Männer wären für den Tod der

263

Frau verantwortlich, deren Bild hier gestanden hat.« Sebastian zeigte auf den leeren Nachttisch.

»Und der Junge ist nicht der Neffe von Frau Schoppmann«, sagte Sebastian, »sondern mein…« Sebastian hatte kurz gestockt, bevor er es aussprach: »Er ist mein Sohn.«

»Um Gottes willen«, stöhnte Schwester Karin. »Ich muss mich setzen.«

Während die Frau sich auf der Bettkante niederließ, fuhr Sebastian fort: »Hans Schoppmann wusste, dass ich ihm auf der Spur war. Daraufhin hat er den Jungen entführt. Ich muss wissen, wohin die drei gefahren sind.«

Schwester Karin nickte stumm.

»In ihrer Wohnung in Hamburg sind sie vermutlich nicht. Ich glaube auch nicht, dass sie in die Stadt gefahren sind, das wäre zu gefährlich. Vielleicht sind sie sogar irgendwo hier in der Gegend. Denken Sie mal nach: Haben Sie irgendeine Ahnung, wohin Hans und Sybille Schoppmann gefahren sein könnten?«

Schwester Karin schüttelte den Kopf und begann zu weinen. »Entschuldigung«, sagte sie.

Auch Sebastian war zum Heulen. Die Situation schien ausweglos. Wieder gingen ihm Bilder durch den Kopf: Anna und Leo inmitten ihrer Umzugskartons, am Tag, als sie in seine Wohnung am Benderplatz einzogen; das neu eingerichtete Kinderzimmer; der weiße Stoffhase, neben dem der Junge jeden Abend einschlief.

Schwester Karin hatte, während sie weinte, ein paarmal fassungslos den Kopf geschüttelt. Doch plötzlich hörte sie zu weinen auf. Irgendetwas schien ihr eingefallen zu sein. Sie legte den Kopf in den Nacken, einige Wörter kamen ihr lautlos über die Lippen. Plötzlich wandte sie sich Sebastian zu und sagte mit klarer Stimme: »Ich glaube, ich weiß, wo sie sind...«

Sebastian sah die Schwester erstaunt an.

»Sybille Schoppmann hat mir mal von einem Ort erzählt... genaugenommen einer Insel. Einer kleinen Insel an der dänischen Ostküste, gar nicht so weit von hier, wo sie früher manchmal mit ihrem Sohn gewesen ist. Dort lebe ein Einsiedler, ohne Fernsehen und Radio und ohne Strom. Der ernähre sich von selbstgefangenem Fisch und so. Dort wäre auch der Hans immer gern, hat sie gesagt.«

Schwester Karin sah Sebastian eindringlich an. »Ich bin sicher: Da sind sie!«

»Wie heißt die Insel?«

»Be... be...Börnsen. Oder so ähnlich.«

»Das finde ich heraus«, sagte Sebastian. Er überlegte kurz. Eine spontane Idee war ihm durch den Kopf geschossen. Er fragte: »Schwester Karin. Helfen Sie mir?«

»Natürlich.«

»Dann kommen Sie mit?«

Als wäre es etwas Selbstverständliches, antwortete die Schwester: »Klar!«

Eigentlich sollte er so etwas als Kommissar nicht tun, aber Sebastian konnte nicht anders: Er umarmte die kleine, dralle Frau.

20

Die Luft roch nach Meeresalgen. Es war kurz nach neun, und die Dämmerung sank auf die dänische Ostsee herab. Umschwärmt von kreischenden Möwen trieb der Fischkutter durch unruhiges Gewässer auf die Insel Börnsen zu, deren Umrisse sich gegen den Abendhimmel abzeichneten.

Die letzten drei Stunden waren wie im Flug vergangen. Räder hatten wie in einem Uhrwerk ineinandergegriffen. Während Karin ins Schwesternzimmer der Klinik geeilt war, um sich umzuziehen, hatte Sebastian Pia zur Seite genommen und sie über die neueste Entwicklung in Kenntnis gesetzt. Pia war der Ansicht, die Leiterin der Klinik würde den Ernst der Lage sicher begreifen und niemandem etwas verraten. Tatsächlich setzte sich Frau Doktor Riedecken, kaum dass ihr Sebastian die Situation erklärt hatte, sogleich an ihren Computer und suchte die Insel im Internet. Sie hieß tatsächlich Börnsen und lag inmitten einer Inselgruppe, die nur zum Teil bewohnt war. Sie war klein, nur ein paar Fischer und einige Obstbauern lebten dort. Dazu gehörte auch ein Vogelschutzgebiet. Die Ärztin druckte die Karte mit der Wegbeschreibung von der Bersholmer Klinik zur Küste Dänemarks aus und überredete Sebastian, Karin und Pia dazu, vor der Abfahrt noch etwas zu essen. An Essen und Trinken hatte Sebastian schon lange nicht mehr gedacht. Erst als er ein Butterbrot und eine warme Suppe vor sich hatte, merkte er, dass er tatsächlich Hunger hatte und etwas für seinen Kreislauf tun musste.

Anschließend waren sie ohne große Verzögerungen über Autobahn und Landstraße zur dänischen Küste gelangt. Es stellte sich heraus, dass Schwester Karin gut Dänisch sprach, weil ein Teil ihrer Familie aus Dänemark stammte. Sie schaffte es, einen älteren Fischer mit sonnengegerbter Haut und schaufelgroßen Händen dazu zu überreden, trotz der späten Stunde den Motor seines Kutters noch mal anzuwerfen und die drei zur Insel hinüberzubringen. Das Auto von Hans Schoppmann hatten sie nirgends entdeckt, aber der Fischer hatte gesehen, dass ein Kollege zwei Stunden zuvor zwei Erwachsene und ein Kind an Bord seines Bootes genommen hatte. Sebastian konnte also sicher sein, dass Schwester Karin mit ihrer Eingebung richtiggelegen hatte. Sie waren nah am Ziel, und doch konnte der kleinste Fehler bewirken, dass alles in eine Katastrophe mündete.

Der Fischer war nicht sehr redselig. Schwester Karin entlockte ihm trotzdem einige Informationen: Er kannte den Einsiedler auf Börnsen. Ole Jensen hieß er, ein Däne, der seit über vierzig Jahren auf der Insel lebte und so gut wie nie ans Festland kam. Der Fischer fragte nicht, was die drei von ihm wollten.

Sebastian dachte auf der Fahrt über die Verbindung von Sybille und Hans Schoppmann zu dem dänischen Einsiedler nach. Noch während er überlegte, sagte Pia, die breitbeinig versuchte, im Boot die Balance zu halten: »Vielleicht ist der Typ der Vater von Hans Schoppmann...«

»Das würde einiges erklären«, ergänzte Sebastian und wandte sich an Schwester Karin, die auf einer Kiste saß und mit den Beinen in der Luft schaukelte: »Hat Sybille Schoppmann mal über ihre Beziehungen zu Männern gesprochen?«

Karin nickte. »Ja, hat sie. Sie erzählte, dass ihr Exmann Bert Schoppmann vor Jahren an Krebs gestorben sei und dass sie ihn vermisse, obwohl sie schon lange geschieden waren, als er starb. Ich ging davon aus, dass er der Vater von Hans sei.«

»Hat sie das gesagt?«

Nach kurzem Überlegen schüttelte Karin den Kopf. »Nein. Ich hatte es aus ihrer Erzählung geschlossen. Wissen Sie denn Genaueres?«

Sebastian wusste tatsächlich mehr als die beiden Frauen. Er hatte kurz zuvor auf dem Parkplatz noch mal ins Präsidium telefoniert, um zu erfahren, was die Meldestelle zu den Personalien von Hans Schoppmann herausgefunden hatte. Tatsächlich lag ein Ergebnis vor: Sybille Schoppmann hatte ihren Sohn viele Jahre nach der Scheidung bekommen. Hans war ein uneheliches Kind, und den Akten nach war der Vater unbekannt.

Als Schwester Karin das hörte, schlug sie mit der flachen Hand auf die Kiste. »Mensch, dieser Jensen könnte wirklich der Vater sein.« Nach einer kurzen Pause, in der sie offenbar die Gespräche mit ihrer Patientin noch einmal im Geist Revue passieren ließ, bemerkte sie: »Wenn sie von diesem Einsiedler erzählte – das fällt mir erst jetzt im Nachhinein auf –, schwang immer viel Gefühl mit. Wie wenn jemand über vergangene Lieben spricht.«

Das Schiff schaukelte derweil auf den kleinen Hafen zu,

in dem vier Fischerboote lagen. Die erleuchteten Fenster in den Backsteinhäusern der Fischer waren schon zu sehen. Hinter den Gebäuden ragte eine alte Windmühle empor. Dahinter erstreckte sich eine Holunderplantage.

»Können Sie den Fischer fragen, ob er weiß, wo genau das Haus von Ole Jensen liegt?«, bat Sebastian Karin.

Die Krankenschwester übersetzte die Antwort des Mannes: Es sei ein großes Holzhaus nahe am Strand und befinde sich auf der anderen Seite der Insel, zwei, drei Kilometer von hier. Man komme nur zu Fuß hin – man könne es aber nicht verfehlen.

Sebastian, Pia und Karin marschierten über die Plantage zu dem sich anschließenden Wäldchen und von dort aus zum Strand, von wo aus sie zum Haus des Einsiedlers gelangen würden. Die Taschenlampen, die ihnen Frau Riedecken zugesteckt hatte, brauchten sie nur im Wald. Ansonsten hatte der Mond die Insel in ein diffuses Licht getaucht, das ausreichend Sicht bot. Schweigend gingen sie nebeneinander am Wasser entlang. Außer dem gleichmäßigen Plätschern der kleinen Wellen war noch der Ruf eines Nachtvogels aus dem Wald hinter ihnen zu hören. Sebastian malte sich aus, wie Hans Schoppmann, dessen Mutter und der kleine Leo im Haus des Einsiedlers zusammensaßen. Von außen, aus der Dunkelheit, würde man die Gruppe in einem beleuchteten Raum gut sehen können. Eine Erstürmung des Hauses wäre geradezu ein Kinderspiel.

Sebastian seufzte leise. Die Hoffnung auf ein so leichtes Ende war verfrüht. In den letzten Stunden waren ihm alle möglichen Horrorszenarien durch den Kopf gegangen: Leo, wie er leidet, Leo, wie er geschlagen wird, Leo, wie er tot am Boden liegt. Und plötzlich waren auch die Erinnerungen an Tellenhorst wieder da: Seine Schwester Klara war neun Jahre alt, als sie umgebracht wurde. Sebastian war damals sieben, also genauso alt wie Leo heute. Sebastian atmete einmal tief aus, als würde er dadurch seine düsteren Gedanken los. Er blickte auf das dunkle Wasser, wo der Mond einen blass schimmernden Streifen auf die glatte Oberfläche gelegt hatte.

Sebastian fiel auf, dass er seit Leos Entführung nicht mehr an die drei toten alten Männer gedacht hatte. Perkenson, Menzel, Hansen – diese Namen kamen ihm ganz fern vor. Es drehte sich alles nur noch um das Leben von Leo. Hoffentlich hielt Anna unter der Obhut von Jens einigermaßen durch.

Noch in Gedanken, hatte Sebastian nicht bemerkt, dass Pia und Karin stehengeblieben waren. Jetzt sah er es auch: Vom Strand zurückversetzt und umgeben von hohen Bäumen lag in einer Entfernung von etwa hundertfünfzig Metern ein Gebäude, dessen dunkle Umrisse sich vom blassen Sternenhimmel abhoben. Von Licht im Haus keine Spur. Die drei schlichen gebückt weiter. Jetzt, wo es darauf ankam, unauffällig voranzukommen, nahm Sebastian wahr, wie oft einer von ihnen auf einen knackenden Ast trat. Das Mondlicht reichte nicht aus, um am Boden alles zu erkennen. Man konnte nur hoffen, dass das Plätschern der Wellen die Geräusche, die sie verursachten, übertönte.

Aus dem Haus drangen keine Geräusche. Ob der Einsiedler und seine Besucher schon schlafen gegangen waren? So früh? Aber was hieß auf einer einsamen Insel schon früh – der Mann lebte ohne Strom. Von der hektischen, grellbunten Welt des Fernsehens unbehelligt, ohne E-Mails oder Telefonanrufe konnte man bei eintretender Dunkelheit einfach ins Bett gehen.

Auf einmal wurde es fast vollständig dunkel, als hätte jemand einen großen Vorhang vor das Firmament gezogen. Sebastian blickte zum Himmel, wo eine Wolke sich vor den Mond geschoben hatte.

Er überlegte. Wenn im Haus schon geschlafen würde, wäre die Situation dann leichter? Eine Erstürmung des Gebäudes konnten Pia und er allerdings unmöglich allein durchführen – sie wussten ja noch nicht mal, in welchen Räumen sich wer befand. Dazu bräuchten sie ein Einsatzkommando. Sebastian überlegte, ob er nicht doch die dänische Polizei informieren sollte, was ohnehin seine Pflicht gewesen wäre. Doch das Risiko war ihm zu groß. Und wer sagte, dass sich die vier überhaupt in diesem Gebäude aufhielten?

»Habt ihr das gehört?«, flüsterte Pia.

Karin nickte. Auch Sebastian meinte, aus der Richtung des Hauses ein Rumpeln vernommen zu haben. Wie auf Kommando waren alle drei in ihren Positionen erstarrt und horchten. Außer dem Rauschen des Wassers war nichts zu hören. Nachdem die Wolke weitergezogen und es wieder etwas heller geworden war, schlichen die drei weiter.

Die Angst vor einer Kurzschlusshandlung Hans Schoppmanns blieb ein ständiger Begleiter. So etwas war aber nicht nur dem Studenten zuzutrauen, sondern auch dem Einsiedler, der die Anwesenheit so vieler Menschen nicht gewohnt war. Und wie sah es mit Hans' Mutter aus? Nach den Erzählungen von Schwester Karin schien Sybille Schoppmann noch die ungefährlichste zu sein. Andererseits war sie nervenkrank und in einer extremen Situation vermutlich unberechenbar. Sebastian war froh, dass Schwester Karin bei ihnen war. Sie wusste mit ihrer Patientin umzugehen, und das konnte in den nächsten Stunden von entscheidender Bedeutung sein.

Sie waren nur wenige Meter vorangekommen, als sie erneut erstarrten. Eine Tür des Holzhauses war aufgeflogen, Licht strahlte hinaus in die Nacht, Stimmen drangen zu ihnen herüber. Männerstimmen. Sebastian und Pia ließen sich instinktiv in den Sand sinken, Schwester Karin tat es ihnen gleich. Im Lichtstrahl tauchten Silhouetten auf. Eine Frauenstimme ertönte. Karin stieß Sebastian an und nickte – es war Sybille Schoppmann. Eine kurze Unterhaltung vor dem Haus folgte, deren Tonfall nach einer Absprache klang. Wörter waren nicht zu verstehen. Dann wurde die Tür wieder geschlossen, das Licht verschluckt. Dunkelheit und Stille. Waren alle Personen wieder im Haus verschwunden, oder stand noch jemand draußen und horchte?

Über Sebastian, Pia und Karin kreiste ein Nachtvogel, und flog schließlich lautlos ein paar Meter weiter, wo er erneut Kreise durch die Sommerluft zog. Jetzt drangen wieder Fetzen von Männerstimmen herüber. Und plötzlich so etwas wie ein Schrei. Es war Leos Stimme. Sebastian gefror das Blut in den Adern. Nach zwei, drei Sekunden, die ihm wie eine Ewigkeit vorkamen, hörte er wieder Leos Stimme, diesmal war es ein Lachen. Eindeutig. Dem Jungen ging es gut. Aber Sebastian saß der Schreck tief in den Gliedern.

Er horchte weiter konzentriert auf die Stimmen, die zu ihnen herüberdrangen. Sie klangen unaufgeregt, fast heiter. Hans Schoppmann wähnte sich offenbar in Sicherheit. Er befand sich hier weit weg von der Welt, in der er seine furchtbaren Taten verübt hatte, in der Abgeschiedenheit einer kleinen dänischen Insel, beobachtet nur vom Mond. Niemand konnte auch nur ahnen, dass er mit seiner Mutter an diesem Ort war. Denn niemand wusste von ihrer Verbindung mit dem Einsiedler. Hier würden sie untertauchen. Und Leo würde ihnen den Rücken freihalten und sie vor Verfolgung schützen. So etwa musste der Student es sich gedacht haben, und sein Plan war bisher auch fast aufgegangen. Er hatte nur nicht mit der Erinnerung von Schwester Karin gerechnet. Vermutlich wusste er nicht mal, dass seine Mutter einst von den schönen Zeiten auf der dänischen Insel erzählt hatte. Vielleicht wusste Sybille Schoppmann es selbst nicht mehr.

Aber was hatte Schoppmann nun mit Leo vor? Womöglich plante er, den Jungen irgendwie wieder nach Hamburg zurückzuschicken. Leo hätte zu Hause nicht genau sagen können, wo man ihn hingebracht hatte, er hätte nur die Landschaft und das Wasser beschreiben können, ja er hätte wohl nicht einmal gewusst, dass sie eine Landesgrenze passiert hatten. Doch nun war alles ganz anders als von Schoppmann geplant, und das machte diese Situation so gefährlich.

Die zwei Männer – einer von ihnen war eindeutig Hans Schoppmann – waren inzwischen zusammen mit dem Kind aufgebrochen, während Sybille Schoppmann offenbar im Haus blieb. Sie gingen zu einem langen Steg, an dessen Ende ein kleines Schlauchboot im Wasser lag. Hinter Sebastian krachte es plötzlich. Es konnte nur Pia oder Karin gewesen sein, die auf einen Ast getreten war. Die Silhouette von Hans Schoppmann war sofort stehengeblieben. Er schaute jetzt zu ihnen herüber. Sebastian hielt die Luft an. Es schien, als würde Schoppmann ihn direkt ansehen. Gedanken rasten Sebastian durch den Kopf, Panik stieg in ihm auf. Was sollte er jetzt machen? Sebastian verharrte in seiner Position. Schoppmann schaute noch eine Weile, dann wandte er sich um und folgte den anderen auf den Steg. Offenbar waren die drei Verfolger doch zu weit weg gewesen, um in der Dunkelheit erkannt zu werden. Sebastian atmete auf: So ein Glück würden sie nicht noch einmal haben.

Die Gestalten standen jetzt schon eine Weile auf dem Steg. Sebastian fasste kurz nach seiner Pistole. Aber in dieser Situation zuzuschlagen war nicht ratsam. Zwar hatte Hans Schoppmann wahrscheinlich keine Schusswaffe bei sich, aber sicher war das nicht. Außerdem konnte er im Notfall seine kleine Geisel auch mit einem Messer in Schach halten. Ja nicht einmal das brauchte er – seine Körperkraft würde reichen: seine kräftigen Arme, um den Jungen zu halten, seine starken Hände, um ihn zu würgen.

Sebastian durfte kein Risiko eingehen.

Inzwischen hatte der Einsiedler den beiden anderen in das schaukelnde Boot geholfen und den Motor gestartet.

Ob der Mann wusste, was Hans Schoppmann verbrochen hatte?

Nachdem der Einsiedler die Leinen gelöst hatte, tuckerte das Boot im Mondschein davon.

Pia war die Erste, die wieder zu sprechen begonnen hatte. »Nachtfischen«, flüsterte sie.

Als weder Sebastian noch Karin etwas erwiderte, erklärte sie: »Bestimmte Fische kann man nur nachts fangen. Das habe ich selber mal in Dänemark gemacht, bei meinem letzten Urlaub.«

»Wie lange dauert so eine Tour?«, fragte Sebastian mit gedämpfter Stimme.

»Unterschiedlich. Aber sie werden wohl kaum lange unterwegs sein, nach dem Tag. Dass die überhaupt losgefahren sind. Vielleicht hatten sie Hunger?«

»Kann gut sein«, meinte Sebastian. »Dieser Einsiedler hat sicher keinen stets gut gefüllten Kühlschrank für unerwartete Gäste.«

Pia sah hinüber zum Haus, in dem kein Licht mehr zu sehen war. Jetzt erkannte Sebastian geschlossene Fensterläden, die jede Lampe von außen unsichtbar machten.

»Vielleicht sollten wir zum Haus schleichen und uns die Mutter schnappen«, schlug Pia vor.

»Davon würde ich abraten.« Karin hatte es mit einer Sicherheit ausgesprochen, die Sebastian überraschte. »Sybille Schoppmann leidet unter Paranoia«, erklärte sie. »Solche Leute sind sehr wachsam.«

»Aber die Fensterläden sind zu«, wandte Pia ein.

»Wenn die Frau in einem dunklen Raum steht, kann sie uns durch einen halbgeöffneten Laden entdecken«, gab Sebastian zu bedenken.

»Aber wenn wir die Mutter haben, können wir sie gegen Leo austauschen«, meinte Pia.

»Das ist mir zu unsicher«, sagte Sebastian.

Ihm wurde bewusst, dass sein Respekt vor Hans Schoppmanns Gerissenheit in den vergangenen Stunden enorm gewachsen war. Auf das psychologische Wagnis eines Gefan-
genenaustausches wollte er sich nicht einlassen. Eine andere
Taktik schien ihm angebracht, am besten eine vollkommene
Überraschung. Etwas, womit Schoppmann in dieser Situation auf keinen Fall rechnete. Ansätze einer Idee begannen
schon durch Sebastians Kopf zu spuken. Er überlegte,
prüfte, überlegte weiter, und dann wusste er auf einmal, was
zu tun war. Es war ein verwegener Plan, und Sebastian war
darum nicht überrascht über Pias und Karins ungläubige
Gesichter, als er ihnen das Vorgehen erläuterte. »Also«,
sagte Sebastian abschließend, »sobald wir den Motor des
Boots wieder hören, geht's los.«

Die beiden Frauen folgten Sebastian zu einer Baumgruppe nahe dem Steg. Dort blieben sie stehen und lausch-
ten in die Stille.

Im Laufe der nächsten Stunde hatten sie ein paarmal auf-
gehorcht, aber was ihnen wie Motorenlärm erschienen war,
hatte sich jeweils als Naturgeräusch entpuppt. Aus dem
Haus war kein Ton zu vernehmen. Vermutlich hatte Sybille
Schoppmann sich schlafen gelegt.

»Hört ihr das?« Obwohl Pia flüsterte, hatte ihre Stimme
einen eindringlichen Klang. Karin und Sebastian nickten:
Das Tuckern eines Motors war vom Wasser her deutlich zu
vernehmen.

»Es geht los«, sagte Sebastian entschlossen.

Zuerst zog er Schuhe und Strümpfe aus und legte sie neben den Baum, sein Hemd und die Hose nahm Pia an sich,
legte sie notdürftig zusammen und platzierte sie neben sich.

Nur noch mit seiner Unterhose bekleidet, ging Sebastian vorsichtig und lautlos ins Wasser. Durch den langen Sommer war es ordentlich aufgewärmt, etwa vierundzwanzig Grad mochten es sein. Genau die richtige Temperatur: warm genug, um nicht auszukühlen, und kalt genug, um ausdauernd schwimmen zu können. Nachdem er vom Steg etwa hundert Meter zu einer Stelle, die er zuvor ausgemacht hatte, hinausgeschwommen war, hielt er sich dort, mit den Füßen paddelnd, über Wasser. Das Tuckern des Motors war noch immer weit weg, ob sich das Boot näherte oder in einiger Entfernung Kreise drehte, war nicht zu erkennen. Sebastian sah zurück zum Ufer, das von einem leuchtenden Sandstreifen eingefasst war. Pia und Karin waren hinter der Baumgruppe nicht zu erkennen.

Jetzt war eine Veränderung zu vernehmen, der Motorenlärm drang nun deutlicher zu ihm herüber. Auf der silbrigglatten Wasseroberfläche erschien ein dunkler Punkt, der größer wurde. Sebastians Herz begann stärker zu pochen. Er vergewisserte sich, dass der Mond in seinem Rücken, sein Gesicht im Gegenlicht war. Dann wartete er, hochkonzentriert, jeder Muskel in seinem Körper angespannt. Er fühlte sich wie ein Hochspringer vor dem wichtigsten Sprung seiner Karriere.

Aus dem dunklen Punkt wurde ein Boot mit Insassen. Es war vielleicht noch eine Minute entfernt, als Sebastian sich unter Wasser gleiten ließ. Da war das Tuckern noch lauter zu vernehmen. Ein tiefes, rhythmisches Schlagen. Sekunden vergingen. Dann schnellte er hoch, durchbrach die glatte Fläche und schrie aus voller Kehle: *»Help!... Help!... Help!«* Es war, als hätte sich eine Schleuse geöffnet, als hätte der

Druck der letzten Stunden, Tage, seines ganzen Lebens endlich einen Ausgang gefunden.

Die Verblüffung der Bootsinsassen hatte Sebastian eingeplant. Fragen, woher in der weiten See um diese späte Zeit ein Ertrinkender käme, würden hintangestellt, man würde sofort zu Hilfe eilen.

Und tatsächlich: Der Motor wurde hochgefahren, das Boot änderte seinen Kurs. Schon hörte Sebastian eine Männerstimme, dänische Wörter, die das Hämmern des Motors übertönten. Als das Boot ihn erreichte, war der entscheidende Moment da: Wie der Hochspringer im Moment des Absprungs, mit höchster Konzentration und Kraft, warf Sebastian die Vorderseite des kleinen Schlauchboots ruckartig hoch. Jemand fiel nach hinten, Konfusion, Schreie, das Boot kenterte, überschlug sich und schoss seitlich weg.

Es folgte eine merkwürdige Stille. Lange blieb Sebastian der Einzige über Wasser. Dann schossen, nach Atem ringend, zwei Männer und ein Junge aus dem Wasser hoch. Sebastian schwamm sofort auf Hans Schoppmann zu, nahm den Verblüfften mit wütender Kraft in die Zange und schrie Leo zu: »Schwimm an Land! Los!«

Einen Moment lang zögerte der Junge, schaute verwirrt zwischen Sebastian und Hans Schoppmann hin und her.

»Los! So schnell du kannst!«, schrie Sebastian noch einmal. Und wie nach dem Startschuss zu einem Rennen, wie er es oft im Schwimmverein geübt hatte, preschte Leo los. Währenddessen versuchte Sebastian Hans Schoppmann festzuhalten. Er war überrascht, mit wie viel Kraft sich sein Gegner wehrte. Wild trat er um sich, bis er sich endlich Sebastians Griff entwunden hatte.

Dann wurde alles schwarz. Kein Mond, kein Ton, Stille. Nur kühles, weiches Wasser. Überall. Auch in seiner Kehle. Ein schwerer Schlag hatte Sebastian am Kopf getroffen, für einen Moment hatte er das Bewusstsein verloren. Als er wieder auftauchte, würgte er das Wasser heraus und nahm gerade noch das Platschen von Schoppmanns Füßen wahr, der sich mit hoher Geschwindigkeit entfernte. Sebastian spuckte weiteres Wasser aus, dänische Wörter drangen ihm ans Ohr, heftig und fragend. Er brauchte seine ganze Kraft, um sich über Wasser zu halten. Dann sah er, dass Hans Schoppmann Leo verfolgte, wie ein Hai eine kleine Robbe. Am Strand hatten sich Pia und Schwester Karin aufgebaut, sie würden den Jungen beschützen – wenn er sie nur erreichte! Sebastian sah den Wasserkampf schon vor sich – von Panik getrieben würde Schoppmann Leo unter Wasser drücken: die Kurzschlusshandlung – sie war Sebastians größter Horror gewesen. Mit letzter Kraft klammerte er sich ans Boot und verfolgte gebannt die Szene, die sich vor seinen Augen abspielte.

Würde sich die Katastrophe wiederholen? Ein Kind Opfer eines Mörders werden? Wie damals in Tellenhorst war Sebastian jetzt wieder so nah am furchtbaren Geschehen – und konnte nichts tun.

Leo war nun schon fast am Strand, Schoppmann dicht hinter ihm. Doch was war das? Der Verfolger hielt plötzlich inne. Leo war offenbar schon weiter gelangt, als es aus Sebastians Warte aussah. Schoppmann schien kurz zu überlegen, bevor er unerwartet die Richtung wechselte und zum Steg schwamm. Dort war in diesem Moment seine Mutter erschienen, aufgelöst und mit wirrem Blick.

Sebastian atmete auf: Leo war in Sicherheit!

»*What's going on?*«, fragte Ole Jensen fassungslos.

»*I will explain to you later*«, antwortete Sebastian. »*I am from the police.*«

Der Däne hatte inzwischen das Boot wieder aufgerichtet. Sebastian stieg zu ihm hinein, den Blick noch immer gebannt auf den Strand geheftet. Pia hatte Leo in Empfang genommen und in Sicherheit gebracht. Schoppmann befand sich noch im Wasser, als seine Mutter einen Schreianfall bekam und zum Haus rannte – sie hatte Schwester Karin erkannt, die auf sie zumarschiert kam. Wenige Meter vor der Haustür holte die Pflegerin sie jedoch ein und verschwand mit ihr im Gebäude.

Inzwischen hatte Hans Schoppmann sich auf den Steg gehievt und war unschlüssig stehengeblieben. Als aus dem Haus die Schreie seiner Mutter zu hören waren, lief er ihr nicht etwa zu Hilfe, sondern er schaute nur eine Weile hinüber. Dann schleppte er sich erschöpft über den Steg und entfernte sich am Wasser entlang.

Es war wie nach dem dramatischen Finale eines Fußballspiels. Das Endergebnis war unumstößlich. Die Spieler waren noch über das Feld verstreut und versuchten das Ergebnis zu fassen.

Ole Jensen hatte mittlerweile die Ruder aus dem Wasser gefischt und steuerte das Boot Richtung Land.

»*I'm sorry*«, sagte Sebastian mit einer entschuldigenden Geste. »*You are probably not used to so much action.*«

»*Not really*«, antwortete der Einsiedler.

Sie kletterten gerade auf den Steg, als sich die Haustür öffnete und die beiden Frauen heraustraten. »Wo ist Hans?«, rief Schwester Karin, die Frau Schoppmann im Arm hielt. Sebastian zeigte in die Richtung, in die Hans gegangen war. Schwester Karin gab dem Kommissar mit einer resoluten Handbewegung zu verstehen, dass der Rest sich ohne ihn regeln würde. Für einen Moment waren Sebastian seine beruflichen Pflichten durch den Kopf geschossen, aber er blieb stumm, mit der tiefen Gewissheit, dass keine polizeiliche Schulung Schwester Karins menschlichen Kenntnissen in dieser Situation überlegen war.

Der Rest lief von allein. Sebastians Kopf hatte keine Kontrolle mehr über seinen Körper, er konnte sich nur noch dabei beobachten, wie er loslief, am Strand entlang. Er sah Leo, der sich von Pia löste und auf ihn zurannte. Das Nächste, was Sebastian wahrnahm, war das Gefühl, ihn sicher in seinen Armen zu wissen. Ihm liefen Tränen über das Gesicht, und er war glücklich über das Leben. Über Leos und über sein eigenes.

21

Mit angezogenen Beinen saß Anna auf dem Sofa und umklammerte ihren Kaffeebecher. »Ich kann das alles nicht fassen«, sagte sie.

Lange hatte sie Leo in den Armen gehalten, stumm und glücklich, bevor er eingeschlafen war und sie ihn in sein Bett gebracht hatte.

Sebastian saß neben Anna und blickte mit müden Augen aus dem Fenster, wo die Morgensonne durch die Zweige blinzelte. Er fühlte sich leer.

Eine Weile saßen sie schweigend da und hingen ihren Gedanken nach. Anna stieß ab und zu einen Seufzer aus. »Ich weiß nicht, was ich gemacht hätte, wenn Jens nicht die ganze Zeit bei mir gewesen wäre. Er hat sich wirklich rührend um mich gekümmert.«

»Ich werde versuchen, etwas zu schlafen«, sagte Sebastian schließlich. »Es wird noch ein anstrengender Tag werden.«

»Schon wieder?«

»Glaub schon.« Sebastian erhob sich schwerfällig. Er hatte es nicht nur so gesagt. Irgendetwas in ihm sendete warnende Signale: Pass auf! Da kommt noch was! Aber was sollte das sein? Ihm fiel nicht ein, was kommen könnte. Es war nur eine Ahnung. Vielleicht waren seine Nerven überstrapaziert und brauchten endlich Ruhe.

Während er sich die Zähne putzte, fiel ihm Schwester Karin ein. Sie war eine tolle Person. Herzlich und patent. Gemeinsam mit der Mutter war sie Hans Schoppmann am Strand gefolgt und hatte es letztendlich geschafft, ihn durch behutsames Zureden zur Aufgabe zu bewegen. Ein Polizeihubschrauber hatte ihn noch in der Nacht in das Untersuchungsgefängnis in Hamburg geflogen. Heute Mittag sollte Schoppmann bereits dem Haftrichter vorgeführt werden. Sebastian hatte für dieselbe Zeit sein Team ins Präsidium gebeten.

Sebastian umarmte Jens, als er ihm im Präsidium auf dem Gang begegnete. »Komm mal mit«, sagte er und wies auf seine Bürotür. Nachdem er sich bei dem Kollegen noch mal bedankt hatte, dass der sich so gut um Anna gekümmert hatte, meinte Sebastian: »Ich fühle mich wie nach einer bestandenen Prüfung, auf die man monatelang hingearbeitet hat. Wenn sie dann hinter einem liegt, läuft man eine Weile weiter auf Hochtouren und denkt: Da ist doch noch etwas, was ich tun müsste... Man ist erlöst, aber fühlt sich nicht so.«

»Das kenne ich«, stimmte Jens zu. »Der menschliche Geist begreift mit der Zeit. Die Ereignisse sind schneller. Oft fällt man dann in ein Loch.«

Sebastian war in kein Loch gefallen. Obwohl die Mordserie aufgeklärt, der Mörder gefasst, Leo in Sicherheit war, blieben die warnenden Signale. Die Prüfung war noch nicht vorbei.

»Du musst jetzt ein bisschen runterkommen, Sebastian«, sagte Jens. »Es ist alles okay.« Dann, nach einem Moment,

fuhr er fort: »Übrigens: Der Thorsten Helbiger aus Hannover ist wieder aufgetaucht…«

»Wer?… Ach, der Mann, der zum Urlaub nach Norwegen
gefahren war«, sagte Sebastian. »Na, der nutzt uns jetzt auch
nichts mehr.«

»Ich weiß. Nur der Vollständigkeit halber: Es ist nun klar,
warum die Kollegen in Norwegen ihn nicht finden konnten.
Er war nämlich gar nicht dort. Er hat eine Affäre in der
Schweiz laufen, das sollte keiner wissen, deshalb hatte er was
von Norwegen erzählt.«

»Ist ja 'n Ding«, meinte Sebastian.

»Ja. Und der Hans Schoppmann hatte sich im Hotel tatsächlich als Thorsten Helbiger ausgegeben. Die kannten sich
aus einem Seminar in der Uni. Der Helbiger war ziemlich
entsetzt, als er das jetzt erfahren hat.«

»Der ist unglaublich gerissen, der Schoppmann«, meinte
Sebastian. »Dabei fällt mir ein: Haben wir eigentlich schon
das Obduktionsergebnis zu Hein Hansens Leichnam?«

»Das brauchen wir doch gar nicht mehr. Aber ruf doch
einfach mal in Lübeck an«, schlug Jens vor. »Die schicken
die Daten zwar später sowieso rüber, aber du kannst sie ja
vorweg verlangen, wenn es dich beruhigt.«

Der Lübecker Gerichtsmediziner sprach mit nasaler
Stimme: »Eintritt des Todes von Heinrich Rellingen zwischen 12 Uhr und 12 Uhr 15. Tod durch Verbluten infolge
einer Wunde am Hinterkopf.«

»Was ist mit Insulin?«, fragte Sebastian.

»Nichts.«

»Was heißt das?«

»Kein Insulin im Blut.«

Sebastian stutzte. »Sind Sie sicher?«

»Absolut.«

Nachdem er aufgelegt hatte, saß Sebastian eine ganze Weile lang reglos da. Die Worte des Notarztes in Hansens Haus fielen ihm wieder ein. Offensichtlich hatte der Mann doch recht gehabt. Hansen war wegen des Aufpralls auf seinen Schreibtisch gestorben. Und nachdem der Mann verblutet war, brauchte Hans Schoppmann ihm das Insulin nicht mehr zu spritzen. Sebastian führte sich die genaue Uhrzeit vom Eintritt des Todes vor Augen. Ihm wurde klar, wie knapp Schoppmann die Tat gelungen war. Wäre Sebastian doch schneller gewesen!

Er rekonstruierte, wo er in den Minuten gewesen war, als Hansen starb. Sie hatten die Wohnung von Mutter und Sohn Schoppmann in der Werderstraße gerade erstürmt, Jens hatte im Bad das Insulin entdeckt, Pia die Briefe gefunden. Am Ende von Hansens drittem Brief hatten sie dessen neuen Namen entdeckt und die Adresse in Timmendorf. Danach war alles schnell gelaufen, aber die Zeit hatte nicht mehr gereicht. Zirka zwanzig Minuten bevor die Timmendorfer Polizei eintraf, war der alte Mann ermordet worden. Weit über sechzig Jahre hatte er mit seinem Geheimnis gelebt. Wie es in seinen Briefen stand, hatte er immer geahnt, dass die Vergangenheit ihn eines Tages einholen könnte. Am Ende der sechs Jahrzehnte waren es nur ein paar Minuten gewesen, die ihm zum Verhängnis geworden waren. *Man sollte im Leben nie etwas tun, das man später bereut* – das hatte Hansen gesagt. Sebastian war bestürzt. Und wütend. Beides wechselte sich so schnell ab, dass sein Körper zu zittern begann, während er in seinem Büro auf und ab ging. Er hatte gar nicht bemerkt, wie er den gespitzten Bleistift in die Hand genommen hatte. Er setzte sich auf seinen Platz und drehte den Stift in den Fingern.

Irgendwann kamen ihm Jens' Worte wieder in den Sinn. *»Der menschliche Geist begreift mit der Zeit. Die Ereignisse sind schneller.«* Mechanisch ging er seine Notizen durch, fuhr mit der Bleistiftspitze über die Zeilen, prüfte Namen, Orte und Abläufe.

An einer bestimmten Uhrzeit war die Bleistiftspitze plötzlich hängengeblieben. Es war, als würden sich die Ziffer und das gespitzte Blei anziehen, um auf etwas aufmerksam zu machen. Plötzlich hielt Sebastian die Luft an. Er spürte Adrenalin aufsteigen. Hastig griff er nach dem Telefon. Während er Annas Nummer tippte, bemerkte er, dass seine Finger zitterten. Mit Uhrzeiten war Anna eigentlich immer sehr genau gewesen. Hatte sie sich bei ihrer Darstellung der Ereignisse dieses Mal geirrt?

»Wann sollte Leo von der Klavierstunde kommen?«, schoss es aus Sebastian heraus.

»Das habe ich dir doch erzählt«, sagte Anna. »Um kurz nach zwölf.«

»Bist du sicher?«

»Ganz sicher. Was ist denn los?«

»Etwas Merkwürdiges. Etwas *sehr* Merkwürdiges.«

»Nicht schon wieder…«, war das Letzte, was er von Anna hörte, bevor er losstürmte.

Jens' Füße lagen auf dem Schreibtisch, er aß gerade ein Sandwich. »Was soll das heißen, es ist doch noch nicht vorbei?«, fragte er mit halbvollem Mund.

Sebastian sah den Kollegen beschwörend an. »Hans Schoppmann hat uns noch einmal reingelegt.«

Jens verstand nicht.

»Hansen starb zwischen 12 Uhr und 12 Uhr 15. Er war gestürzt und verblutet... zur selben Zeit fängt Hans Schoppmann Leo nach dessen Klavierstunde ab, achtzig Kilometer vom Tatort entfernt!«

Zweifelnd schüttelte Jens den Kopf. »Der Schoppmann hat doch alle Morde zugegeben«, sagte er. »Auch den an Hein Hansen. Da stimmt was anderes nicht.«

»Auffällig ist auch«, fuhr Sebastian fort, »dass im Blut der Leiche kein Insulin war.«

»Weil der Mörder das Insulin nicht mehr brauchte, sein Opfer war schon tot. Toter ging's nicht.«

»Nicht so schnell«, bremste Sebastian. »Es kann genausogut ein Hinweis auf einen anderen Tathergang sein.«

Jens seufzte. »Warum sollte Hans Schoppmann einen Mord zugeben, den er nicht begangen hat?«

Sebastian schwieg.

»Ich glaube, da stimmen eher ein paar andere Sachen nicht«, meinte Jens. »Zum Beispiel könnte sich der Gerichtsmediziner geirrt haben. Oder du hast ihn falsch verstanden...«

»Nee, Jens, sicher nicht. Wir müssen mit Hans Schoppmann sprechen.«

Sebastian hatte sich ein paar Minuten Ruhe erbeten, in denen er allein sein wollte, um sich zu sortieren und um das Gespräch mit Schoppmann vorzubereiten. Als Erstes zog er eine Tafel Schokolade aus der Schublade und aß drei Riegel auf. Es konnte eigentlich nur einen Grund geben, dass Hans Schoppmann einen Mord zugab, den er nicht begangen hatte.

Sebastian lehnte sich in seinem Bürostuhl zurück und schloss die Augen.

Er war nur wenige Minuten eingenickt. Aber als das Klingeln des Telefons ihn weckte, ahnte er, wer am Apparat sein würde. Mit der Person hatte Sebastian zwar noch nie Kontakt gehabt, aber er hatte oft über sie nachgedacht. Er hatte sie gesehen, aber nie sprechen hören. Und dennoch war ihm sofort klar, wem die Stimme am anderen Ende gehörte. »Ich muss Sie sofort sprechen«, sagte sie.

22

Alles schien grün. Dunkle Töne. Wenn man genau hinsah, konnte man in einigen Winkeln bereits rötliche Schimmer erkennen. Der Wind hatte sich im Laufe des Tages herbstlich verstärkt. Er fuhr in die Büsche und durch die Baumkronen – der Park lebte. Sebastian war froh, dass Schwester Karin bei dem bevorstehenden Gespräch dabei war. Ihre Anwesenheit würde Sybille Schoppmann beruhigen. Frau Schoppmann hatte Sebastian zwar von sich aus angerufen, aber das Gespräch würde ihr bestimmt nicht leichtfallen. Schwester Karin hatte vorgeschlagen, einen Spaziergang im Park der Klinik zu machen. Jetzt saßen die drei auf einer Bank unter einer Buche. Schwester Karin hatte einen Arm um ihre Patientin gelegt, und Sebastian hatte das Gefühl, dass er Sybille Schoppmann jetzt bitten konnte zu erzählen.

»Ich bin im Gefängnis geboren und in einem Heim aufgewachsen«, begann sie mit leiser Stimme. »Von meiner Mutter sind mir nur ein Bild und ein Amulett geblieben. Wer mein Vater war, wusste ich nicht. Meine Kindheit empfand ich als scheußlich. Wenn ich versuche zurückzudenken, fällt mir kaum etwas ein. Alles ist wie in einer Art Nebel verborgen. Ich erinnere mich nicht mal an den Namen der Heimleiterin, obwohl ich Jahre dort verbracht habe.«

Die zierliche Frau stockte. Als Schwester Karin sie noch einmal an sich drückte, fuhr sie fort.

»Als ich zwanzig Jahre alt war, änderte sich alles. Das war Anfang der sechziger Jahre. Da hab ich meinen Bert kennengelernt. Er spielte Gitarre, ich Klavier, wir haben oft zusammen Musik gemacht. Ist nichts Dolles daraus geworden, aber wir hatten viel Spaß dabei.«

Sybille Schoppmanns Gesicht hatte sich aufgehellt. Dann wurde es wieder ernst. »Ich glaube, Bert wollte Kinder. Er hat es nie gesagt, aber man spürt so was. Ich selber wollte keine. Das habe ich Bert auch nie gesagt. Aber er hat es natürlich gemerkt. Nach sieben Jahren, den berühmten sieben Jahren, geriet unsere Ehe in eine Krise, und wir schafften es nicht mehr, sie zu retten. Ich hätte mich niemals scheiden lassen, aber er wollte es. Später hat er es bereut. Das sagte er mir auf dem Totenbett.«

Sybille Schoppmann sah Sebastian direkt an: »Er hatte Krebs. Er starb 1975.«

Ihr Blick wanderte ein paar Momente ziellos im Grünen umher, bevor sie fortfuhr: »In gewisser Weise ging unsere Beziehung auch nach der Scheidung weiter. Wir hatten regelmäßigen Kontakt, konnten uns nicht wirklich trennen. Unsere Ehe war gescheitert, aber die Trennung auch. Nach Berts Tod begann für mich das Leben neu. Ich war Anfang dreißig, ich hatte niemanden, außer mir selbst. Da bemerkte ich, dass in mir etwas erwacht war, womit ich nie gerechnet hätte. Ich hatte Interesse an meiner eigenen Geschichte bekommen. Und die Angst vor ihr verloren. Jetzt wollte ich wissen, was mit meinen Eltern passiert war. Ich machte mich also daran, mehr zu erfahren. Ich wusste von der Todesurkunde her, dass meine Mutter im Fuhlsbüttler Gefängnis gestorben war. Dort fand ich eine Akte. Und da war ein Protokoll…«

Sybille Schoppmann stockte, als sie Sebastians Nicken bemerkte.

»Sie kennen die Akte?«, fragte sie.

»Erzählen Sie weiter«, erwiderte Sebastian.

»In der Akte fand ich drei Namen. Karl Perkenson, Joachim Menzel und Hein Hansen. Ich wollte die Männer aufsuchen und zur Rede stellen. Der eine, Hein Hansen, war nicht aufzufinden. Karl Perkenson wohnte in Hamburg, Joachim Menzel in Osnabrück. Ich habe ihre Adressen herausgesucht, es war ganz einfach. Der Erste, den ich aufsuchte, war Karl Perkenson. Der war damals Postbote. So ein älterer drahtiger Typ, kurz vor der Pensionierung. Ich traf ihn auf der Straße in seiner Postbotenuniform. Er wollte nicht mit mir sprechen und hat versucht, mich vom Bürgersteig zu drängen. Ich sagte ihm, dass ich nur die Wahrheit wissen wollte. Ich solle abhauen, schimpfte er. Ich blieb hartnäckig und erwiderte, dass ich die Wahrheit schon noch herausbekommen würde. Da hat er mich von sich weggestoßen. Vor allen Leuten.«

Schoppmann verstummte.

»Sprechen Sie weiter«, sagte Sebastian mit ruhiger Stimme. Schwester Karin unterstützte ihn, indem sie die Patientin noch mal fest an sich drückte.

Nach einem Moment der Stille, in der das Rauschen der Bäume in den Vordergrund getreten war wie eine tröstliche Erinnerung an das Schöne, das die Welt zu bieten hat, erzählte Sybille Schoppmann weiter: »Joachim Menzel ließ sich am Telefon von seiner Frau verleugnen. Eines Tages bin ich einfach nach Osnabrück gefahren und habe bei denen geklingelt. Seine Frau öffnete, und als ich sagte, wer ich bin, schnauzte sie mich an, ich solle sie und Jack in Ruhe lassen. Ein paar Jahre später habe ich noch mal versucht, Kontakt zu Karl Perkenson aufzunehmen. Ich wollte ihn fragen, ob er wisse, was aus dem dritten Mann geworden sei. Den musste ich sprechen. Es ging mir nicht mehr nur um meine Vergangenheit. Mittlerweile war nämlich Hans auf die Welt gekommen, und ich wollte, dass er wenigstens einen Großvater hatte. Der dritte Mann, dieser Hein Hansen, hätte mir vielleicht sagen können, wer mein Vater war. Und ich hoffte, dass er noch lebte. Vielleicht wusste er ja gar nicht, dass Marga im Gefängnis ein Kind bekommen hatte, ja vielleicht würde er sich sogar über die Nachricht freuen. Ich wollte eine Familie, eine Vergangenheit. Menschliche Wurzeln, verstehen Sie? Und Hans sollte sie auch haben. Deswegen habe ich mich noch mal an Karl Perkenson gewandt, brieflich diesmal, in der Hoffnung, dass er mir diesen einen Wunsch erfüllen würde. Ich habe nie erfahren, ob er wusste, was aus dem dritten Mann geworden war. Stattdessen bekam ich einen Drohbrief: Ich solle die Vergangenheit ruhen lassen. Danach konnte ich nicht mehr. Ich habe der Drohung nachgegeben und die Vergangenheit ruhen lassen.«

Sybille Schoppmann hielt ihre Hände fest zusammengedrückt.

»Frau Schoppmann«, begann Sebastian nach einer Weile vorsichtig. »Was war denn mit dem leiblichen Vater von Hans?«

»Der hätte doch helfen müssen«, fuhr es aus Schwester Karin heraus.

Der Ausdruck in Sybille Schoppmanns Gesicht verdüsterte sich. Sie wurde bleich, dann grau, so dass Sebastian glaubte, die Frau würde in Ohnmacht fallen.

»Ich muss Sie das jetzt fragen«, sagte Sebastian. Es fiel ihm schwer, auch diese Frage noch über die Lippen zu bringen, es widerstrebte ihm, der Frau so zuzusetzen.

»Muss das sein?«, fuhr Schwester Karin Sebastian an.

Sebastian reagierte darauf nicht.

»Wer ist der Vater? Ist es Ole Jensen?«

Sybille Schoppmann schüttelte den Kopf. Sie biss sich auf die Unterlippe, Tränen schossen ihr in die Augen. »Ich weiß nicht, wer sein Vater ist«, sagte sie dann leise.

»Kreta?«, fragte Schwester Karin.

Frau Schoppmann nickte.

»Es ist während einer Reise nach Kreta passiert«, sagte Schoppmann an Sebastian gewandt. »Ich weiß nicht, wer der Mann war. Wir hatten einen schönen Abend und eine schöne Nacht. Danach habe ich ihn nie wieder gesehen. Ich habe mich lange dafür geschämt.«

Auf dem Rückweg durch den Park schwiegen sie.

Sybille Schoppmann hatte lange und ausführlich erzählt. Sie hatte viel zum Verständnis des Falles beigetragen. Und doch war sie nicht an den Punkt gekommen, weswegen sie Sebastian in seinem Büro angerufen hatte. Vom Stand des Kommissars aus gesehen, hätte er sie zwingen müssen, auch das noch zu erzählen. Am besten noch hier im Park, wo sie sich durch Schwester Karins Arme beschützt fühlte.

Aber während er neben den beiden Frauen herging, entschied er, Frau Schoppmann jetzt in Ruhe zu lassen und sie vielleicht am nächsten Tag noch mal aufzusuchen.

Als hätte sie Sebastians Gedanken erraten, blieb Sybille Schoppmann plötzlich stehen. Sie atmete tief durch und begann von Hein Hansen zu erzählen: »Jahrelang hatte ich ihn vergeblich gesucht. Vor ein paar Tagen kam die Wende. Hans war bei mir in der Klinik und erzählte von Briefen, die er bekommen habe. Hein Hansen hatte Kontakt zu ihm aufgenommen und ihm seine Geschichte geschrieben. Er hatte einen neuen Namen angenommen, den er ihm mitteilte: Heinrich Rellingen. Auch seine Adresse. Hans sagte, er wolle den Mann aufsuchen. Er sei vermutlich mein Vater und sein Großvater. Ich wollte mitgehen, aber Hans war dagegen. Es war doch eine Unverschämtheit: Der Mann hatte all die Jahre nach dem Krieg gewusst, dass ich existierte und hatte sich nie gerührt. Stellen Sie sich das vor: Man weiß, dass die leibliche Tochter in einem Heim aufwächst, und hält sich im Verborgenen. Gestern habe ich kurz entschlossen entschieden, ihn zu besuchen. Unter einem Vorwand bin ich nach dem Frühstück aus der Klinik raus und habe den Bus nach Timmendorf genommen. Ich war vor Aufregung wie betäubt, als ich durch den Ort ging. Das Haus habe ich schnell gefunden. Ein alter Mann öffnete die Tür. Ich sagte ihm, wer ich sei, und er antwortete, er hätte eigentlich jemand anderen erwartet. Er ließ mich rein. Wortlos gingen wir ins Wohnzimmer. Wir standen da mitten im Raum und sahen uns an. Ich konnte plötzlich nichts mehr sagen, und er sagte auch nichts. Auf einmal bekam er so was wie einen Schwächeanfall. Er stützte sich am Tisch ab. Ich wollte ihm helfen, aber er sackte zusammen und ist mit dem Kopf an der Tischkante aufgeschlagen. Ich bekam einen solchen Schock, dass ich einfach weggelaufen bin. Ich bin völlig aufgewühlt durch die Straßen gerannt, fand die Bushaltestelle, und glücklicherweise kam gerade der richtige Bus. Da bin ich rein und wieder zurück zur Klinik gefahren. Es kam mir alles vor wie ein Alptraum.

Am Nachmittag kam dann Hans mit dem Jungen. Ich verstand gar nicht, was los war. Auf der Autofahrt ist der Junge eingeschlafen, und Hans hat mir alles erzählt...«

»Das heißt, er hat Ihnen auch die Morde an Karl Perkenson und Jack Menzel gestanden?«

Frau Schoppmann zögerte kurz, bevor sie nickte. »Er hat es nur angedeutet, aber ich hab's verstanden. Ich habe das alles nicht fassen können und war wie in Trance.«

Als wäre das ein Stichwort, wurde Sybille Schoppmanns Blick plötzlich leer. Offensichtlich war die Mutter, die an diesem Punkt mit der Tatsache konfrontiert war, dass ihr Sohn eine lebenslange Haftstrafe absitzen müsste, wieder in eine andere Welt abgetaucht, in der sie vielleicht besser aufgehoben war.

Die Runde im Besprechungsraum des Präsidiums war betroffen. Keiner mochte etwas sagen, nachdem Sebastian das Gespräch im Park der Klinik wiedergegeben hatte. Er hatte alles genauso erzählt, wie er es gehört hatte. Nur etwas hatte er weggelassen. Er war sich nicht sicher, ob Sybille Schoppmann beim Anblick des verletzten Hein Hansen, ihres leiblichen Vaters, wirklich sofort weggelaufen war, ohne noch einmal darüber nachzudenken, einen Krankenwagen zu rufen. Auch wenn die Frau zeitweise in ihrer eigenen Welt lebte, so war sie doch klar im Kopf. Hatte sie es bewusst unterlassen, Hilfe zu rufen? Aber, so hatte Sebastian für sich entschieden, das sollte Sybille Schoppmanns Geheimnis bleiben.

Doch da war noch etwas. Frau Schoppmann hatte erzählt, sie wäre kurz entschlossen nach dem Frühstück und unter einem Vorwand aufgebrochen. Hatte Schwester Karin von Sybille Schoppmanns Reise nach Timmendorf wirklich nichts gewusst? Hatte die Patientin der Schwester nach ihrer Rückkehr nichts von den Geschehnissen in Hansens Haus erzählt? Angesichts der Vertrautheit der beiden Frauen war das unwahrscheinlich. Vermutlich wusste Schwester Karin mehr, als sie hatte durchblicken lassen. Auch davon erzählte Sebastian in der Präsidiumsrunde nichts. Sebastian wollte, dass Karin unbehelligt blieb. Die anderen wären von allein nicht darauf gekommen. Höchstens Pia, aber die hätte Sebastian, nach allem, was sie gemeinsam erlebt hatten, sicher in seiner Haltung bestätigt.

23

Der Morgen war ungewöhnlich kühl. Die Sonne schien, aber es roch schon ein wenig herbstlich. Sebastian spazierte von zu Hause in Richtung des Untersuchungsgefängnisses, das im benachbarten Stadtteil Hamburgs lag. Der Morgenverkehr schleppte sich über die Straßen, und Sebastian war froh, dass er nicht im Auto saß.

Ihm kam sein Vorgänger Lenz in den Sinn. Der Pensionär hatte recht behalten: Die Aufklärung des Falles war wirklich wie ein Marathonlauf mit einem unbekannten Ziel gewesen. Mal hatte der eine vor gelegen, mal der andere, der Ausgang des Rennens war lange Zeit offen gewesen. Sebastian hatte am Ende doch noch gewonnen.

Gewonnen... stimmte das wirklich? Sebastian hatte seinen starken Gegner letztendlich besiegt, er hatte Hans Schoppmann ins Gefängnis gebracht. Doch nachdem Sebastian den Fall übernommen hatte, waren noch zwei weitere Menschen zu Tode gekommen. Sebastian dachte an den Tag, als er die Stelle des Hauptkommissars angetreten hatte: das Begrüßungsgespräch bei der Polizeipräsidentin Eva Weiß; seine große Sorge, dass ihm ausgerechnet die Aufklärung seines ersten Falls misslingen könnte. Die Aufklärung war ihm gelungen. Aber angesichts der zu beklagenden Toten nicht gerade ruhmreich. Das musste er sich eingestehen.

Sebastian wollte mit Hans Schoppmann sprechen. Inzwischen wusste er zwar, dass er den dritten Mord nur zugegeben hatte, um seine Mutter zu schützen. Aber Sebastian wollte doch etwas genauer wissen, was in dem Kopf des Mannes vorgegangen war. Deshalb hatte er für heute Morgen den Besuch im Untersuchungsgefängnis angesetzt. Pia und Jens hatten sofort zu erkennen gegeben, dass sie gerne bei dem Gespräch dabei wären, schließlich war dieser Mordfall der erste, den das neu zusammengestellte Team gemeinsam gelöst hatte.

Als Sebastian auf das massive steinerne Gebäude zuging, bemerkte er eine feine Nervosität, die irgendwo im Oberkörper zirkulierte. Mit der warmen Hand strich er sich ein paarmal über die Brust. Er kam nicht gleich darauf, warum er so angespannt war, aber noch bevor er die schwere Eingangstür erreicht hatte, ahnte er es: Obwohl der Mörder seine Taten gestanden hatte, obgleich er in sicherem Gewahrsam war, konnte Sebastian es einfach noch nicht glauben, dass der Fall wirklich abgeschlossen war. Zu bewegt waren die letzten Tage offenbar gewesen.

Als er Jens und Pia erblickte, die im Eingang des Gefängnisses auf ihn warteten, legte sich seine Nervosität ein wenig. Im Kellergeschoss trafen sie dann auf Hans Schoppmann, der in Handschellen und Fußfesseln hereingeführt wurde und einen seltsam gleichgültigen Gesichtsausdruck hatte. Als der Wärter die Tür von innen schloss, bemerkte Sebastian, wie klein dieser Raum war. Regelrecht bedrückend, wie in einem U-Boot, Hunderte Meter unter der Wasseroberfläche. Von irgendwoher surrte ungemütlich ein hoher Ton. Und plötzlich hörte er die zutiefst vertraute

Stimme eines Mädchens seinen Namen rufen: »Basti! Basti!«
Sebastian war es, als bliebe sein Herz stehen. Er saß in seinem Versteck im Tellenhorster Wald, am späten Nachmittag eines langen Sommertages, und Klara rief seinen Namen.
Sein Versteckspiel war ein Test: Wie reagierten seine Eltern, wenn er nicht nach Hause zurückkehrte? Würden sie ihn selber suchen kommen? Oder würden sie Klara losschicken? Es war schon ziemlich dunkel, es roch nach feuchtem Moos, und er sah Klara hinter den Ästen vorbeigehen. »Basti! Wo bist du? Du sollst nach Hause kommen.« Eine Weile noch würde er warten. Ob Klara ihn aufspüren würde? Dann plötzlich diese seltsame Stille im Wald. Es war jetzt schon ziemlich spät, und die Ruhe schien ihm mit einem Mal schwer und unheimlich. Gerade wollte er aus seinem Versteck treten, das Experiment abbrechen, als da plötzlich dieser Mann stand... Eine Silhouette nur. Stand einfach nur da, fast unbeweglich, das Gesicht kaum zu erkennen. Ganz erstarrt beobachtete Sebastian ihn durch die Zweige hindurch. Horchend stand der Fremde auf der Lichtung: War da jemand? Dann ging er weiter. Und tauchte nie wieder auf.

Wie Klara zu Tode gekommen war, hatte Sebastian in seinem Versteck nicht mitbekommen. Nichts davon. Dass er den Mörder seiner Schwester nach der Tat gesehen hatte, war ihm erst später klargeworden.

Dieser Nachmittag hatte das Ende seiner Kindheit markiert, und er hatte es selbst herbeigeführt. Sebastian würden die Geschehnisse des Sommers 1980 sein Leben lang verfolgen. Damit musste er rechnen. Es gab nur die eine Hoffnung auf ein wenig Linderung des stets gegenwärtigen Schmerzes: eines Tages den Mörder seiner Schwester zu finden.

Auch wenn inzwischen bald dreißig Jahre vergangen waren – insgeheim war das immer Sebastians Traum geblieben. Wahrscheinlich war es mit ein Grund, wenn nicht der Hauptgrund, dass er die Laufbahn eines Kriminalkommissars eingeschlagen hatte. Und manchmal glaubte er tatsächlich, irgendwann dem Mann von der Lichtung wieder zu begegnen... Wie würde er dann reagieren? Er wusste es nicht, er konnte jedenfalls für nichts garantieren ... Bestimmte Dinge konnte man nur beurteilen, wenn man sie erlebt hatte.

Sebastian vernahm plötzlich den hohen surrenden Ton wieder und merkte, dass Pia und Jens ihn abwartend ansahen. Er musste sich jetzt zusammenreißen. Er saß im Verhörraum des Gefängnisses dem ersten Mörder gegenüber, den er in eigener Verantwortung gestellt hatte.

Nachdem der Wärter Hans Schoppmann die Handschellen abgenommen hatte, räusperte Sebastian sich einmal. »Herr Schoppmann«, sagte er, »dann wollen wir mal beginnen. Zuletzt saßen wir uns ja in Ihrem Wohnzimmer gegenüber...«

Der Student ging darauf nicht ein. Er hatte Sebastian nur einmal kurz angesehen und dann den Blick gesenkt.

»Sie haben zwei Morde begangen, und...«

»Drei«, unterbrach Schoppmann.

Sebastian richtete sich irritiert auf. »Es waren zwei«, sagte Sebastian, und die Tatsache, dass er nach unten anstatt nach oben korrigieren musste, kam ihm ziemlich absurd vor.

»Ihre Mutter...«, fuhr er fort und bemerkte, dass Schoppmann bei diesem Stichwort zusammenzuckte, »Ihre Mutter hat alles berichtet, von der Fahrt nach Timmendorf zu ihrem Vater Heinrich Rellingen, ehemals Hein Hansen – Ihrem Großvater.«

Schoppmann rutschte jetzt nervös auf seinem Stuhl herum. Er wirkte wie eine Mutter, die ihr Kind bedroht sieht. Und so, ging es Sebastian plötzlich auf, so war wohl die Beziehung zwischen den beiden – vertauscht: Nicht Hans war das Kind, sondern seine Mutter.

»Sie hat nichts damit zu tun!«, schoss es aus dem Gefangenen heraus.

»Ist ja gut«, erwiderte Sebastian betont ruhig. »Darf ich…«

»Bila hat ihn nicht umgebracht. Sie ist unschuldig. Sie hat nichts… lassen Sie sie in Ruhe.«

»Jetzt beruhigen Sie sich erst mal.«

»Sie hat nichts damit zu tun, es…«

Sebastian schlug mit der flachen Hand auf den Tisch. Es schepperte laut, und sein Gegenüber hielt mit offenem Mund inne. Der Kommissar sah, dass Schoppmann kurz davor war durchzudrehen, und deswegen beeilte er sich zu sagen: »Ihre Mutter ist unschuldig.«

Schoppmann musterte ihn misstrauisch.

»Sie steht nicht unter Verdacht. Ihr wird nichts passieren.«

Schoppmanns Blick wandelte sich von misstrauisch zu ungläubig. Die Eskalation hatte Sebastian offenbar verhindern können.

»Ihre Mutter hat mir aus ihrem Leben erzählt«, fuhr Sebastian dann langsam fort. »Und sie hat weiß Gott viel durchmachen müssen.« Sebastian wollte eigentlich noch fortfahren, aber er bemerkte, dass sich die Augen seines

Gegenübers mit Tränen füllten. Und dann brach es plötzlich aus Hans Schoppmann heraus. Er begann fürchterlich zu schluchzen und konnte gar nicht mehr aufhören. Sebastian wartete, tauschte mit Jens und Pia einen kurzen Blick, wandte sich irgendwann mal nach dem Wärter hinter ihm um, der eine Augenbraue hob.

Die Bersholmer Klinik ging Sebastian durch den Kopf, wo Hans seine Mutter so oft hingebracht hatte. Eigentlich hätte Hans Schoppmann selber in einer Klinik Hilfe bekommen müssen. Nun war es zu spät.

Es dauerte mehrere Minuten, bis Hans Schoppmann sich beruhigt hatte. »Wir wollten ihm nichts antun«, sagte er leise, aber seine Stimme war jetzt wieder fester.

»Dem Ermittlungsstand zufolge ist Heinrich Rellingen aufgrund eines Unfalls gestorben«, sagte Sebastian. »Das ist amtlich.«

Nach einer Weile der Stille fügte er schließlich hinzu: »Aber Sie werden sich vor Gericht verantworten müssen wegen des Mordes an zwei Menschen.«

»Diese Schweine«, murmelte der Student.

»Vorsicht«, mahnte Sebastian, und er bemerkte, wie in ihm Wut aufstieg. »Sagen Sie mal, ist Ihnen eigentlich nicht klar, dass die jungen Männer damals zu den Aussagen gezwungen worden waren? Sie haben die Briefe doch gelesen!«

»Und Sie?«, fragte der Student zurück. »Sie haben die Briefe doch auch gelesen!«

»Ja, das habe ich«, antwortete Sebastian. »Und?«

»Dann wissen Sie auch, dass Marga ins Gefängnis kam, wegen der Aussagen von ihren drei sogenannten Freunden.«

»Das ist nicht der Punkt, Herr Schoppmann.«

»Doch«, antwortete er ruhig. »Das ist der Punkt. Und der zweite Punkt ist, dass die drei seither ein langes, glückliches Leben führten, während Marga in der Haft starb. Wenn Sie die Akten gelesen haben, dann wissen Sie auch, wie alt sie geworden ist ... achtzehn. Da habe ich selbst inzwischen zehn Jahre länger gelebt. Und Sie noch länger, Herr Fink. Und die drei Festbrüder, wegen denen Marga sterben musste, lebten *Jahrzehnte* länger. Das ist doch einfach eine Schweinerei.«

»Das ist Ihre eigene Logik, Herr Schoppmann«, sagte Sebastian. »Marga starb nicht wegen den drei Männern. Sie war ein Opfer der Gewaltherrschaft der Nazis, unter denen diese drei jungen Männer und alle ihre Freunde ebenfalls zu leiden hatten. Es war kein Rechtsstaat, in dem die Leute damals lebten, Herr Schoppmann. Aber *wir* leben in einem solchen! Und da gelten bestimmte Regeln, die eingehalten werden müssen. Sie werden sich für Ihre Taten verantworten müssen, und Sie werden eine angemessene Strafe erhalten.«

Hans Schoppmann blickte ungerührt ins Leere. Ihn schien der Einwand wenig zu berühren. Woran lag das? Verstand er nicht, was das bedeutete? Dass er den Rest seines Lebens oder zumindest einen großen Teil davon hinter Gittern verbringen würde?

Eine Weile lang sagte keiner etwas, nur das Surren der Lampen war zu hören.

»Wie sind Sie eigentlich auf die drei Männer gekommen? Und wann haben Sie sich zu Ihrer Tat entschieden?«, fragte Sebastian schließlich.

»Es war vor zwei Monaten«, antwortete Schoppmann. »Es hat alles mit dem Klavierstimmer begonnen...«

Sebastian stutzte und bemerkte, dass auch die anderen ein verdutztes Gesicht machten.

»Als meine Mutter mal wieder in der Klinik war, habe ich heimlich den Klavierstimmer bestellt. Meine Mutter spielt manchmal, und ich wollte sie überraschen. Der Klavierstimmer kam, ein hagerer Mann mit spitzem Bart, und setzte sich ans Klavier. Ich hab ihn beobachtet, wie er kerzengerade dasaß, und plötzlich spielte er ein Stück, das meine Mutter auch immer spielt, eine *Nocturne* von Chopin...«

Während Schoppmann den Erinnerungen noch nachhing und ihm ein fast fröhlicher Ausdruck über das Gesicht huschte, sagte Jens plötzlich in strengem Ton: »Entschuldigen Sie mal bitte, was hat das mit Ihren Taten zu tun?«

Schoppmann ging mit keinem Blick auf Jens ein, er erzählte ungerührt weiter: »Der Stimmer stoppte auf einmal sein Spiel, weil er irgendeinen Misston entdeckt hatte. Er öffnete den Klavierkasten und hat da 'ne Weile mit seinen langen Armen drin herumgestochert. ›Da ist was‹, hat er gesagt. ›Da komm ich nicht ran.‹ Ich hab eine Taschenlampe geholt, und dann haben wir gemeinsam hineingeschaut: Da klebte ein verstaubter Umschlag, unten an der Innenwand des Klavierkastens. Mit einer Zange hab ich ihn dann rausgeholt.«

Schoppmann atmete einmal tief durch. »Irgendwie wusste ich gleich, dass sich jetzt etwas ändern würde. Endlich. Dass wir aus dieser beschissenen Situation herauskommen würden ... Dass ich was tun konnte. Als der Klavierstimmer gegangen war, habe ich den Umschlag vorsichtig geöffnet. Die Klebekanten waren schon spröde, das ging ganz gut. Innen war ein Brief, mit einer alten Schreibmaschine getippt, und das Papier war schon ganz vergilbt.« Hans Schoppmann machte ein angeekeltes Gesicht. »Ein Drohbrief«, erklärte er. »Ich kenn ihn auswendig…« Schoppmann richtete einen fragenden Blick an Sebastian, und dann zitierte er Wort für Wort: »*Die Vergangenheit ist vergangen, Deine Mutter wird nicht mehr lebendig. Niemand will erinnert werden. Lass uns in Ruhe, sonst passiert Dir und Deinem Sohn etwas.* – Der Brief war von Perkenson oder von Menzel, oder von beiden«, endete Schoppmann.

»Woher wussten Sie das?«, fragte Sebastian.

»Das wusste ich damals noch nicht. Hatte keine Ahnung. Als meine Mutter aus der Klinik kam und auf dem Klavier spielte, hab ich sie auf den Brief angesprochen. Da ist sie zusammengebrochen, hat einen Heulanfall bekommen und nicht mehr aufgehört. Furchtbar war das. Dieses ewige Heulen hat mich schon als Kind verrückt gemacht. Sie hat nichts erzählt. Ich wusste überhaupt nicht, was los ist. Die folgende Nacht lag ich wach. Ich wusste plötzlich, dass unser beschissenes Leben nicht normal war. Dass irgendetwas passiert war. Ich musste es herausfinden. Als erstes habe ich alle Fächer und Schubladen im Schreibtisch meiner Mutter durchwühlt. Da fand ich, in Papier eingewickelt, einen Schlüssel. Er gehörte zu einem Banksafe, von dem meine Mutter nie erzählt hatte, dabei habe ich eine Vollmacht für ihr Bankkonto und kümmerte mich um alle finanziellen Angelegenheiten. Mit dem Schlüssel bin ich zur Dresdner Bank am Jungfernstieg. Im Schließfach war eine Kassette, darin ein Schnellhefter und ein Medaillon, das mir von Kindheit an vertraut war. Das trägt nämlich meine Großmutter auf jenem Foto, das meine Mutter immer auf ihrem Nachttisch stehen hat. Schon als Kind hab ich das Medaillon immer wieder bewundert. Ich wusste aber nicht, dass es noch existierte, dachte eigentlich, es wäre im Feuersturm vernichtet worden, wie alles andere auch.«

»Und was war im Schnellhefter?«, fragte Sebastian.

»Unterlagen mit einem fetten Hakenkreuzstempel obendrauf. Gefängnis Hamburg-Fuhlsbüttel stand darunter. Ich wusste überhaupt nicht, was das mit meiner Mutter zu tun hatte.«

»Was waren das für Dokumente?«

»Die Geburtsurkunde meiner Mutter. Sie war im Gefängnis geboren, das hatte sie mir nie erzählt. Und dann war da noch die Sterbeurkunde meiner Großmutter. Auch Gefängnis Fuhlsbüttel, nur drei Tage später. Ich dachte, das kann doch alles nicht wahr sein. Es war wie ein Sog, ich konnte da nicht mehr raus, jetzt musste ich erst recht erfahren, was bei uns los gewesen war. Während meines Studiums hatte ich mal von der Gedenkstätte in Fuhlsbüttel gehört. Da bin ich hin und hab gefragt, ob es eine Akte zu Marga Viersen gibt – das ist meine Großmutter. Der Archivar kam mit einer Akte an. Tja, und darin habe ich dann alles gefunden. Die Verhörpapiere. Diese Schweine, da haben sie meine Großmutter verraten und sind selber davongekommen, weil meine Großmutter sie umgekehrt eben nicht verraten hat. Da waren Fotos von den dreien, erkennungsdienstliche Aufnahmen. Die habe ich mir lange angeschaut, hab mir die Gesichter eingeprägt. Einen Plan hatte ich damals noch nicht. Aber irgendwo war wohl schon die Idee, etwas zu unternehmen.

Eines Tages habe ich meine Mutter direkt auf die Namen angesprochen, und ich habe das extra zu einem Zeitpunkt gemacht, als sie in der Klinik war. Ich musste es einfach tun, obwohl mir klar war, dass ich sie damit quälte. Ich fragte sie, ob sie die Männer kannte und ob der Drohbrief von ihnen sei. Meine Mutter war total bleich, hat nichts gesagt, aber genickt. Ich habe ihr dann eine starke Dosis Beruhigungstabletten gegeben.

Dann habe ich erst mal die Namen gegoogelt. Joachim Menzel war relativ leicht zu finden, weil der gerade in allen Medien war mit seinem *Savoy Blues.* Wobei ich eine Weile brauchte, um zu kapieren, dass Joachim sich nun Jack nannte. Ich hatte den Rummel um ihn vorher gar nicht mitgekriegt. Danach hab ich natürlich darauf geachtet und sah ihn überall, auf Plakaten, in Zeitungen und selbst bei uns zu Hause, im Fernsehen. Ich hätte kotzen können, wenn ich sein Gesicht sah. Und erst recht, wenn er von früher erzählte, von seinen Heldentaten. Dann sah ich mir den Drohbrief an und dachte: Das kann einfach nicht wahr sein. Das darf dem nicht durchgehen. Was für ein ekelhafter Typ.«

»Aber deswegen einen Menschen umbringen, das finden Sie nicht ekelhaft?«

Schoppmann sah Pia, die die Frage gestellt hatte, irritiert an.

»Nein«, antwortete er. »Der Mann ist doch zusammen mit Karl Perkenson für den Tod meiner Großmutter verantwortlich, und er hat das Leben von meiner Mutter zerstört. Er hat sie bedroht, und er hat auch mich bedroht. Und wer weiß, wen der im Krieg noch alles umgebracht hat. Dass ich den Typ umgebracht habe, ist nicht ekelhaft, sondern gerecht.«

»Ihrer Logik zufolge sind Sie dann genauso ekelhaft wie die beiden Männer«, warf Sebastian ein.

»Kann sein. Dafür komme ich ja wohl auch ins Gefängnis. Aber ich konnte nicht anders.«

Schweigen im Raum. Ratlosigkeit. Schoppmann wirkte eigenartig gelöst.

»Und wie haben Sie Karl Perkenson gefunden? Auch im Internet?«, fragte Sebastian.

»Den hab ich da zwar gesucht, aber zu dem gab es keinen Eintrag. Ich hab ihn dann ganz profan im Telefonbuch gefunden. Wir haben noch eins zu Hause, und da war er drin, mit Telefonnummer und Adresse. Und dann kam mir der Zufall zu Hilfe. Ich brauchte ja Informationen über den und dachte mir, dass so ein alter Mann vielleicht Hilfe von der Sozialstation bekommt. Ich hatte vor ein paar Jahren eine Ausbildung zum Pfleger angefangen. Ausgerechnet in der Sozialstation Eimsbüttel. Da die Lindenallee in dem Stadtteil liegt, hab ich mal geschaut, ob Perkenson da zufällig gemeldet war. Und tatsächlich, das war er. Ich bin zur Station, habe mir einen Termin bei der Leiterin besorgt – die kannte mich noch von früher – und ihr gesagt, ich würde wieder arbeiten wollen. Wir haben bisschen gequatscht. Das war an einem Vormittag – ich wusste noch, dass vormittags kaum einer da ist. Als die Leiterin telefonierte, bin ich in den Raum nebenan, wo die Akten sind, und hab Karl Perkenson gefunden. Daher wusste ich, dass bei dem täglich um 19 Uhr ein Pfleger vorbeigeht und ihm eine Vitamin-spritze setzt. Ich habe meine alte Pflegerjacke vom Speicher geholt und suchte dann Perkenson auf, ein paar Stunden bevor der richtige Pfleger kommen sollte. War alles kein Problem.«

Es war beklemmend, wie der Häftling das alles fast gutgelaunt erzählte. Sebastian und Jens warfen sich einen Blick zu: Diesen Mann würden sie vermutlich nicht so schnell vergessen.

Nachdem Hans Schoppmann den Mord an Karl Perkenson geschildert und damit noch einmal zugegeben hatte, beendete Sebastian das Gespräch. Jetzt waren Staatsanwalt und Richter an der Reihe. Hier war nichts mehr zu fragen und nichts mehr zu sagen; Sebastian gab dem Wärter ein Zeichen.

Als er herausgeführt wurde, drehte Schoppmann sich noch mal um: »Herr Fink?«

Es war, als hätte ihm jemand Eiswürfel in den Nacken geschüttet, als rutschten sie kalt den Rücken hinunter. Da war wieder diese Unsicherheit. Die Entführung von Leo hatte sich Sebastian schmerzhaft in die Seele eingebrannt, das merkte er jetzt. Es hatte in den vergangenen Tagen so viele unerwartete Wendungen gegeben – würde Hans Schoppmann jetzt einen weiteren Trumpf ziehen?

»Darf ich Sie noch etwas fragen?«, sagte Schoppmann.

Sebastian nickte vorsichtig.

»Leo erzählte mir von seinem ersten Wettschwimmen... Wann ist denn das?«

Für einen kurzen Moment kam es Sebastian so vor, als träumte er oder als hätte er falsch gehört. Er registrierte den irritierten Blick von Jens, bevor er sich antworten hörte, als sei es das Selbstverständlichste von der Welt: »Nächste Woche.«

»Ich drück ihm die Daumen«, sagte der Gefangene und lächelte.

An dieses Lächeln musste Sebastian noch einmal denken, als er vor die Tore des Gefängnisses trat. Er hatte Schoppmann nichts mehr geantwortet, aber er vermutete, dass die Glückwünsche tatsächlich ernst gemeint waren.

Den ersten Eindrücken nach hatte Leo die Entführung gut überstanden. Er schien überhaupt keine negativen Gefühle gegenüber seinem Entführer zu hegen. Es war ihm wohl auch nicht wirklich klar, was da passiert war. Hans und Sybille Schoppmann hatten den Jungen ja nicht schlecht behandelt, im Gegenteil. Leo war die Fahrt nach Dänemark wohl wie ein etwas abenteuerlicher Ausflug vorgekommen. Sebastian konnte nur hoffen, dass der Junge in nächster Zeit nicht nach Hans Schoppmann fragte und ihn schnell vergessen würde. Und wenn er doch fragte? Darüber mochte Sebastian jetzt nicht nachdenken.

Pia, Jens und er gingen noch ein paar Schritte an der frischen Luft. Die Sonne schien schon etwas wärmer. Nach den beklemmenden Stunden im Gefängnis wirkte alles hier draußen noch viel schöner. Dazu kam das wohlige Gefühl, einen Fall erfolgreich abgeschlossen zu haben, während man noch nicht weiß, durch welche Landschaft der nächste Marathonlauf führen wird.

Sebastian drehte sich noch mal um. Das Gefängnis. Die hohen Mauern, schwer und unüberwindbar. Die Fenster vergittert. Hinter einigen waren Männer zu sehen, die nach draußen blickten.

»Was denkst du?«, fragte Pia.

»Der Schoppmann wirkte nicht sehr bedrückt über seine Situation…«

»War auch mein Eindruck«, sagte Jens. »Er scheint mit sich im Reinen zu sein…«

»So ist es vermutlich«, bestätigte Pia. »Er hat die Haftstrafe in Kauf genommen und konnte nicht anders.«

»Er hat sich aus einer lebenslangen Defensive befreit«, sagte Sebastian. »Der Preis dafür ist eine lebenslange Haftstrafe.«

»Im Grunde war er vorher doch auch gefangen«, meinte Jens.

»Genau. Gefangen in einem Netz von Verstrickungen, das tief in der Vergangenheit verankert war. Er drohte daran zu ersticken.«

»Leider hat er sich davon nur gewaltsam befreien können«, sagte Pia.

Eine Weile standen sie noch schweigend in der Sonne. Dann machten sie sich auf den Weg zurück ins Büro.

Eine Woche später

Kinderstimmen hallten durch das Bad. Das Rennen war voll im Gange, auf acht Bahnen kraulten acht Jungs, und Leo war an dritter Stelle.

Anna und Sebastian feuerten ihn von der Tribüne aus an: »Leo! Leo! Leo!« Es schien zu wirken, denn Leo schob sich auf den zweiten Platz vor. Der Abstand zum ersten reduzierte sich weiter, das Ziel war nicht mehr weit. Er musste einfach gewinnen! »Leo! Leo! Leo!« Es waren nur noch wenige Meter zum Ziel, und Leo schien es zu schaffen, im letzten Moment würde er ihn noch überholen. Als die beiden Jungs anschlugen, zeigte die Tafel mit großen leuchtenden Buchstaben den Sieger an.

»Ach Mensch!«, rief Anna enttäuscht. Ein fremder Name stand dort. Leo war Zweiter geworden.

»Sein erstes Rennen und so knapp verloren, das wird ihn sein Leben lang verfolgen«, sagte Anna, als sie später neben Sebastian die Treppe zum Ausgang hinunterging, wo sie Leo erwarteten.

»Ach was«, meinte Sebastian. »In Wahrheit hat er doch sein erstes Rennen gewonnen...«

Anna verstand nicht.

»Das in der dänischen Ostsee...«

»Du hast recht«, stimmte Anna nach einem Moment des

Überlegens zu. »Und wahrscheinlich war das das wichtigste Rennen seines Lebens.«

Vor der Schwimmhalle trafen sie Leo. Sebastian hob den Jungen, der mit hängendem Kopf zu ihnen gestoßen war, ein paar Mal hoch in die Luft, so oft, bis alles Traurige aus dem kleinen Gesicht gewichen und das typische, fröhliche Jauchzen zurückgekehrt war.

Als sie beieinanderstanden, kam es Sebastian für einen Moment so vor, als seien sie zu einer echten, kleinen Familie zusammengewachsen. Er umarmte Anna zum Abschied etwas länger als sonst und schloss Leo noch einmal fest in die Arme. »Ich weiß nicht, wie lange ich heute im Präsidium sein muss«, entschuldigte er sich. »Aber zum Vorlesen bin ich auf jeden Fall zu Hause.«

Er warf einen kurzen Blick zum Himmel, wo sich einige dunkle Wolken sammelten, und machte sich auf den Weg.

Friedrich Dönhoff
im Diogenes Verlag

Savoy Blues
Ein Fall für Sebastian Fink
Roman

Sommer in Hamburg – und ein Lied in aller Ohren: *Savoy Blues.* Der Swing-Song von Louis Armstrong aus den dreißiger Jahren in der brandneuen Coverversion von DJ Jack ist der Megahit des Jahres. Auch dem jungen Hauptkommissar Sebastian Fink schwirrt das Lied im Kopf herum, während er sich an die Aufklärung seines ersten eigenen Falls macht: den Mord an einem pensionierten Postboten. Ein Krimi, der trügerisch leicht daherkommt und uns unbemerkt in die Untiefen jener Zeit lockt, als die Swing-Musik verboten war.

»Ein spannender Krimi mit einem grandiosen Finale.«
Westdeutsche Allgemeine Zeitung, Essen

Der englische Tänzer
Ein Fall für Sebastian Fink
Roman

Das erfolgreiche Musical *Tainted Love* kommt von London nach Hamburg. Doch vor der Premiere wirft ein seltsames Ereignis einen unheimlichen Schatten voraus: Eine Backstage-Mitarbeiterin sieht im Theatersaal einen Toten von der Kuppel hängen. Als Kommissar Fink am Tatort eintrifft, ist die Leiche aber verschwunden. Alles nur eine Halluzination? In seinem zweiten Fall ermittelt Sebastian Fink hinter den Kulissen der Musicalwelt. Es geht um Eitelkeiten, versteckte Rivalitäten und sehr viel Geld. Jeder beobachtet jeden. Und doch will niemand gesehen haben, wie ein Mensch aus ihren Reihen zu Tode kam.

»Bitte weitere Missionen für Sebastian Fink!«
Die Welt, Berlin

Seeluft
Ein Fall für Sebastian Fink
Roman

Zwischen den Aktivisten von Ökopolis und der Hamburger Reederei Köhn herrscht Streit. Den einen geht es um die Umwelt, den anderen um ihre Konkurrenzfähigkeit. Als am Fischmarkt die Leiche eines Reeders gefunden wird, nimmt Kommissar Sebastian Fink die Ermittlungen auf.

Der Fall führt ihn zu einem verbitterten Manager in einem modernen Glaspalast hoch über dem Hafen, zu einer sportbesessenen Witwe auf dem Land und zu einem frischverliebten Studentenpaar in St. Pauli. Sebastian hat alle Hände voll zu tun, als eines Morgens unverhofft seine Großmutter vor der Tür steht – und ihn mit einem gut gehüteten Familiengeheimnis konfrontiert.

»Friedrich Dönhoff hat einen kristallklaren Stil. Mit Sebastian Fink hat er einen sehr zeitgeistigen Ermittler geschaffen, der in ungewöhnlichen ›Familienverhältnissen‹ lebt und Erfahrungen in der Single-Szene macht. Ein aufsteigender Stern!«
New Books in German, London

Martina Borger &
Maria Elisabeth Straub
im Diogenes Verlag

»Mit ihrer eleganten Prosa und profunden Kenntnis der menschlichen Seele erinnern Borger & Straub an Patricia Highsmith.«
Angela Gatterburg / Spiegel Special, Hamburg

»Was zwei italienische Herren konnten, gelingt auch zwei deutschen Damen. Und wie! Borger & Straub wohnen an die tausend Kilometer voneinander entfernt und schreiben dennoch aus einem Guss.«
Ditta Rudle / Buchkultur, Wien

»Sie erweisen sich als meisterhafte Beobachter von Seelenzuständen. Ihr genauer Blick wird nicht geblendet von moralischer Entrüstung, deckt die Ambivalenz auf, die menschlichen Gefühlen oft innewohnt.«
Susanna Gilbert-Sättele / dpa, Hamburg

Katzenzungen
Roman

Kleine Schwester
Erzählung

Im Gehege
Roman

Sommer mit Emma
Roman

Christian Schünemann
im Diogenes Verlag

Christian Schünemann, geboren 1968 in Bremen, studierte Slawistik in Berlin und Sankt Petersburg, arbeitete in Moskau und Bosnien-Herzegowina und absolvierte die Evangelische Journalistenschule in Berlin. Eine Reportage in der *Süddeutschen Zeitung* wurde 2001 mit dem Helmut-Stegmann-Preis ausgezeichnet. Beim Internationalen Wettbewerb junger Autoren, dem Open Mike 2002, wurde ein Auszug aus dem Roman *Der Frisör* preisgekrönt. Christian Schünemann lebt in Berlin.

»Schünemann verwendet auf die sardonische Schilderung einschlägiger Milieus mindestens ebenso viel Liebe und Sorgfalt wie auf den jeweils aktuellen Casus.« *Hendrik Werner / Die Welt, Berlin*

Der Frisör
Roman

Der Bruder
Ein Fall für den Frisör
Roman

Die Studentin
Ein Fall für den Frisör
Roman

Daily Soap
Ein Fall für den Frisör
Roman

Außerdem erschienen:

Christian Schünemann & Jelena Volić
Kornblumenblau
Ein Fall für Milena Lukin
Roman

Friedrich Dönhoff
Die Welt ist so, wie man sie sieht
Erinnerungen an Marion Dönhoff
Mit zahlreichen Farbfotos

Marion Dönhoff, gesehen durch die Augen des 60 Jahre jüngeren Großneffen: Diese Erinnerungen sind das Dokument einer generationenübergreifenden Freundschaft.

Viele Jahre lang war Marion Dönhoffs Großneffe Friedrich einer der Menschen, die ihr am nächsten standen. Er begleitete sie im Alltag und auf Reisen. Wenn er davon erzählt, ist die tiefe Vertrautheit in jeder Zeile spürbar. Humor und Streitlust, Offenheit und Neugierde prägten diese ungewöhnliche Freundschaft – auch die eingestreuten Fotos aus dem Familienalbum vermitteln das.

Das Buch enthält auch ein letztes Gespräch, das der Autor wenige Wochen vor ihrem Tod mit Marion Dönhoff führte. Darin erzählt sie von ihrer ostpreußischen Heimat, spricht über Familie und Glauben und zieht ein Resümee ihres Lebens.

»Selten war Marion Gräfin Dönhoff derart persönlich zu erleben.« *Die Zeit, Hamburg*

Auch als Diogenes Hörbuch erschienen,
gelesen von Friedrich Dönhoff

Friedrich Dönhoff
*Ein gutes Leben
ist die beste Antwort*
*Die Geschichte des
Jerry Rosenstein*

Lange hat Jerry Rosenstein geschwiegen. »Aber jetzt«, sagt er, »muss ich erzählen. Weil ich zu den letzten Zeugen gehöre.«

In der hessischen Provinz geboren, wuchs Jerry in Amsterdam auf, bis er im Alter von fünfzehn Jahren deportiert wurde und über mehrere Lager nach Auschwitz kam. Mit unendlich viel Glück und dem richtigen Instinkt hat er diese Zeit überlebt. Danach wollte Jerry nur noch eins: frei sein. Und das hat er auch geschafft: Er hat sich finanzielle, sexuelle und geistige Freiheit erkämpft.

Packend und mit viel Feingefühl erzählt der Autor Friedrich Dönhoff von einer gemeinsamen Reise, die quer durch Europa und bis nach San Francisco führt, auf den Spuren von Jerrys Vergangenheit. Es ist die Geschichte eines Menschen, der sich entschieden hat, glücklich zu sein – eine berührende Geschichte mit Happy End.

»Das Biographische liegt Friedrich Dönhoff. Er ist ein angenehmer Gesprächspartner, der aufmerksam zuhört. Dass Menschen ihm Vertrauen schenken und sich bereitwillig öffnen, das begreift man schnell.«
Annette Schwesig / Stuttgarter Zeitung